Jonat

De achterblijvers

Inse Martin

Jonathan

De achterblijvers

LUITINGH-SIJTHOFF

Omslagontwerp Pankra
Opmaak binnenwerk Crius Group, Hulshout

ISBN 978 90 210 4029 5
ISBN 978 90 210 4030 1 (e-book)
ISBN 978 90 210 4566 5 (luisterboek)
NUR 305

www.lsuitgeverij.nl
www.boekenwereld.com

Uitgeverij Luitingh-Sijthoff vindt het belangrijk om op milieuvriendelijke en verantwoorde wijze met natuurlijke bronnen om te gaan. Bij de productie van dit boek is daarom gebruikgemaakt van papier waarvan het zeker is dat dit niet tot bosvernietiging heeft geleid.

Voor I. en M.

I

2023, Noordlaarderbos

Als ze hun hoofdlampen uitdoen, zien ze geen hand voor ogen. De maan is op haar kleinst rond deze tijd, en het miezert. Precies het weer waar ze op had gehoopt. Er is geen hond. Wind en regen zijn de beste omstandigheden; wind dempt al het geluid en regen houdt politie en andere pottenkijkers binnen. Een druppel regenwater glijdt langs Reina's neus. Ze glimlacht.

Reina loopt voorop. Hoewel ze de dag precies uitgekiend heeft en alles volgens plan verloopt, slaat haar hart een tel over bij elke wegschietende steen, bij elke brekende tak. Ze kijkt om zich heen. Het is doodstil in het bos. Niemand weet dat ze hier zijn.

Achter haar lopen de anderen. Reina kijkt op haar horloge, ze lopen nu zo'n twintig minuten. Als het goed is verschijnt er zo een vogelkijkhut aan hun linkerhand. Reina gebaart dat de groep moet stoppen. Zijn dat sirenes in de verte? Ze draait haar hoofd in de richting van het geluid. Een ziekenauto, waarschijnlijk op de N-weg hierachter.

De groep loopt weer verder. Het enige wat verraadt dat ze hier zijn, zijn de lampjes op hun hoofd die als vuurvliegjes heen en weer wiegen bij elke stap. Maar zelfs die hebben ze zo goed mogelijk afgeplakt. Hun voetstappen worden gedempt door de bladeren die van de bomen zijn gevallen. Vlak achter haar loopt Cas; af en toe hoort ze hem hijgen door de zware spullen op zijn rug. Een metaaldetector, scheppen, touwen. Ze kijkt achterom, Cas knikt haar toe dat het gaat.

Wat er precies in de kisten zit weet ze niet. Granaten? Pistolen? Ze probeert zichzelf te behoeden voor een teleurstelling: straks valt het tegen.

De vogelhut verschijnt zoals verwacht, een oud geval dat allang niet meer gebruikt wordt. Het hout kraakt in de wind. Nog een paar honderd meter rechtdoor en dan zijn ze er. Ze heeft niemand iets verteld over wat ze precies denkt te gaan vinden, en waar. Ze houdt er niet van als mensen onnodig dingen weten. Van haar niet, van niemand niet. Het had maanden gekost, maar inmiddels vertrouwen de anderen volledig op haar. Ze volgen haar als kuikentjes een moedereend, precies zoals gepland.

Ze had Cas en Ida niet veel verteld, maar genoeg om zaadjes in hun hoofd te planten. Ida was met het voorstel gekomen om de metaaldetector mee te nemen, Cas om de lampjes op hun hoofd af te plakken. Natuurlijk had Reina dat zelf ook al bedacht, maar als je mensen mee wilde krijgen moest je henzélf activeren en zorgen dat ze met ideeën kwamen. Dan werden mensen onderdeel van de groep en werden persoonlijke verschillen overstegen, werd emotie gekanaliseerd tot actie. Zo was het haar geleerd op de opleiding. Het klopte precies.

Achter haar fluit Ida kort tussen haar tanden. Heeft iemand hen gezien of gehoord? Ida bukt en frunnikt aan haar schoen. Een losse veter. Reina stampt zachtjes op de grond en knijpt haar vingers een paar keer samen tegen de kou. Straks worden ze vanzelf warm, als ze aan het graven zijn. Ida geeft het teken dat ze verder kunnen en Reina neemt haar positie weer in, vooraan de groep.

Als ze de hut een flink stuk achter zich hebben gelaten, houdt Reina halt. Ze kijkt om zich heen: het bos is donker hier en dichtbegroeid maar toch duidelijk herkenbaar. Ze glimlacht – een perfecte plek, ze had hem zelf niet beter kunnen kiezen. Ze gebaart dat Cas zijn spullen neer kan zetten en loopt een stukje weg van de groep. Ze checkt haar mobiel en zoomt in op de foto. Ze zitten goed, het kan niet missen.

Ze loopt terug naar de rest; haar adem maakt wolkjes in de lucht. Geruisloos geeft ze aanwijzingen. Cas pakt de metaaldetector en begint de grond af te zoeken, Ida prepareert alvast de touwen.

Na een kleine tien minuten klinken korte, hoge piepjes. Cas heft triomfantelijk de metaaldetector in de lucht. Reina gebaart dat hij rustig moet blijven. Ze wijst. Graven, en diep. Ze pakt zelf als eerste een schep. Als het klopt moeten ze minstens anderhalve meter afgraven.

Als Cas na een tijdje de schep van haar overneemt parelt het zweet op haar voorhoofd. Ze kijkt hoe Cas de schep diep in de aarde zet. Het gaat duidelijk sneller als hij het doet, zijn gespierde armen heffen de zware schep op alsof het kinderspeelgoed is. Toch is Reina blij dat zij het voortouw heeft genomen. Dat is wat een leider doet.

Na een korte poos graven horen ze plots hoe het metaal van de schep iets raakt. Als ze de bovenste laag aarde verwijderd hebben, verschijnt een groot stuk ijzer onder de modder. Reina voelt de teleurstelling bij de anderen, maar gebaart dat iedereen zich koest moet houden. Met een kleine sprong stapt ze naast Cas in de kuil en wrikt het stuk metaal los. Het is een oud deksel van een vuilnisemmer. Ze tilt het boven haar hoofd. Cas kijkt haar vragend aan, maar Reina negeert zijn blik. Dit kan het niet zijn, dat mág niet. Wellicht is het een afleidingsmanoeuvre voor amateurs die de bossen in gaan met hun eigen detectors. Het zou haar niets verbazen.

Reina draait haar oor naar de wind. In de verte klinkt het geluid van sirenes. Ida en Cas bevriezen. Reina gebaart dat ze dieper in de kuil weg moeten duiken. Ida gaat plat op de grond liggen. Ze legt haar vinger op haar lippen. Het geluid is nog te ver weg om de richting te kunnen onderscheiden. Komt het hun kant op? Reina voelt hoe haar hartslag omhoogklimt. De sirenes lijken nu echt luider te worden. Reina doet haar ogen dicht om zich beter te kunnen concentreren. Minutenlang liggen ze zo op de grond.

Plotseling verschijnen er lichten aan de rand van het bos, de sirene is duidelijk hoorbaar nu. Naast haar houdt Cas zijn adem in. Reina kijkt naar de lichten die over de bomen zwerven. Eén tel nog wordt het bos verlicht door koplampen, dan is het weer donker om hen heen.

Voorzichtig komt Reina overeind. Het geluid van de sirene sterft weg in de verte. Als ze staat ziet ze nog net de gele hoeken van een ambulance verdwijnen achter de bomen, op weg naar het ziekenhuis via de rondweg die om het bos loopt. Opgelucht halen Ida en Cas naast haar adem.

Reina veegt meer aarde weg van de bodem van de kuil. Er verschijnen nu nieuwe stukken metaal. Reina verwijdert ze behendig en legt ze een voor een op de rand van de kuil. Nu de grote stukken weg zijn voelt ze hoe haar voeten op een glad oppervlak stuiten. Ze tikt een paar keer voorzichtig met haar voet. Het geluid zou moeten kloppen.

Met haar handen veegt ze de laatste aarde weg. In het schijnsel van haar lamp ziet ze hoe zich in het donker een kist aftekent. Ze klopt kort met haar knokkels op het deksel. Het geluid is kort en dof. De kist is duidelijk gevuld.

Ida pakt de touwen en lust ze behendig onder de metalen kist door. Cas en Reina gaan aan weerszijden van de kuil staan. Als de eerste kist met een plof op de rand belandt kijkt Reina in de kuil. Nog minstens drie kisten liggen verstopt onder de eerste. Ze knielt neer; het scharnier van de legergroene kist geeft gemakkelijk mee. Waterdicht en keurig in vetvrij papier verpakt liggen ze er: mitrailleurs, stenguns, pistolen, geluiddempers, semiautomatische geweren, handgranaten, munitie en explosieven. Het is genoeg, meer dan genoeg. Gespannen kijken Cas en Ida naar de wapens. Reina glimlacht. Het is ze gelukt.

2

14 dagen tot de aanslag

Jonathan kijkt op zijn mobiel. De blauwe gloed van het scherm licht op in de kleine slaapkamer: 06.17 uur.

De wereld om hem heen is nog donker en stil, op een paar luidruchtige scooters na die staan te ronken op het pleintje voor zijn huis. Waarschijnlijk een paar tieners die net terug zijn van uitgaan. Jonathan rekt zich uit, zijn spieren zijn stram. Hij slaapt slecht de laatste tijd.

Nog maar een maand geleden sliep hij als een baby. Dat was vóór zijn eerste klus bij de dienst. Een klus die je met één woord kon samenvatten: een clusterfuck.

Het was een spannende opdracht geweest. De dienst had hem gevraagd zich te storten op Depernov, een Russisch oligarch die zijn duistere zaakjes via een groot advocatenkantoor op de Zuidas liet lopen. Jonathans ingang? Een jonge advocate, Sofia, die Depernovs belangen behartigde. Jonathan had haar langzaam maar zeker ingepalmd en haar zo, met hulp van Kevin, de IT-wizard van de dienst, een schat aan informatie weten te ontfutselen.

So far, so good. Maar toen duidelijk werd dat een deel van Depernovs geld naar Nederland Vooruit vloeide, een politieke partij die Poetin hoog in het vaandel had, was het onderzoek abrupt gestopt. Door Liv, om precies te zijn. Liv Verlaan, bovenaan de *food chain* bij de dienst, en Jonathans leidinggevende. Toen hij in de zaak op de link met de politiek was gestuit, was Liv ineens voorzichtig geworden. 'Als het openbaar wordt dat de AIVD een politieke partij heeft onderzocht, dan staat interne zaken hier straks op de stoep. Dat is heel slecht nieuws, zéker voor de verkiezingen.'

Toen de zaak in de publiciteit was gekomen, was de pleuris uitgebroken. Jonathans zus Babs, die journalist was, had de zaak wereldkundig gemaakt. Ze had er een hoge prijs voor betaald. Ze ontving dagelijks dreigmails en Jonathan herkende zijn stoere zus vaak niet meer terug. Inmiddels had de dienst inderdaad interne zaken op zijn dak gekregen, de Beveiligingsautoriteit, die zijn tanden in de hele zaak had gezet. Het eerste wat de BVA zou willen weten was wie de info naar Babs gelekt had. Natuurlijk verdachten ze hem, haar broer. En terecht. Hij had het als zijn plicht gezien de wereld te laten weten dat het Kremlin zich bemoeide met hun binnenlandse politiek, en dat Nederland Vooruit niet alleen heulde met de vijand, maar er ronduit mee in bed lag. En nu was de kans groot dat hij de dienst uit vloog, en als het een beetje tegenzat de bak in. Het enige hoopvolle was dat Liv voorlopig op non-actief gesteld was, totdat het onderzoek afgerond was. Maar nu zaten ze opgezadeld met Victor, een fantasieloze bureaucraat die duidelijk opdracht had gekregen Jonathan kort te houden.

Zoals gezegd: een clusterfuck.

Jonathan staart naar zijn mobiel. Op het scherm staat nog het filmpje waarmee hij gisteren eindelijk in slaap was gevallen. Hij ziet het gezicht van zijn zus. Jonathan legt een kussen in zijn nek en drukt op *play*.

> *'Mevrouw Berghout, hoelang heeft u aan dit onderzoek gewerkt?'*
>
> Babs was zenuwachtig geweest, maar haar gezicht verried niets. Vol bravoure had ze de journalist aangekeken.
>
> *'Alles is zorgvuldig gecheckt, meer kan ik er niet over zeggen. Maar de cijfers spreken voor zich. Nederland Vooruit heeft zich als politieke partij laten financieren vanuit Rusland, via de Russische oligarch Depernov zijn er meerdere bedragen overgemaakt.'*
>
> De interviewer van *Nieuwsuur* was er vol in gegaan.
>
> *'Kunt u ons dan op zijn minst wat meer vertellen over uw bron? Hoe heeft u toegang gekregen tot zulke gevoelige infor-*

matie? Financiële gegevens van een politieke partij liggen niet zomaar op straat.'

Babs had haar hoofd geschud. *'Ik kan mijn bronnen niet onthullen als journalist, dat weet u zelf ook.'*

Jonathan klikt het filmpje weg. Had hij haar gedwongen? Nee, het was haar eigen keus geweest om de informatie naar buiten te brengen. Maar toch, als je broer bij de dienst werkt en jou dit soort informatie in de schoot werpt, had je dan echt een keus? Het was een scoop geweest, zeker, en het had Babs' carrière geen windeieren gelegd. Maar ze had het behoorlijk voor haar kiezen gekregen. De kranten brachten het nieuws met grote koppen en haar telefoon had roodgloeiend gestaan.

Maar het was pas echt misgegaan toen Nederland Vooruit haar in een tweet een 'verrader van de natie' had genoemd en haar in het bericht had getagd. Alle haattweets en bedreigingen die erop waren gevolgd waren natuurlijk niet hun verantwoordelijkheid geweest, aldus de partij. Daar had ze het zelf naar gemaakt.

Er was een onafhankelijk onderzoek ingesteld naar de connectie tussen Nederland Vooruit en Depernov, en er waren kritische vragen gesteld in de Kamer. Maar intussen ging Nederland Vooruit vrolijk door met het rondbazuinen van hun pro-Russische propaganda, en waren de aanhangers van de partij alleen maar standvastiger en feller geworden. Zeker naarmate de oorlog in Oekraïne langer duurde. De achterban van Nederland Vooruit zag het onderzoek naar hun partij als het zoveelste teken van een complot. De onderzoekers zouden partijdig zijn, de gegevens waren gefalsificeerd: het was één grote samenspanning van de elite tegen de 'gewone man'.

Jonathan had nooit begrepen hoe mensen zo tegen hun eigen belang in konden stemmen. Hoe ze blindelings een partij konden volgen die juist het tegenovergestelde deed van wat goed was voor de mensen die op hen stemden. Nederland Vooruit maakte zich helemaal niet druk om de 'gewone man', het was een partij die met een populistische agenda macht nastreefde. Meer macht voor een kleine groep mensen die via social media en het verspreiden van desinformatie de teugels stevig in handen hield. En blijkbaar nog gefinancierd werd door het Kremlin ook.

Een scooter knalt en knettert over het plein. Waarschijnlijk een kapotte uitlaat. Jonathan glimlacht. Vroeger was hij het die over pleintjes scheurde om de volgende dag weer onder zijn scooter te kruipen en een nóg lawaaieriger uitlaat te monteren. Die handigheid had hij van zijn vader. Hij moest die ouwe weer eens bellen. Misschien dat hij deze zomer langs zou kunnen gaan, op zijn ranch in Durban. Hij was al tijden niet in Zuid-Afrika geweest. Misschien wilde Babs wel mee, het zou haar goeddoen.

Jonathan kijkt om zich heen. Zijn kamer heeft er beter uitgezien. Toen Sofia hier nog kwam was het anders. Maar na alles wat er gebeurd was, had hij het laten versloffen. Ach, wat maakte het uit, hij was hier toch nauwelijks.

Jonathan scrolt door WhatsApp. Hij klikt op Sofia's naam. Het is nu een week geleden dat hij haar het bericht gestuurd had, maar onder in het beeld stond nog altijd maar één grijs vinkje.

Ik wil je graag zien. Ik leg het uit, beter deze keer.

Misschien had ze tijd nodig, heel gek was dat natuurlijk niet. Of misschien had ze zijn nummer geblokkeerd, dat was eigenlijk nog logischer. Jonathan wrijft met zijn hand over zijn gezicht. Hij kon haar geen ongelijk geven.

Dat hij Sofia had moeten versieren was tot daaraan toe geweest. Maar daarna was het helemaal uit de hand gelopen. Hij had ervoor gezorgd dat ze zich zo opgejaagd had gevoeld dat ze zich nergens meer veilig had gevoeld, behalve bij hem. Het had gewerkt, hij had waardevolle informatie over Depernov verkregen. Maar toen Sofia mishandeld en beroofd werd in haar eigen huis was de hele zaak Jonathan door de vingers geglipt. Hij had geen idee wie achter haar aan zat en intussen was Sofia steeds banger geworden. Zo bang dat Jonathan haar uiteindelijk mee naar zijn eigen huis had moeten nemen, een doodzonde als je werkte bij de dienst. Al snel was ze erachter gekomen dat hij gelogen had, dat hij niet 'zomaar een ambtenaar was', maar bij de dienst werkte. Ze had hem nooit meer willen zien. En als klap op de vuurpijl had haar baas haar met klem geadviseerd om de tweehonderd vakantiedagen op te nemen waar ze nooit aan toegekomen was, en leek haar carrière op de Zuidas voorgoed voorbij. Als Jonathan aan haar dacht, trok zijn maag samen.

Natuurlijk was hun ontmoeting laatst in de supermarkt georkestreerd geweest. Hij wist dat Sofia daar dagelijks kwam, en bij de tweede keer rondhangen in de winkel was het raak geweest. Ze was verrast geweest toen ze hem zag. En toen hij had voorgesteld om een drankje te doen was ze zowaar akkoord gegaan. Ze hadden plaatsgenomen aan een tafeltje en hij had zijn excuses aangeboden, voor alles. Het was allemaal misgegaan en het speet hem verschrikkelijk. Sofia had geknikt. Hij had nagedacht, zei hij. En hij wilde haar een voorstel doen.

'Geen haar op mijn hoofd!' Sofia had boos haar stoel naar achter geschoven. 'Werken voor de dienst? Ik? Wie denk je wel niet dat je bent?'

'Sofia, alsjeblieft. Ik weet dat ik te ver ben gegaan, maar dit is een manier om het goed te maken.' Sofia was zwaar in de problemen geraakt door alles wat er gebeurd was. Door hém. De kans dat haar carrière nog een hoge vlucht zou nemen op de Zuidas moest miniem zijn geworden. Daar was het wereldje te klein voor. Hij had gehoopt met het voorstel de pijn te kunnen verzachten, al was het maar een beetje.

'Het is iets heel anders dan een baan als advocaat, dat snap ik ook wel. Maar ik denk dat je er goed zou passen. Je bent slim en je kan er snel carrière maken.' Maar Sofia was opgestaan en had haar jas gepakt. Ze had zijn hulp niet nodig. Sterker nog, ze wilde hem nooit meer zien. 'En met nooit meer, bedoel ik ook echt nóóit meer.' Daarna was ze het café uit gestormd.

Met een zucht klikt Jonathan de app weg. Het nieuws dan maar. Hij scrolt door de koppen. Een ontspoorde trein in Bangladesh, een tractor die over een politiebus heen is gereden, een rechtszaak tegen de president van Oeganda. De meeste mensen vinden het deprimerend om 's ochtends meteen geconfronteerd te worden met alle ellende in de wereld. Jonathan niet, het gaf hem een reden om op te staan. Jonathan legt zijn mobiel op zijn kussen en slaat het dekbed terug. Hij loopt naar de douche. De straal op zijn gezicht is weldadig.

Het kantoor van de dienst ligt vlak buiten de stad aan een drukke weg. Als hij een halfuurtje goed doorfietst parkeert hij zijn fiets zo tegen de gevel. Niet dat dat mag, maar bij wijze van spreken. Jonathan is altijd gefascineerd geweest door het grote gebouw. De wapperende vlaggen voor de ingang, de zonneschermen die altijd lijken te zijn neergelaten, de geheimzinnigheid die eromheen hangt. Het voelt als een voorrecht dat hij daar werken mag.

Jonathan rijdt de stoep op en parkeert zijn fiets netjes in het rek. Als hij naar de ingang loopt glijden de glazen schuifdeuren verwelkomend voor hem open. Jonathan loopt naar de lockers en knikt naar een aantal collega's die ook binnenkomen. Even verderop staat Nina met een rood hoofd over het slot van haar kluisje gebogen. Jonathan legt zijn telefoon onder in zijn locker. Alles wat met het internet verbonden en traceerbaar is moet achter slot en grendel, en mag absoluut niet mee naar boven. Op zijn eerste dag leek het hem nog wat overdreven, maar sinds hij weet wie er allemaal mee kunnen kijken en welke gegevens er allemaal verzameld worden via zogenaamd onschuldige apps, voelt hij zich zelfs buiten dit gebouw soms bekeken. Beroepsdeformatie.

Nina is net begonnen bij de dienst. Jonathan herkent het onwennige gefriemel bij de lockers. Het drie keer opnieuw open moeten doen van je kluisje, omdat je vergeet dat je smartwatch óók het internet op kan. Jonathan loopt langs haar heen. Bij de poortjes houdt hij halt en kijkt in de camera die ernaast hangt. De irisscan doet zijn werk en het poortje klapt geruisloos open. Bij de lift aangekomen drukt hij een paar keer ongeduldig op de knop. De lift hangt nog op de vijfde verdieping. Het went niet, wachten zonder telefoon.

'Hé, Jonathan.' Nina is naast hem komen staan. Ze wrijft met haar hand een vouw uit haar blouse.

'Hé, chill weekend gehad?' Jonathan kijkt via de weerspiegeling van de liftdeuren naar de jonge vrouw. Ze wiebelt een beetje met haar linkerbeen, alsof ze nerveus is. Of misschien is het een tic? Het is een sport geworden om in iedereen die je ontmoet iets karakteristieks te vinden, het liefst zo snel en specifiek mogelijk. Dat kan een gemoedstoestand zijn – is iemand moe, verdrietig, hyper –, maar liever nog iets permanents. Een ooglid dat te snel knippert als iemand liegt. Iemand die overdreven vriendelijk gaat doen als hij iets probeert te verbloemen.

'Ja, prima. Familiebrunch. M'n vader was jarig.'

'Gefeliciteerd.'

De liftdeuren schuiven open. Voordat Jonathan op de juiste knop kan drukken is Nina hem al voor.

'Vier, toch?' Jonathan kijkt Nina meewarig aan. 'De meeting.'

Jonathan knikt, hij had geen idee dat Nina al zo snel in de *ranks* gestegen was dat ze hier ook bij mocht zijn. Als de liftdeuren dichtschuiven ziet hij zichzelf in de weerkaatsing naast haar staan. Zijn zwarte springerige haar naast haar blonde krullen.

'Goed, laten we snel beginnen.' Victor kijkt de steriele ruimte rond. Alle stoelen zijn bezet en boven hun hoofd schijnt een bak tl-licht genadeloos op hen neer. Tegenover Jonathan zit Kevin, gekleed in een donkere hoody, en een paar stoelen verderop is Nina gaan zitten. Ze glimlacht even naar hem.

'Jullie hebben waarschijnlijk het nieuws wel gezien vanochtend.'

Victor staat op van zijn stoel en begint door de ruimte te lopen. Jonathans ogen ontmoeten die van Kevin. Hij wijst naar zijn mondhoek, waar bij zijn collega een restje chocola te zien is.

'Ik kan beter nadenken als ik loop, dus jullie zullen het regelmatig met de zijkant van mijn hoofd moeten doen,' zegt Victor terwijl hij langs de tafel banjert. Kevin veegt onopvallend met zijn duim langs zijn mond. Als hij naar zijn duim kijkt kleeft er een veeg chocola aan. Hij grijnst naar Jonathan, die grinnikend zijn hoofd schudt.

'Dit was een onaangekondigde actie, maar de minister vraagt zich af hoe we dit hebben kunnen missen.' Victor is vlak voor hem stil blijven staan. 'Enig idee, Jonathan?' Hij lijkt op een schoolmeester die een afgeleide leerling weer bij de les dwingt.

Jonathan kijkt Kevin nog even kort aan en wendt zich dan tot Victor. Alsof hij niet even zijn blik kan afwenden zonder te stoppen met luisteren. Hij glimlacht.

'Was het een onderdeel van Farmers Defence Force?'

'Nee, dat was het niet. Dan was de actie wel opgeëist, al was het maar voor de media-aandacht. Althans, als je een beetje opgelet hebt dan weet je dat dat altijd hun strategie geweest is tot nu toe.' Victor kijkt hem aan. 'Of weet jij iets wat ik niet weet?'

'Nee, ik...'

'Goed, dat is ook weleens fijn.'

Hij ijsbeert verder door de ruimte. 'De tractor is eerst tegen de zijkant van de bus geknald, toen leek het nog een ongeluk. Maar daarna is de bestuurder op het busje in gaan rammen, net zolang tot hij eroverheen is gereden. De agent kon gelukkig via de bijrijdersstoel eruit klimmen, maar ligt wel in het ziekenhuis.' Victor kijkt de kring rond. 'En nu wil de minister een rapport.'

Een collectieve zucht klinkt door de ruimte.

'Dat kan de politie toch doen? Of een of andere denktank?' Kevin schuift op zijn stoel naar voren. 'Daar zijn wij toch niet voor?'

'Nee, maar de minister maakt zich zorgen om een groeiend anti-overheidssentiment in Nederland en ziet het rammen van een politiebusje als een uitwas daarvan. Daarbij is het belangrijk om dit soort dingen goed op papier te krijgen. Ik weet niet precies hoe het er hier voorheen aan toeging, maar onder mijn leiding wordt alles nauwkeurig gedocumenteerd. Er is al genoeg grijs gebied betreden de afgelopen tijd, en alle ogen zijn momenteel op ons gericht. We kunnen ons geen enkele misstap veroorloven.' Victor is weer gaan zitten. 'Aan jullie reactie te zien staan jullie allemaal te popelen. Dus laat het vooral weten als er vrijwilligers zijn.'

Tegenover Jonathan rolt Kevin even met zijn ogen.

Victor kijkt de kring rond. 'Dan nog iets anders. Zoals jullie weten is de BVA begonnen met het onderzoek naar de zaak rondom Liv Verlaan, mijn voorganger. Het onderzoek loopt de komende weken, daarna wordt er een definitief rapport opgesteld. Sommigen van jullie zullen ondervraagd worden, en als dat niet het geval is en je hebt toch iets te melden, dan vertrouw ik erop dat jullie daar zelf verantwoordelijkheid in nemen. En daar bedoel ik mee, om even heel duidelijk te zijn, dat je dan rapporteert wat je te melden hebt. Laten we hopen dat we dit zo snel mogelijk achter ons kunnen laten, zodat we ons kunnen storten op écht belangrijke zaken.' Hij glimlacht, er is geen spoor van cynisme in zijn stem te bekennen. 'Zoals het rapport voor de minister.'

'Zijn er vrijwilligers voor deze taak?' Victor kijkt de ruimte rond. Het blijft angstvallig stil. Kevin pulkt weer aan zijn mondhoek, alsof hij hoopt dat er nog een verborgen stuk chocola tevoorschijn zal komen. Rechts en links van hem kijken collega's zeer geïnteresseerd naar pluisjes op de tafel of hun shirt. Als Nina haar hand opsteekt negeert Victor haar.

'Jonathan, fijn dat jij je aanbiedt. Binnen twee dagen op mijn bureau, gaat wel lukken, toch?'

'Ik...'

'Heel fijn, dank je wel.'

Bij het naar buiten lopen stompt Kevin hem op zijn arm. 'Fijn dat jij je aanbiedt, Jonathan.'

'Thanks, man. Je kan wel helpen, hoor.'

Kevin grijnst. 'Sorry, ik kan alleen dingen met cijfers.' Hij trekt een vies gezicht. 'Letters, ugh.'

Jonathan loopt naar zijn bureau en schuift achter zijn computer. Naast hem is Nina bezig haar toetsenbord te poetsen met de mouw van haar shirt. Zou ze smetvrees hebben? Jonathan schudt zijn hoofd en logt in.

Bovenaan zijn inbox verschijnt een e-mail van ene Denise Overweerd. Vlug scant hij het bericht. Het is een uitnodiging van de BVA. Of hij zijn kant van het verhaal wil toelichten rondom het op non-actief stellen van Liv en alles wat er gebeurd is in de zaak Depernov. Jonathan zucht. Het zat eraan te komen, toch voelt hij hoe zijn maag even omdraait.

In het keukentje aan de zijkant van het kantoor haalt Jonathan een dubbele espresso uit de koffieautomaat. Met het plastic bekertje in zijn hand slentert hij terug naar zijn bureau.

Zowel de AIVD *als de politiek zijn de afgelopen jaren gefocust geweest op jihadisme. Maar in het licht van extremisme is dit in feite veel minder gevaarlijk, omdat dit om uitreizigers gaat. Anti-overheidssentiment is daarentegen naar binnen gericht, met de bedoeling om Nederland van binnenuit kapot te maken.*

Jonathan leest terug wat hij geschreven heeft. 'Van binnenuit', klopt dat? Nou goed, duidelijk zat wat hij bedoelt. Hij vist een paar typfouten uit zijn tekst en werpt een steelse blik op Nina, die naast hem eindelijk is begonnen met typen. Jonathan focust zich weer op het scherm voor zich.

Sinds de coronapandemie is er in Nederland sprake van grootschalige protesten, hetzij vanuit de boerenbeweging, hetzij als tegenreactie op het coronabeleid van de overheid. Het anti-overheidssentiment dat hieruit spreekt is niet eenduidig maar wat opvalt is dat de politie niet langer als peacekeeper *wordt gezien, maar in de rol van 'tegenstander' wordt gezet. Daarnaast gaat er een dreiging uit van partijen die een narratief verspreiden over een kwaadaardige elite die Nederland zou besturen. Geschat wordt dat zo'n 100.000 Nederlanders nu in meer of mindere mate geloven in deze theorie. Hierdoor kunnen mensen hun vertrouwen verliezen in instituties en zich terugtrekken in eigen groepen. Ook kunnen individuele aanhangers erdoor worden aangespoord om geweld te gebruiken tegen mensen van wie ze denken dat zij bij 'de elite' horen.*

Jonathan staart naar het scherm.

'In meer of mindere mate'? Wat moet een minister daar nu

mee, dat is nog veel te vaag. Hij staat op, hoog tijd voor een nieuwe kop koffie als hij nog een heel rapport moet zien te vullen.

'Lukt het?' Bij de automaat staat Kevin ongeduldig op een paar knoppen te duwen. Jonathan geeft een klap op de zijkant van de oude koffiemachine. Plotseling begint de automaat te sissen en koffie drupt in het plastic bekertje. Jonathan grijnst. 'Ik kan niks met cijfers, maar gelukkig functioneer ik verder prima in deze wereld.' Hij reikt Kevin het dampende bekertje aan.

Jonathan kijkt om zich heen. Verderop zit Nina over haar desk gebogen, de rest van het kantoor is vrijwel leeg. Hij richt zich weer tot Kevin, die van zijn koffie drinkt alsof het zijn laatste levenslijn op aarde is.

'Ik moet naar de BVA.'

'Shit. Wanneer?'

'Volgende week dinsdag. Ik kreeg een mail. Jij?'

'Nog niet.'

Jonathan leunt tegen het aanrecht.

'En, wat ga je doen?' vraagt Kevin terwijl hij zijn tweede kop koffie uit de automaat probeert te halen. Het apparaat zwijgt.

'Hij mag je niet.' Jonathan maakt een hoofdbeweging richting de koffieautomaat. 'Komt omdat je me niet wilde helpen met dat rapport.'

Kevin grinnikt.

'Tja, wat kan ik doen? Ik heb nog steeds die opnames tussen Liv en Nederland Vooruit waarin alles duidelijk wordt. Die kan ik laten horen.' Jonathan zucht. Het valt even stil. 'Ik wil vooral Babs erbuiten houden.'

'Snap ik. Hoe is 't met haar?'

'Prima.'

Dat was een leugen, of op z'n minst de halve waarheid. Babs was sinds de publicatie van het onderzoek veranderd. Ze was voorzichtiger geworden. Het onstuimige van vroeger was eraf, ze was vlakker geworden, banger. Jonathan hoopte met heel zijn hart dat het een fase was.

Verderop loopt Victor voorbij, hij knikt kort naar Kevin en Jonathan.

'Ik moet verder, *duty calls.* Laat me weten of jij ook een mail krijgt.' Jonathan geeft weer een flinke klap op de automaat. Het bekertje van Kevin rammelt even op de houder, dan begint de koffie te stromen.

Jonathan opent zijn locker en pakt zijn spullen eruit. Wat een klotedag. Eerst die e-mail van de BVA, en daarna Victor die hem constant op de vingers zat te kijken. Als hij dat nou bij Nina zou doen, dan kwam er misschien nog wat uit haar vingers. Hij kon het niet laten om haar af toe in de gaten te houden gedurende de dag. Waarom ze aangenomen was bij de dienst was hem een raadsel. Ze leek meer bezig met het beteugelen van haar neurotische trekjes dan dat ze daadwerkelijk iets gedaan kreeg.

Jonathan sluit zijn locker. Hij moest zo maar even sporten om zijn hoofd leeg te maken. Misschien dat Babs zin had om te squashen? Hij zou haar kunnen bellen.

Jonathan loopt het gebouw uit naar zijn fiets en zet zijn telefoon aan. Hij houdt van dit moment, waarop de wereld in één klap binnenstroomt. Mails, gemiste telefoontjes, een ontplofte groepsapp. Hij scant de berichten op zijn scherm. Zijn oude studentenhuis wil een reünie organiseren en in de app wordt druk gediscussieerd over het thema. Iemand vraagt of hij liever als zeemeerman gaat of als tropische vis. Jonathan zoekt een gifje van Sebastiaan de krab en stuurt het aan de groepsapp. Hij scrolt verder en klikt op Sofia's naam. Zijn bericht is nog steeds niet gelezen.

Pas als hij zijn telefoon weer in zijn zak wil steken ziet hij dat hij een paar gemiste oproepen heeft. Jonathans hart maakt even een sprongetje. *Don't get your hopes up.* Waarom zou Sofia hem bellen als ze niet eens zijn berichtje had willen lezen? Dan had ze toch al helemaal geen zin om zijn stem te horen?

Jonathan bekijkt het nummer. Het staat niet in zijn telefoon en er is ook geen voicemail ingesproken. Toch heeft diegene hem drie keer proberen te bellen. Jonathan pakt zijn fiets en loopt de straat uit, zijn fiets aan de hand. Hij drukt op het 06-nummer. De telefoon gaat een paar keer over voordat er wordt opgenomen.

'Jonathan.' Het is een stem die hij uit duizenden herkent. Hoe vaak heeft hij haar niet gebeld om verslag uit te brengen of haar om raad te vragen? Zijn hart, dat net nog een sprongetje maakte, bonst inmiddels achter zijn ribbenkast.

'Met Liv. Liv Verlaan.'

Jonathan drukt de mobiel iets dichter tegen zijn oor.

'Ik moet je spreken.'

'Liv, ik kan niet...' Jonathan voelt de spieren in zijn kaak zich aanspannen. Het liefst zou hij meteen ophangen.

'Luister even.'

Hoe verleidelijk het ook is, zomaar ophangen is niet zo eenvoudig als het lijkt. Als Liv hem echt wil spreken, dan zorgt ze er wel voor dat dat lukt. En als hij niet oppast staat ze straks ineens voor zijn neus, dan is hij nog verder van huis. Stel je voor dat iemand hen samen zou zien, nu de BVA op zijn lip zit. Dan kon hij net zo goed nu zijn ontslagbrief inleveren. Dan was bellen nog veiliger.

'Is de lijn veilig?'

'Ja, natuurlijk, Jonathan. Ik bel met een *burner*.' Aan Livs toon is in ieder geval weinig veranderd. Hoeveel er ook gebeurd is, ze heeft nog altijd hetzelfde effect op hem. Hij voelt zich weer klein worden, ook al zijn de rollen nu omgekeerd en belt Liv hém.

'Ik heb een voorstel.'

'Liv, ik heb een oproep gekregen van de BVA. Dus alles wat je nu zegt zal ik straks ook tegen hen moeten zeggen. Dus ik ga ophangen, voordat alles nog ingewikkelder wordt. Ik wil graag nog wat langer bij de dienst werken, als je het niet erg vindt.'

'Er gaan geruchten binnen Nederland Vooruit, over een radicale groep. Het lijkt serieus te zijn.'

'Je bedoelt die antisemitische berichten in appgroepen?'

'Nee. Daar valt nog mee te dealen.'

'Wat voor groep is dit dan?'

'Er gaat echt iets niet goed. Mensen maken zich zorgen.' Liv zucht hoorbaar. 'Dit is iets om in te duiken.'

'Ik heb wel iets meer nodig dan dit, Liv.'

Op de achtergrond rommelt Liv met wat papieren. 'Wat ik weet is dat ze onder de radar opereren. Dat is alles wat ik je ga vertellen. Maar het is serieus. En als dit misgaat, dan rolt er meer dan alleen míjn kop.'

Jonathan blijft staan. Hij kijkt om zich heen. Niemand kan hen horen, niemand let op hem.

'De dienst is deze groep nog niet op het spoor?' Liv pauzeert even. 'Nou, dan zou ik er zéker werk van maken. Dan gaat er wel meer mis dan alleen mijn vertrek.'

'Waarom zou ik je vertrouwen?'

'Jonathan, ik bel je niet voor niets. Dit is serieus. Hiermee kun je jezelf weer op de kaart zetten, na alles.'

Jonathan bijt op zijn wang. Liv weet nog altijd precies waar ze hem moet raken. Hij zou kunnen kijken waar ze mee zou komen, kijken hoe serieus het was. Dat kon geen kwaad. Liv had gelijk dat Victor hem de komende tijd niets toe zou schuiven. En als hij niet oppaste zou hij de komende maanden alleen het scherm van zijn computer zien. Tenzij hij zelf met een *lead* zou komen. Dan kon hij laten zien wat hij waard was.

'Wat is je voorstel, Liv? Wat wil je?'

'Jij geeft mij de opnames van ons gesprek en ik vertel je alles wat ik weet.'

'Waarom zou ik dat doen? Je weet wat ik daarmee riskeer.'

'Het hoeft natuurlijk niet. Maar ik had zo'n vermoeden dat jij je tijd wel beter kon gebruiken dan met rapporten tikken.'

Op straat zoeven forenzen Jonathan voorbij, druk bezig om zo snel mogelijk thuis te komen.

'Liv, áls ik er al in zou duiken, dan heb ik wel iets meer nodig dan dit.'

Er valt een korte stilte.

'Liv?'

Aan de andere kant van de lijn wordt gezucht. Dan klinkt haar stem helder door de telefoon.

'Hollands Front, zo heten ze.'

3

1950, Fort Monckton

Trainingscomplex Britse Inlichtingendienst MI6

De zee was woester aan deze kant, alsof ze kwader was, dacht Titus terwijl hij keek hoe de golven tegen de rotsen beukten. Het was hetzelfde water, dat dan weer de Nederlandse stranden op rolde, dan weer de Engelse kust bereikte. Een pendule die heen en weer bewoog. Kon een zee partijdig zijn? Een zee maakt ook oorlog mee. Haar rug droeg de Britse schepen, de Franse, de Duitse. Haar binnenste de onderzeeërs. Was het haar om het even?

Titus stapte van boord, zijn benen onwennig door het plotselinge vasteland onder zijn voeten. Hij haalde diep adem en klemde zijn hand iets steviger om zijn tas. Er zat maar weinig in, maar dat was wel het enige wat hem nog verbond met thuis. In zijn zak brandde het nieuwe paspoort, met de vreemde naam erin. Voor alles werd gezorgd, had de man gezegd. Het enige wat hij hoefde te doen was op te komen dagen, een sterke maag te hebben en een waterdicht verhaal. De man had gelijk gehad.

Zijn ogen zochten de kade af. Wellicht was dit al een test? Hij moest op alles voorbereid zijn. Daar, de restauratie in de haven waar de man het over had gehad. Titus liep op het kleine café af, er zorgvuldig op lettend dat hij niet opviel. Hij ontspande de hand die zijn tas omklemde en liep met stevige tred verder, alsof hij hier vaker kwam.

De zware deur van het havencafé viel met een klingel achter hem dicht. Titus nam plaats aan een kleine ronde tafel bij het raam. Uit zijn tas pakte hij een *Elsevier*, die hij voor zich op tafel legde. Daarna pakte hij de *Trouw* en sloeg de krant open, het titelblad duidelijk zichtbaar naar buiten geslagen. Hij bestelde een kop koffie bij de vrouw die aan zijn tafel was verschenen en wachtte. Hoeveel dingen hij tijdens de oorlog ook had gedaan, dit leek op niets van dat alles. Het voelde alsof hij constant getest werd, in de gaten gehouden.

Hij keek naar het tijdschrift dat voor hem op tafel lag. Het was toch *Elsevier* geweest? Of had hij zich vergist? Nee, niet twijfelen nu. Alles ging goed. Niemand wist dat hij hier was, niemand hield hem in de gaten. Behalve de mensen van wie het de bedoeling was, stelde hij zich voor. Buiten voeren vrachtschepen en tankers voorbij. In de verte zag Titus een klein zeilschip, handig laverend tussen de grote schepen die door hun ladingen diep de golven in werden gedrukt.

'Is de boot reeds aangemeerd?' Een onopvallend ogende man stond voor zijn tafel. Titus schraapte zijn keel. 'Ja, de lading wordt gelost.' De man knikte goedkeurend. Titus stak zijn hand uit, maar de man negeerde hem. 'Dat is niet nodig.' De man keek om zich heen en gebaarde dat Titus met hem mee moest lopen. Gehaast legde Titus wat geld op tafel, groette met een korte knik de vrouw achter de toog en snelde achter de man aan het café uit.

De man dirigeerde Titus naar een streng complex dat vlak bij de haven lag. Titus nam de omgeving zo goed mogelijk in zich op. De mensen die hij passeerde, de huizen waar ze voorbijsnelden. Alles was zo anders dan thuis. Zou de man weten dat dit de eerste keer was dat hij voet buiten Nederland zette? Voor de oorlog had hij mensen weleens horen praten over vakantie in het buitenland. Het voelde als een verre droom, dat je zoiets zomaar kon besluiten en doen. Titus rechtte zijn rug. Hoe dan ook: als dit de plek was waar hij zou verblijven, dan zou hij de zee kunnen ruiken vanuit zijn bed. Niet slecht voor een jongen uit de stad.

Hij had zijn ouders verteld dat hij voor zijn studie naar een klooster in Engeland moest. Gelogen was het niet. Niet dat hij moeite had met liegen, maar onnodige leugens waren het gevaar simpelweg niet waard. Zoveel had de oorlog hem wel geleerd, als hij rondfietste met vervalste voedselbonnen in zijn fietstassen met dubbele bodem, als hij mensen afleverde bij onderduikadressen. Het was belangrijk zo dicht mogelijk bij de waarheid te blijven. Je moest ervan uitgaan dat de vijand leugens kon rúíken, werd in het verzet altijd gezegd. Onzin natuurlijk, maar de zin had beklijfd.

Naarmate de oorlog langer duurde bleek zijn lichaam gewend te zijn geraakt aan de constante spanning. Aan het einde van de oorlog, toen hij bij het zoveelste geheime adres onderduikers in veiligheid bracht, voelde de angst eerder vertrouwd dan alarmerend. Als een oude vriend, die huisde in zijn borst.

De man loodste hem in de richting van een oud fort. Titus keek naar de dikke muren van de vesting, het water dat onder de brug door stroomde, de zware metalen deuren die het gebouw afsloten van de buitenwereld. Dit fort stond er duidelijk al eeuwen. Hier waren honderden mannen en vrouwen hem voorgegaan. Titus probeerde het zich voor te stellen, al die mensen die hier beschutting hadden gezocht, gevochten hadden, getraind waren. Hij voelde hoe hij de geschiedenis bijna beet kon pakken, zo tastbaar hing ze in de lucht. Hij schudde zijn hoofd: bij de les blijven nu. De man was al bijna de brug over, hij mocht niet achterblijven.

De man knikte kort naar een bewaker, waarna twee zware deuren voor hen opengingen. De man had nauwelijks nog een woord tegen hem gezegd, alsof hij helemaal opging in zijn taak: Titus ophalen, hem het gebouw binnenloodsen en hem secuur afleveren op de bestemming. Als een opdracht die volbracht moest worden, geruisloos en zonder omhaal.

'De komende weken is dit het.' De man, die zich nog steeds niet voorgesteld had, ging hem voor een klein vertrek binnen. De ruimte was kaal als een kloostercel: op een bed, een bureau en een stalen kast na stond er niets. De man wees de ruimte rond. 'Je kunt je tas hier neerzetten. We verwachten je zo in de aula.' De man beende weg. Niets aan hem zou Titus als gedenkwaardig kunnen beschrijven. Zijn haar, zijn ogen, alles leek voorbestemd om te vergeten zodra hij uit je zicht verdwenen was. Was dat wat een geheim agent goed maakte?

Titus staarde door het raam van de slaapkamer naar buiten. De tralies gaven het uitzicht een omlijsting, alsof de zee gevangenzat. Of hijzelf, het was maar net aan welke kant je stond. Maar was dat niet altijd het geval? Hij schudde de gedachte van zich af. De oorlog was voorbij, hij hoefde niet meer zo te denken.

Verbaasd was hij niet zozeer geweest toen de man hem benaderde. Of misschien toch wel. In ieder geval voelde hij zich gevleid. Een gevoel dat hij niet goed kon of wilde thuisbrengen. Het voelde alsof het er niet mocht zijn. Alsof het om hém ging, en niet om het grotere goed. Hij was slechts een radertje in alles, dat mocht hij niet vergeten. 'Eer is weggelegd voor wie bescheiden is,' stond in de Bijbel. Titus probeerde ernaar te leven, hij had niet voor niets besloten zijn leven te wijden aan Zijn Woord.

De keuze om theologie te studeren had logisch gevoeld. Titus was graag in een kerk. Het serene, de kaarsen: het maakte hem rustig, alsof de buitenwereld even op pauze mocht.

'Kunnen we praten?' De kapel van de kerk naast het universiteitsgebouw was leeg geweest. Titus had willen zeggen dat hij niet de dominee was, dat hij hier enkel graag kwam na zijn colleges. Maar de man leek dat al te weten. De man, gekleed in een net zwart pak met een statige hoed op, liep naar een van de houten bankjes achter in de ruimte. 'Hier kunnen we zitten.' Hij vergewiste zich ervan of niemand meeluisterde en constateerde tevreden dat er niemand in de kerk was op dit uur. Hij streek over zijn pak, legde zijn hoed naast zich neer en ging zitten op de houten kerkbank.

'Het is belangrijk dat u met niemand over dit gesprek praat.' De man boog zich iets naar Titus toe terwijl hij dit zei. Titus was naast hem gaan zitten. Samen keken ze naar het kleine altaar dat in de kapel stond.

'Dat is geen probleem. Ik heb geheimhoudingsplicht, meneer,' zei Titus terwijl hij de man probeerde te peilen. De man vertrok geen spier en knikte simpelweg.

'Of althans, straks,' zei Titus er snel achteraan. 'Als ik klaar ben met mijn studie. Maar ze bereiden ons er nu al op voor.' Titus keek kort opzij; de man bestudeerde de kapel.

'Ik hoop ooit predikant te worden,' zei Titus.

'Daar rekenen wij op, ja.' Voor het eerst keek de man hem aan, zijn gezicht verried niets.

Hij was geheimzinnig gebleven. Een clandestiene organisatie, opgericht door de overheid, waar betrouwbare Nederlanders voor werden gezocht die verzetsoperaties konden uitvoeren wanneer dat nodig zou zijn. Alles in complete anonimiteit, zelfs zijn echtgenote zou er niet van mogen weten. Titus wilde zeggen dat hij geen echtgenote had, nog niet, maar de man sprak haastig door. 'Absolute geheimhouding, dat is wat we vragen. Ook in vredestijd luistert de vijand mee.'

Hoewel de man weinig woorden had gebruikt, had Titus het begrepen. Hij had zelf gezien hoe zwak Nederland was geweest in de oorlog. Het verzet was amateuristisch geweest, zeker in de beginjaren, en het had honderden levens gekost tot ze daadwerkelijk iets tegen de Duitsers hadden kunnen doen. En zelfs toen was het veel te weinig geweest. Maar nu de oorlog voorbij was leken de meeste mensen dat allang te zijn vergeten. De vijand was verslagen en er werd opgelucht ademgehaald, de blik weer gericht op de horizon. Wederopbouw, Marshallhulp – de donkere jaren lagen achter hen. Maar keek je om, dan zag je dat het beest zijn bek nog maar nauwelijks gesloten had. En aan de horizon dreigden alweer nieuwe gevaren.

De man had hem indringend aangekeken. 'Nederland mag nooit meer zo kwetsbaar zijn. Nooit meer op de rug liggen terwijl de vijand over ons heen loopt.' Hij keek even rond, maar de kerk was nog altijd leeg. 'Daarvoor zijn mensen nodig die onder de radar kunnen opereren. Die hun verantwoordelijkheid nemen wanneer nodig, het verzet kunnen leiden en met wapens om kunnen gaan.' De man was opgestaan. 'Begrijpen wij elkaar?' Titus had geknikt, en nu pas had de man hem een hand gegeven. 'Mijn dienstnaam is De Leeuw. U krijgt een week bedenktijd.'

Titus pakte zijn tas en legde de paar spullen die hij meegenomen had in de kast tegenover het bed. Hij streek even over de wollen broek die zijn moeder hem had gegeven bij vertrek. De stof voelde warm aan onder zijn handen. 'Het kan koud zijn aan de Engelse kust,' had ze gezegd. 'Of moet je daar een pij aan?' Titus had gelachen, gezegd dat hij slechts les zou krijgen in een klooster, dat hij van plan was een solide protestantse dominee te worden en dat hij allerminst van plan was om opeens katholiek te worden en een kloostergelofte af te leggen. Hoewel zijn moeder wist dat Titus veel waarde hechtte aan familie, aan een éígen familie op een dag, had ze toch opgelucht geleken.

Ze had het zwaar gehad in de oorlog. Zij allemaal, maar zijn moeder was extra gebukt gegaan onder de bezette jaren. Toen zijn broer opgeroepen werd om in Duitsland te werken, en hij zonder al te veel omhaal vertrokken was, had ze zich meer en meer teruggetrokken. Titus was woest geweest op zijn broer. Maar Dirk had zijn ouders en Titus niet in gevaar willen brengen en had het als zijn plicht gezien te gehoorzamen. Koste wat kost wilde hij voorkomen dat zijn familie gevaar zou lopen door zijn keus.

Voor de jonge Titus was het onbegrijpelijk geweest. Hoe kon zijn broer hem zomaar achterlaten? Juist nu? Titus had hem toegeschreeuwd dat hij moest blijven, voor hem, voor zijn vader, voor zijn moeder. Dat de angst en de stress van een broer en een zoon in Duitsland hebben óók onmogelijk waren om mee te leven. Maar Dirk had hem zacht bij de kin gepakt en hem liefdevol aangekeken. 'Dat ik niet onderduik betekent niet dat ik vrijwillig ga.' En met die woorden had hij zijn tas gepakt en de deur achter zich dichtgetrokken.

Titus zelf was te jong geweest om opgeroepen te worden, maar hij had zich voorgenomen dat wat er ook gebeurde, hij het allemaal anders zou doen. Zodra de kans zich voordeed had hij zich aangesloten bij een groepje jongens en meiden die hij kende uit de buurt en van wie hij had gehoord dat zij hulp konden gebruiken. Al waren het maar kleine dingen die hij kon doen, alles beter dan gedwee de bezetter in de kaart spelen. En zo was het begonnen. Eerst eenvoudige klusjes, maar naarmate de oorlog langer duurde en was gebleken dat hij talent had, hadden ze hem algauw grotere opdrachten gegeven.

Een munitiefabriek. Dat Dirk precies daar terecht was gekomen, leek een wrede grap van het lot. Zijn lieve, zachtaardige broer met zijn fijne muzikantenhanden, plotseling aan het werk gezet om kogels te produceren. De gedachte aan al die wapens die door zijn handen moesten zijn gegaan... Het benam Titus de adem.

Toen de geallieerden oprukten en de nazi's steeds verder teruggedrongen werden, hadden ze gedacht dat Dirk elk moment op de stoep zou staan. Maar Nederland werd bevrijd en Dirk was niet teruggekeerd. Langzaam was hun hoop vervlogen, net zolang tot er nog maar een klein restje van over was, een residu van wat ooit een zekerheid had geleken. Hoelang Titus ook had gezocht naar een verklaring voor zijn dood, hij had die niet kunnen vinden. Titus vermoedde dat hij door de slechte omstandigheden in de fabriek gestorven was, misschien aan honger of aan dysenterie – hij had gehoord dat dat veel dwangarbeiders overkomen was. Soms droomde hij dat Dirk had willen vluchten, terug naar Nederland, naar hén. En dat hij de ontsnapping simpelweg niet overleefd had.

Dat zijn ouders en hij ongeschonden uit de oorlog waren gekomen, was iets waar hij God nog dagelijks voor dankte. Hij was geloviger geworden, in die jaren. Hij had te veel gezien en gehoord om alles af te doen als willekeur. God moest een plan hebben met de wereld, zoveel wreedheid had Hij toch niet toe kunnen staan? Ook zijn moeder had tijdens de oorlog veel steun gehad aan haar geloof. Ze was steeds vaker in de Bijbel gaan lezen, en elke keer als Titus tijdens de avondklok de deur uit glipte meende hij dat ze langer bad dan de dag ervoor. Misschien wist ze wat hij allemaal uitspookte. Hoe ze hem soms aankeek deed hem vermoeden dat ze meer wist dan ze deed voorkomen.

Maar erover beginnen zou ze nooit. Zijn moeder wist hoe ze moest zwijgen.

Titus deed de kastdeur dicht en wierp een laatste blik in de kamer voordat hij de trap op liep naar boven, de aula in.

4

‘De enigen die weten van ons bestaan zijn de minister-president en de minister van Defensie.’ De Leeuw stond voor in de aula, die op een kleine desk en een paar stoelen na leeg was. Titus had plaatsgenomen achter het kleine tafeltje. Hij voelde zich een scholier in een schoolbank. Nu hij erover nadacht was er ook niet zoveel verschil tussen de twee.

‘Naar buiten toe bestaan we niet, en zullen we ook nooit bestaan, wat mensen ook zeggen of vragen. Een staat binnen de staat. Wat betekent dat wij buiten de democratische rechtsorde vallen. De enige verantwoording die u straks zult afleggen is aan ons, uw *handler*, de minister of de minister-president.’ De Leeuw keek Titus strak aan. ‘Dat betekent dat wij blind op u en al onze agenten moeten kunnen vertrouwen.’ Hij voelde hoe de ogen van de man bijna door hem heen leken te kijken.

‘Verzet is een vak. Een vak waar u kennis mee hebt gemaakt, waar wij allemáál noodgedwongen kennis mee hebben gemaakt, maar wat wij niet langer aan amateurs kunnen en mogen overlaten. *Never again.* Het is niet de vraag óf ze komen, maar wannéér. Is dat helder?’

‘Ja, meneer.’

‘Daar moet bij gezegd dat niet alles tot in detail voor te bereiden valt. Het is gissen hoe een bezetting plaats zal vinden en uit zal pakken, welke strategie de Russen kiezen en welke mogelijkheden er zullen zijn. Het is onze taak om onze mensen op zo veel mogelijk situaties voor te bereiden en hen te voorzien van de juiste informatie, benodigdheden en kennis. En daarom bent u hier.’

Titus stak zijn hand op, alsof er iemand anders was die ook een vraag zou kunnen stellen. De Leeuw gaf hem een kort knikje.

'Ben ik de enige hier?'

'Wij vertellen u wat u moet weten, de rest wordt vanzelf duidelijk.' De man keek hem streng aan. 'Indien wij dat nodig vinden uiteraard.' De Leeuw was nu voor zijn tafel komen staan. 'Goed, u zult wel trek hebben. Eerst eten, daarna gaan we van start.'

De Leeuw nam hem mee naar een ruimte vlak achter de aula. De zaal had knusse tafels met nette kleden en zilveren asbakken erop, en in de hoek was een open haard met leren stoelen waarin je gemoedelijk onderuit kon zakken. Er hing een aangename etensgeur in de ruimte die Titus' maag deed rammelen, maar hij hield wijselijk zijn mond.

De man ging aan een van de tafels zitten en gebaarde dat Titus tegenover hem plaats kon nemen. Zodra Titus was gaan zitten verscheen er een jongen uit de keuken, gekleed in een net pak alsof Titus en De Leeuw zojuist een chic etablissement binnen waren gewandeld. Geroutineerd zette hij twee kommen soep met brood voor hen neer, en met een korte hoofdknik verdween hij net zo snel als hij gekomen was. De Leeuw pakte zijn lepel, maar begon nog niet met eten. Het leek alsof hij ergens op wachtte.

Titus keek vertwijfeld van zijn soepkom naar de man tegenover hem. Zou hij willen dat Titus de eerste hap nam? Of denken dat Titus eerst wilde bidden? De stilte begon nu ongemakkelijk te worden. Snel vouwde Titus zijn handen, en met gesloten ogen zei hij in stilte een kort gebed. Zodra hij zijn ogen opende zag hij aan het gezicht van de man dat hij het bij het juiste eind had gehad.

De soep was warm en goedgevuld. De bouillon was getrokken van echt vlees en de groenten waren zo vers dat ze nog kraakten. Zelfs het brood leek rechtstreeks uit de oven te komen. Titus voelde hoe de soep hem deed ontspannen, de spieren in zijn rug verzachtte, en hij merkte hoe zijn ademhaling rustiger werd. Zodra hij zijn lepel neer had gelegd was de jongen weer verschenen, deze keer met een salade en twee stukken gebraden vlees. Titus had in geen tijden een maaltijd gegeten die uit verschillende gangen bestond. Als dit elke middag zo zou zijn, dan moest hij nog uitkijken dat hij niet een stuk dikker thuis zou komen dan hij vertrokken was. Dat zou zijn moeder nooit geloven, van een klooster.

De Leeuw leek zijn gedachten te raden. 'Geen zorgen, u zult de energie straks nodig hebben.' Glimlachend voegde hij eraan toe dat de organisatie hem graag nog beter wilde leren kennen. En terwijl de jongen uit de keuken verscheen en geroutineerd de borden ophaalde legde hij een aantal papieren voor Titus neer. 'Protocol.' Hij overhandigde hem een vulpen en stond op. 'Ik hoor het graag wanneer u klaar bent.'

Voor hem lag een geheimhoudingsverklaring. Titus bladerde het document door. Stel je voor dat ze dit ook dominees zouden laten tekenen bij het eerste beroep dat ze ontvingen in een gemeente. Titus moest grinniken bij de gedachte. De man, die verderop was gaan zitten, keek even zijn kant op. Snel boog Titus zich weer over de papieren. Hij las de verklaring een aantal keren door. Er zaten geen vreemde dingen in: hij beloofde simpelweg dat hij niemand zou vertellen over het bestaan van de organisatie, haar doelstellingen en modus operandi. Daarnaast werd absolute geheimhouding geëist over zijn eigen functie en die van anderen, gedurende zijn dienstjaren én alle jaren daarna. Titus haalde de dop van de vulpen en ondertekende het document.

Onder de geheimhoudingsverklaring lag een stapeltje papieren waar vragen op stonden. Titus' ogen vlogen over de bladzijdes. Er waren 125 genummerde vragen, verdeeld over vier pagina's. Het begon eenvoudig. Titus vulde een aantal gegevens in over zijn opleiding (Christelijk Lyceum Utrecht), over zijn kerkelijke achtergrond (Nederlands Hervormd) en zijn hobby's (fietsen en wandelen). Maar ze wilden ook andere dingen weten. Welke opvallende lichamelijke kenmerken hij had. Hoe goed hij was met wapens. Wat zijn aantrekkingskracht op vrouwen was. Titus bekeek de vragen nogmaals. Zijn aantrekkingskracht op vrouwen? Daar had hij eigenlijk geen benul van. Kon hij de vragen ook fout beantwoorden? Hij voelde hoe hij het steeds warmer kreeg.

Vraag 48: Zijt gij tot geheimhouding in staat? Vraag 81: Welke streken en plaatsen in Nederland kent gij goed en tamelijk goed? Vraag 125: Voorlopige opgave van personen die gij geschikt acht voor den dienst. Titus ademde zacht uit via zijn mond, antwoordde zo goed en zo kwaad als hij kon en legde de vulpen neer. Hij keek naar de palm van zijn hand, waar het metaal van de pen een afdruk had achtergelaten in zijn huid. Hij moest proberen te ontspannen, dit was pas het begin.

Hij overhandigde De Leeuw de papieren, waarna de man hem voorging naar een trappenhuis dat Titus nog niet eerder opgevallen was. Hij volgde hem een wenteltrap af, steeds dieper het gebouw in. Waar boven de muren nog behangen waren met schilderijen en oude foto's, werd de omgeving hier steeds kaler. De Leeuw ging hem voor, een betonnen gang door die uitkwam op een zware metalen deur. Zodra De Leeuw hem binnen had gelaten en de deur achter hen in het slot viel vulde een doodse stilte de ruimte. Blijkbaar was de deur niet alleen bedoeld voor de veiligheid maar ook als geluidsisolatie. De stilte was bijna tastbaar.

De Leeuw opende een kluis en haalde daar een handvuurwapen uit, dat hij Titus overhandigde.

'U bent een Browning gewend, maar als u hier genoeg mee oefent zult u zien dat het niet veel verschilt.'

Titus pakte het wapen vertwijfeld aan. Hoe wist de man welk wapen hij gewend was? Dat had hij niet in hoeven vullen op de vragenlijst. Het pistool lag zwaar in zijn hand, maar niet onprettig.

'U zult de komende weken elke dag oefenen, net zolang tot dit wapen u meer eigen is dan uw eigen hoofdkussen.' Hij opende een tweede metalen deur in de hoek van de ruimte. De deur scharnierde naar binnen toe en Titus stapte over de drempel.

'U zult vanaf hier verder begeleid worden.' Zonder verdere uitleg sloot De Leeuw de deur achter hem.

Zodra Titus binnen was hoorde hij pistoolschoten. Blijkbaar was hij toch niet de enige in training hier. Een man in uniform en met gemillimeterd haar wachtte hem op en stak zijn hand uit naar Titus. 'Welkom, Van Bokhoven.'

'Titus.'

'De komende weken zult u mijn gezicht vaker zien dan u lief is, dus u kunt maar beter wennen aan deze kop,' antwoordde Van Bokhoven.

'Datzelfde geldt voor u, meneer,' antwoordde Titus. Het was een verademing iemand te treffen die wat luchtigheid in dit alles wist te brengen, al was het maar een beetje.

De ruimte bestond uit vijf lange banen naast elkaar, afgeschermd door betonnen muren. Het einde van iedere gang was met het blote oog niet goed te zien, Titus schatte dat het minstens een paar honderd meter moest zijn. Het plafond was afgedekt met isolatiemateriaal, wat de gangen droog en stil maakte, op het geluid van afgevuurde schoten na. In het plafond zat om de zoveel meter een kleine vierkante opening, waar de man nu naar wees.

'Die fungeren als een ventiel voor het geluid, anders zouden we u na het eerste schot meteen af kunnen voeren. Zou zonde zijn, nietwaar?' De man overhandigde hem gehoorbescherming. 'U begint met een afstand van 100 meter; gedurende de komende weken zal deze opgevoerd worden tot 250.' Van Bokhoven wees naar de lange ruimte. 'Dat is hoever de gang hier loopt. Nu maar hopen dat uw vijand later nooit verder weg zal staan dan dat.' Hij knipoogde naar Titus. 'U zult merendeels dit wapen gebruiken, maar af en toe zal ik u ook andere geven, zodat u een brede wapenkennis ontwikkelt.'

Hij gebaarde dat Titus de gehoorbescherming op moest zetten en wees naar een papier dat halverwege de ruimte hing. 'Gaat uw gang.'

Het schieten ging hem goed af, altijd al. Hij was precies, zijn handen trilden niet gauw en hij had van nature een goed zicht. Van Bokhoven gaf hem een goedkeurende knik. 'Niet slecht. Weet u hoe u dit wapen dient te onderhouden?'

Titus schudde zijn hoofd. 'Nee, meneer.'

'Dan beginnen we daar morgen mee. Het is belangrijk dat u in alles zo zelfstandig mogelijk kunt opereren.' Hij stak zijn hand uit. 'U mag het wapen nu weer bij mij inleveren, de komende dagen gaan we verder.' Op de andere banen was het inmiddels ook stil geworden. Titus wierp een korte blik op de man, in de hoop dat die hem meer wilde vertellen over wie daar had staan schieten. Maar Van Bokhoven negeerde hem en wees naar de metalen deur.

'Tot morgen.'

Toen hij boven kwam was De Leeuw nergens te bekennen. Hoewel het gebouw raadselachtig bleef met zijn vele deuren en gangen liep Titus op zijn gemak terug naar de aula. Hij had altijd al een goed gevoel voor richting gehad, en als je hem zou vragen wat hij tot nu toe van het gebouw had gezien, zou hij het zo kunnen uittekenen.

In de aula stonden nu meerdere tafels opgesteld. De Leeuw liep met een kop dampende koffie in zijn hand heen en weer door de zaal. Aan een van de tafels zat een jongen met kort blond haar. Hij draaide zich niet om toen Titus binnenkwam en plaatsnam aan de tafel achter hem.

'Koolstra, Meijer – Meijer, Koolstra.' De Leeuw wees kort van de jongen naar hem. Nu keerde de jongen zich wel om en Titus zag hoe zijn ogen snel zijn gezicht scanden. De jongen leek al behoorlijk ingeburgerd hier.

'Als agent krijgt u straks een handler toegewezen die u gaat helpen in het veld.' De Leeuw keek hen beiden doordringend aan. 'Althans, "helpen" is niet het goede woord. Een handler is simpelweg een communicatielijn. Dit is ook de persoon die u zal informeren over nieuwe afspraken, informatie of trainingen de komende jaren. De apparatuur waar u mee zult werken zal regelmatig vervangen moeten worden, omdat de ontwikkelingen snel gaan op technisch gebied. Dat betekent ook dat u regelmatig getraind zult worden om u deze apparatuur eigen te maken. Enig idee over wat voor apparatuur ik het dan heb, Meijer?'

'Zend- en ontvangapparatuur, meneer.'

'Juist. Behalve op de instructeurs die u hier ontmoet en uw handler bent u de komende jaren op uzelf aangewezen. Dat houdt in dat u zelfstandig moet kunnen communiceren via deze apparatuur, maar ook via DLB's...' De Leeuw keek Titus aan, maar voor hij kon antwoorden was de jongen hem voor.

'*Dead letter boxes...*'

'... waar korte boodschappen, brieven en pakjes afgeleverd zullen worden. Zonder dat iemand van buitenaf daarvan afweet, uiteraard,' sloot De Leeuw af. Hij zette zijn lege kop op de tafel en keek Titus doordringend aan.

'Verder zult u nooit te weten komen wie er nog meer gerekruteerd zijn, wat hun functie is en waar ze gestationeerd zijn. Het is een eenzaam beroep, maar desalniettemin zeer waardig, een beroep waarvoor u niet voor niets bent uitgekozen. In Nederland zult u ieder in uw eigen district opereren. In een enkel geval zullen sommige opdrachten niet solistisch uitgevoerd kunnen worden, omdat ze fysiek te zwaar zijn of omdat het een risico vormt om het alleen te doen. Verder bent u altijd en overal op uzelf aangewezen.'

Titus en de jongen knikten.

'Goed, zoals Koolstra weet duren de lessen van maandagochtend acht uur tot vrijdagmiddag achttien uur. In het weekend zijn jullie vrij en kan er naar huis gebeld worden.' De Leeuw draaide zich om en liep de zaal uit, zonder nog een woord aan hen vuil te maken. Ook de jongen voor hem stond op en liep naar de deur. Met zijn hand op de kruk van de deur, draaide de jongen zich plotseling om en keek Titus aan. 'We kunnen straks samen eten, als je wilt. Het kan nogal...' Hij leek even te zoeken naar het juiste woord. '... intimiderend zijn hier.' Zonder Titus' antwoord af te wachten, stapte hij de drempel over, waarna de deur met een klap in het slot viel.

5

De jongen die hen eerder bediend had, was verdwenen. Een oudere vrouw verscheen dit keer uit de keuken, en zette hen zonder iets te vragen twee borden voor. Titus had niet geweten hoe laat hij verwacht werd, en had het zijn tafelgenoot ook niet kunnen vragen aangezien hij geen idee had in welke kamer de jongen sliep. Daarom had hij zogenaamd nonchalant plaatsgenomen in een van de leren fauteuils bij de haard, en met een krant op schoot de tijd gedood. Na een klein uur was de jongen verschenen en waren ze samen aan een tafel bij het raam gaan zitten.

Voor hen stond nu een kleine pastei, op ieder bord een. De rest van de zaal was leeg, blijkbaar waren ze echt de enigen hier.

'Had je vandaag Van Bokhoven?' De jongen brak een stuk pastei af met zijn hand en stopte het in zijn mond. Titus legde zijn bestek neer en pakte het pasteitje ook op. Het leek hem al een onmogelijke opdracht om de deegbol met bestek te lijf te gaan en nu hij de jongen aan het werk zag, besloot hij zich ook aan de honger over te geven. Het pasteitje kraakte in zijn mond, Titus proefde aardappel, ui en wortel. Niet slecht.

'Ja, aardige man is dat,' zei Titus. Hij veegde zijn mond af met een linnen servet en keek de jongen aan, die al aan het tweede deel van zijn pastei begonnen was.

'Hij is onderofficier. Heeft nog meegedaan bij de aanval op Dieppe. Naar het schijnt mist hij een aantal tenen.' De jongen grinnikte. 'Ik ben Peter, trouwens.'

'Titus.'

'Waar kom je vandaan?'

'Den Haag,' antwoordde Titus.

De jongen veegde zijn mond af met zijn hand en wees op zichzelf.

'Apeldoorn.'

Ze wisten allebei dat deze informatie zinloos was. Ze hadden beiden eenmalige identiteiten en paspoorten gekregen, verstrekt door Buitenlandse Zaken. Na hun reis zouden ze deze direct weer in moeten leveren.

'En je beroep?'

'Directiesecretaris.' Titus glimlachte.

Peter legde zijn servet in een prop op tafel neer en wees op zichzelf. 'Arts.' Hij grijnsde. 'Mijn vader zou trots op me zijn.'

'Ben je hier al lang?' vroeg Titus.

'Lang genoeg. Ik heb in ieder geval al een keer naar huis mogen bellen.'

'Vertellen ze je verder niks? Wat je moet doen of wat ze van je verwachten?'

'Nee, eigenlijk niet. Ik geloof dat dat ook deel is van de training.'

De vrouw uit de keuken had hen inmiddels aardappelen, groente en vlees voorgeschoteld. Het Engelse eten leek tot dusver behoorlijk op thuis, dacht Titus tevreden.

Peter boog voorover en keek hem samenzweerderig aan.

'Je krijgt nog wel een geheime opdracht, ergens in de komende weken.'

'Hoe weet je dat?'

'Toen ik hier kwam was er nog een andere jongen,' zei Peter terwijl hij de aardappels op zijn bord begon te prakken met een vork.

'Wat voor opdracht?'

'Dat weet ik niet, ik heb mijne nog niet gehad. Die andere jongen had iets met een vliegtuig-dropping moeten doen.' De aardappels op Peters bord waren inmiddels veranderd in een bol puree die hij nu in een razend tempo naar binnen begon te lepelen. 'Hij moest met lichtsignalen vanaf de grond een vliegtuig seinen zodat zij een dropping konden doen zonder dat iemand het zag. Dat soort dingen, denk ik.' Peter was inmiddels aan zijn groente begonnen. Titus stopte snel een paar happen in zijn mond, hij wilde niet dat Peter straks op hem moest wachten.

'Maar die kerel bleef er verder nogal vaag over. Nou goed, we zien het wel. Het voordeel van een geheime opdracht is dat je je er ook niet op kunt voorbereiden,' zei Peter terwijl hij zijn lege bord van zich afschoof.

'Koffie?'

In de weken die volgden zag Titus Peter slechts een paar keer. Hij begon te wennen aan de stilte die in en rondom het complex hing. De geheimzinnigheid en de geslotenheid van het gebouw en de weinige mensen die er rondliepen, voelden als een voorbode op wat straks komen ging. De meeste dagen zag hij vooral Van Bokhoven en volgde hij lessen over het onderhouden van wapens, de belangrijkste evacuatieroutes in tijden van nood, en het leren van morsecode. Dat laatste vond hij het lastigst. Al die piepjes die zo op elkaar leken, Titus werd er gek van. Van Bokhoven probeerde geduldig te blijven, maar Titus merkte dat ook hij horendol werd van het tempo waarin Titus de informatie op leek te nemen. Af en toe liet de man vallen dat Titus beslist geen natuurtalent was. 'Gelukkig heeft Peter een beter oor ervoor.' Titus had zijn schouders opgehaald. 'Ieder zijn talenten,' had hij gemompeld. En Van Bokhoven had hem een klap op de schouder gegeven. 'Precies, jongen.'

Ook de fysieke trainingen werden door Van Bokhoven gegeven. De man liet hem eindeloos opdrukken, touwtje springen en kilometer na kilometer rennen over de baan die achter het gebouw lag – of het nu regende, stormde of de Engelse wind er bijna persoonlijk op gebrand leek hem niet vooruit te laten komen. Hij mocht Van Bokhoven wel, hoewel hij ook merkte dat de man een grillige kant had. Op sommige dagen was hij kortaf en liet hij Titus bij de kleinste tegenslag verder rennen dan afgesproken. Alsof Titus ergens voor moest boeten.

Op andere dagen zag hij alleen De Leeuw. Met hem voerde hij vooral gesprekken. De Leeuw leek zelf niet erg religieus, maar was desondanks zeer geïnteresseerd in Titus' kerkelijke achtergrond. Ook vandaag waren De Leeuw en Titus weer alleen. Titus had plaatsgenomen aan de kleine tafel in de aula en

De Leeuw stond zoals gewoonlijk met een kop koffie in zijn hand voor in de aula.

'Meijer, wat is voor u de belangrijkste les uit de Bijbel?'

Titus schoof op zijn stoel. Hij had geen idee waar De Leeuw heen wilde hiermee, maar makkelijk ging het niet worden vandaag.

'Dat God liefde is,' antwoordde Titus.

'Goed,' mompelde De Leeuw. 'En is God dan ook naastenliefde?'

'In zekere zin wel. Als wij allen schepselen Gods zijn, dan...'

De Leeuw liet Titus niet verder uitpraten maar sloeg een bijbel open die hij blijkbaar al die tijd in zijn hand had gehad.

'Johannes 13, vers 34: "Een nieuw gebod geef Ik u, dat gij elkander liefhebt; gelijk Ik u liefgehad heb, dat ook gij elkander liefhebt."' Hij sloeg de bijbel dicht en keek Titus een poos lang zwijgend aan.

'Waar ik benieuwd naar ben, meneer Meijer... is hoe u dit straks rijmt met uw opdracht in het veld.'

De Leeuw had hem nog nooit zo persoonlijk aangesproken. Titus deed zijn mond open om antwoord te geven, maar De Leeuw ging alweer verder. De man was op dreef vandaag.

'Zoals u weet zullen uw taken straks bestaan uit verschillende onderdelen: inlichtingen verzamelen, op militair en economisch gebied, en het verzorgen van clandestiene pers en radio.' Hij bleef staan voor Titus' tafel. 'Zaken waar ik me geen zorgen om maak bij u. U bent vooralsnog vlug van begrip gebleken, fysiek sterk en niet bang. Maar u begrijpt waar ik heen wil, meneer Meijer?'

'Ja.'

'Sabotage. Afbreuk doen aan de vijand door middel van fysieke actie, geweld indien nodig. Het opblazen van strategische punten, het eventueel liquideren van de vijand of sympathisanten.' De Leeuw begon langs zijn tafel te ijsberen.

'Sabotage heeft repercussies voor de burgerbevolking. Niet iedereen die in potentie gevaar zal lopen door uw acties zal aan de kant van de Russen staan. Beseft u dat? Dat betekent dat er ook aan onze kant slachtoffers kunnen vallen, door uw toedoen.

En nu rijst bij mij de vraag, meneer Meijer, hoe u dit rijmt met uw geloof. En met uw aanstaande beroep als predikant. Dat is wat ik mij afvraag.' De Leeuw staarde even uit het raam, waar een groot schip voorbijgleed.

'Zult u in staat zijn om na zulke acties uw taken als dominee en agent weer op te pakken? Zoals u weet gaan wij het liefst een lange verbintenis met elkaar aan. Wij hebben niets aan medewerkers die door gewetenswroeging niet langer inzetbaar kunnen zijn in het heetst van de strijd.' De Leeuw keek hem nu weer direct aan. 'Begrijpt u mijn twijfel?'

'Ja, meneer.' Titus schraapte even zijn keel. 'Al geloof ik niet dat die terecht is.'

Een kleine trilling in de wenkbrauw van De Leeuw verried dat hij verrast was door Titus' directheid. Titus voelde op zijn beurt hoe het bloed een weg zocht naar zijn wangen. Hij haalde even diep adem.

'Ik ben van kinds af aan gefascineerd geweest door goed en kwaad,' zei Titus. 'Wie bepaalt dat? Als kind leek het allemaal zo helder: je diende je te houden aan de regels van God, je ouders, je leraren op school, en zo je innerlijke kompas af te stellen om het later alleen te kunnen. Maar in de afgelopen jaren heb ik geleerd dat dat niet zo eenvoudig ligt.'

Hij zag dat De Leeuw op het punt stond hem te onderbreken, maar Titus zette door.

'Toen mijn broer Dirk naar Duitsland vertrok deed hij dat omdat hij dacht dat het goed was om te gehoorzamen. Hij wilde ons niet in gevaar brengen door dienst te weigeren. Toch was het juist een van mijn redenen om bij het verzet te gaan: om Dirk te laten zien dat hij het ook anders aan had kunnen pakken. En zo is mijn keuze weer beïnvloed door de zijne. Heeft hij gelijk gehad? Of ik? Dat zullen we niet weten. Het enige wat voor mij helder is, is dat je niet van tevoren kunt bepalen wat goed is en wat niet. Het leven wordt niet in zwart-wit geleefd, maar in kleur, zei mijn grootmoeder altijd. En zo is dat ook met keuzes die ik zal moeten maken. Uiteindelijk is het niet aan ons om te oordelen en zijn Gods wegen immer ondoorgrondelijk.'

Titus plukte aan zijn broek, waar een denkbeeldig pluisje zat. 'Ik ben altijd woedend op Dirk gebleven, dat hij ons verlaten had. Maar ik heb ook geleerd dat zijn keuze voor hem de enige mogelijkheid was, ook al heeft hij het waarschijnlijk met zijn leven moeten bekopen.'

De Leeuw had hem niet aangekeken toen hij het over Dirk had gehad. Nu stond hij op en legde de bijbel achter zich neer.

'Goed. We laten het voor nu hierbij,' zei De Leeuw. 'U bent de rest van de dag vrij.' Bij de deur hield hij halt. 'U kunt gebruikmaken van de telefoon in de eetzaal om naar huis te bellen vandaag.'

Zodra Titus een voet in de eetzaal zette en zich naar de telefoon bewoog, hoorde hij een bekende stem.

'Heb je heimwee?'

Hij had Peter niet zien zitten in de hoek van de ruimte. De jongen depte met een stuk brood zijn bord en stopte het in zijn mond, terwijl hij Titus gadesloeg. Titus draaide zich om.

'Ach, ik doe het voor mijn moeder.'

'Ja, ja. Dat zeggen ze allemaal,' zei Peter met een grote grijns op zijn gezicht. Hij wenkte Titus.

'Je weet wat dit betekent?'

'Hoe bedoel je?'

'Als ze je buiten de weekenden laten bellen?'

Titus keek Peter even verbaasd aan. Toen glimlachte hij.

6

De Leeuw had hem gewekt met een harde bons op de deur. Titus zijn horloge wees 5.25 aan. Snel stapte hij uit bed en schoot in zijn kleren. Dankzij Peter was hij extra vroeg onder de wol gegaan en hoewel het alsnog een kort nachtje was geweest was hij hem eeuwig dankbaar voor de extra uren slaap. Van je vrienden moest je het hebben, zo bleek maar weer.

'U neemt de trein naar het vliegveld van Southampton.' De Leeuw stond nu in zijn kamer. Titus wreef in zijn ogen en probeerde te focussen op ieder detail – niets mocht hem ontgaan. Zijn hart bonkte ongemakkelijk in zijn keel.

'De opdracht is om ongezien dit pakketje de luchthaven in te smokkelen, het onder een vliegtuig te leggen en weg te komen zonder dat iemand uw aanwezigheid opmerkt.' De Leeuw legde een in bruin papier gehuld pakketje voor hem op tafel neer. 'Hoe u het aanpakt is aan u, zolang de opdracht maar volbracht wordt en secuur uitgevoerd. Het maakt niet uit of u de opdracht binnen een uur voltooit of er de hele nacht over doet. Maar onthoud dat elke fout fataal kan zijn. Hoe klein ook.'

Titus knikte.

'U bent vandaag geheel op uzelf aangewezen, er is niemand die u kan helpen. Dus als u vragen hebt zou ik ze nu stellen.'

Titus zweeg en De Leeuw keek op zijn horloge. 'Goed, dan raad ik u aan om nog een voedzaam ontbijt te nuttigen. Uw trein vertrekt over iets minder dan een uur.'

Bij de deur draaide hij zich even om. 'Ik hoop u hier weer heelhuids aan te treffen, Meijer.'

De trein rolde precies om 06.20 uur volgens schema het station binnen. Titus had het pakketje goed weggestopt in zijn tas. De tocht zou niet lang duren en Titus besloot van de gelegenheid gebruik te maken om zijn medepassagiers te bestuderen. Hij liep een aantal coupés door waar jonge reizigers met koffers zaten; hun opwinding over de reis die voor hen lag hing voelbaar in de lucht. Titus liep verder en kwam uit in de voorste coupé, waar mannen en vrouwen van verschillende leeftijden zaten. De weinige bagage en het gemak waarmee ze op de treinstoelen zaten, de slaap nog in hun ooghoeken, verrieden dat ze deze tocht vaker ondernamen.

Titus nam plaats op een van de lege stoelen, opende een boek dat hij in zijn zak had gestopt en deed alsof hij aan het lezen was. Vanuit zijn ooghoeken bestudeerde hij zijn reisgenoten. Sommigen leken elkaar te kennen: ze zaten een fractie dichter op elkaar dan de passagiers die kennelijk vreemden voor elkaar waren. Bij de voet van een van de mannen stond een tas waar het puntje van een wit gesteven uniform uit stak. Het viel Titus nu pas op dat ook bij een andere man een soortgelijk pak onder zijn jas te zien was.

De trein hield halt en iedereen stond op om uit te stappen. Titus liet de anderen voorgaan, pakte zijn tas en liep onopvallend achter de rest aan. De reizigers uit de andere coupés stommelden met hun koffers naar de hoofdingang van het vliegveld, maar de meeste mannen en vrouwen uit Titus' coupé liepen de ingang voorbij. Titus volgde de groep, die nu om het gebouw heen liep naar de achterkant van het vliegveld. Hij hield halt op de hoek, net genoeg afstand bewarend om niet gezien te worden, maar dichtbij genoeg om het bord SERVICE ENTRANCE te onderscheiden boven de deur waar de groep naar binnen liep.

Titus keek op zijn horloge. Het was bijna zeven uur 's ochtends. Aan hun gesteven witte pakken te zien was het waarschijnlijk de ochtendploeg voor de keuken van het vliegveld. Dat betekende dat er later op de dag een andere groep voor de avonddienst zou komen. Hij maakte de som in zijn hoofd. De tweede dienst zou voor het avondeten moeten beginnen, en uitgaande van een shift van minstens acht uur zou de avondploeg rond 17.00 uur naar binnen gaan. Dat betekende dat hij nog de hele dag voor zich had. Fluitend draaide Titus zich om, liep terug naar het station en nam de eerste trein in de richting van het centrum.

De deur van het koffiehuis viel met een gemoedelijke plof achter hem dicht en Titus nam plaats aan een tafeltje bij het raam dat uitkeek op de hoofdstraat. Hij bestelde thee, deed er net zoals de andere gasten een wolk melk in en sloeg de *Southern Daily Echo* open die op tafel lag. Op de voorpagina stond een foto van de nieuwe cruiseterminal die binnenkort in Southampton geopend zou worden. Het gebouw stond nog in de steigers, maar was volgens het artikel begin volgend jaar klaar en zou dan feestelijk geopend worden door niemand minder dan de Britse premier Attlee. Aan het einde van het stuk had de journalist kort een kritisch geluid willen laten horen en de weerstand geschetst die de overdadig luxueuze terminal opriep bij sommige inwoners. In deze tijd van woningnood was het volgens enkelen niet gepast zoveel geld uit te geven aan een dergelijke luxe terwijl de gewone man nauwelijks rond kon komen. De journalist sloot niettemin af met een hartelijke uitnodiging om de terminal in aanbouw vooral zelf te gaan aanschouwen. '*De grandeur ervan zal u werkelijk versteld doen staan.*'

Titus bladerde verder door de krant en nipte van zijn thee, terwijl hij nadacht of hij straks eieren met bacon of met bonen zou bestellen als lunch.

Op straat stond een aantal opvallend geklede jongeren. Lange jassen met brede revers, strakke broeken met vouwen erin en een hoed met smalle rand op hun hoofd. Hun nette kleding viel op tussen de anderen, en hoewel ze gekleed waren alsof ze elk moment een sollicitatiegesprek hadden, leken de jongeren nergens heen te gaan. Twee van hen hingen tegen een lantaarnpaal aan tegenover het koffiehuis. Ze keken toe hoe de jonge vrouw tegenover hen nonchalant een sigaret opstak. Ook zij droeg een strakke broek met een jasje erop. Haar korte, springerige haar had ze in toom geprobeerd te houden met spelden en een haarnetje, terwijl haar roodgestifte lippen fijntjes een sigaret omsloten.

Teddy Boys. Titus had weleens over ze gehoord. Hun stijl kwam overgewaaid uit Londen en was hip onder jongeren. Teddy Boys stonden bekend om hun rock-'n-roll, het zich afzetten tegen alles en iedereen en hun confrontaties met de politie.

Toen Titus zag dat het groepje aanstalten maakte om weg te gaan liep hij snel naar de bar om af te rekenen. Die lunch kwam later wel, hoe lekker het inmiddels in het koffiehuis ook rook. Hij snoof een laatste teug uitgebakken bacon op, duwde de deur open en liep onopvallend achter het drietal aan.

De jonge vrouw leek de route te bepalen. Ze liep iets voor de andere twee uit en wees af en toe naar een aanplakbiljet waar ze langskwamen. Bij een groezelig uitziend café hield ze even halt, gooide haar sigaret met een boogje op de stoep en liep samen met de jonge mannen naar binnen. Titus bestudeerde het pand. Hetzelfde aanplakbiljet waar de vrouw onderweg op gewezen had hing ook hier aan de gevel. Een aankondiging voor een optreden, een band waar Titus nog nooit van gehoord had. Door het raam zag hij dat het drietal inmiddels plaats had genomen aan de bar en een paar *pints* geserveerd kreeg van een woest uitziende barman.

Binnen stond muziek op. Titus herkende het nummer niet maar het ritme was eenvoudig en aanstekelijk, en ook de tekst was al na een paar regels makkelijk mee te zingen. *Spo-dee-o-dee, drink wine, spo-dee-o-dee.* Aan de bar tikte een van de jongens ritmisch met zijn vingers op de maat.

Titus nam naast hem plaats en bestelde een pint. Terwijl hij het café nonchalant rondkeek neuriede hij het nummer mee, net hard genoeg om hoorbaar te zijn voor de jongen naast hem.

'*Do you like McGhee?*' De jongen knikte naar de jukebox die in de hoek van het café stond.

Titus keek de jongen aan en grijnsde.

'*Who doesn't!*' Hoewel hij al een paar jaar geen Engels gebruikt had, rolden de woorden gemakkelijk zijn mond uit. In de oorlog had hij zichzelf gedwongen zich de taal eigen te maken. Engels was tenslotte de taal van de toekomst. De taal van de vrijheid.

'Nou... heb je even?' De jongen lachte. Ondanks zijn nette

kleding was hij nog maar een jaar of achttien en zijn al te gladgeschoren wangen verrieden dat hij hoopte dat dagelijks een scheermes eroverheen halen zijn baardgroei zou bevorderen.

'Die mensen weten niet waar ze het over hebben,' zei Titus.

'*Amen!*'

Titus stak zijn hand uit. 'Thomas.'

'Dave. *Where you from?*'

'Holland. Mijn broer werkt hier in de stad. Ik bezoek hem.'

Dave schudde zijn hand en wees op de anderen. 'Dat zijn Jake en Kate. Maar je kunt ze ook gewoon *fuckheads* noemen, daar luisteren ze ook naar.'

Titus lachte en leegde zijn glas bier, dat hij met een klap op de bar neerzette. De anderen waren nog maar halverwege hun glas. Hij pakte zijn portemonnee.

'Bier?'

Titus hield de deur nauwlettend in de gaten. Het was bijna 17.00 uur, ze zouden nu elk moment moeten komen. Hij hing al een uur rond om de hoek van de dienstingang, afwisselend starend naar de lucht, zijn schoenen of naar loszittende klinkers in de weg, maar tot nu toe was er niemand naar buiten gekomen. Een schoonmaker had zojuist een grote metalen melkbus buitengezet, verder was het stil.

Titus wiebelde op zijn benen. Het bier had hem wat losser gemaakt en hij merkte hoe de rock-'n-rollmuziek door zijn hoofd speelde als een langspeelplaat op repeat. *Drinkin' wine, spo-dee-o-dee, drink wine.* Zijn voet bewoog zachtjes mee op de maat. Het ritme en de swing van het nummer zou zijn broer geweldig hebben gevonden. Hij schudde zijn hoofd. Niet aan denken nu, hij moest zich focussen.

In de verte klonk het geronk van opstijgende vliegtuigen. Titus keek naar de witte sporen die hun staart achterlieten in het luchtruim. Net toen hij alsnog wegmijmerde bij de gedachte ooit zo dicht bij de zon en sterren te kunnen zijn, vloog de deur van de dienstingang open en kwamen de eerste mannen en vrouwen naar buiten. Snel drukte Titus de hoed die hij onderweg gekocht had wat dieper op zijn hoofd. Hij had geluk, de steeg was smal en blijkbaar had de groep haast om naar het station te komen, waardoor ze als een kleine kudde opeengepakt de hoek om kwamen. Toen de ploeg langs hem liep maakte hij een soepele maar onopvallende beweging naar de grond, alsof hij zojuist een muntstuk had laten vallen. Het witte uniform dat uit een van de tassen had gehangen gleed gemakkelijk in zijn handen en Titus verborg het snel onder de lange panden van zijn jas. Nu was het een kwestie van geduld.

Titus deed het uniform onder zijn jas aan en wachtte bij het station tot de trein de nieuwe avondploeg uit zou spuwen. Het pakketje dat De Leeuw hem gegeven had brandde in zijn tas. Wat zou er gebeuren als hij gesnapt werd? Titus was er niet zeker van dat de vliegveldleiding zich bewust was van hun functie als oefenterrein. Alhoewel, waarschijnlijk deden ze dit wel vaker met jonge rekruten. Toch? Titus staarde ongeduldig naar het spoor: de trein moest nu elk moment komen.

Toen Titus het gesprek op de nieuwe cruiseterminal had gebracht die geopend zou worden in de stad, was Dave ontstoken in een vurige tirade. De pints waar Titus hen op getrakteerd had stonden leeg voor hen op de bar. 'Alsof mijn *mum* en *pop* ooit één stap in dat hele gebouw zullen zetten. En intussen giert de wind door alle gaten en kieren van hun huis,' had hij gebriest. Titus had hem gelijk gegeven. Een schande was het, een regelrechte schande. In Nederland was het net zo. En wat te denken van het vliegveld dat ze daarna nog uit zouden gaan breiden met luxe terminals en bijgebouwen? Zijn broer had erover verteld. 'Verschrikkelijk, toch?' had Titus eraan toegevoegd.

Dave was verrast geweest. Uitbreiding van het vliegveld? Daar had hij nog niet van gehoord. Maar het verbaasde hem niks, die lui dachten alleen maar aan zichzelf en hoe ze Southampton als 'wereldstad' op de kaart moesten zetten. Terwijl intussen haar eigen bevolking aan het creperen was. 'Dit moeten Kate en Jake weten!' had Dave gezegd, en hij had de twee die iets verderop aan het dansen waren driftig gewenkt.

De dienstingang bleek een simpele metalen deur, waar de een na de ander voor Titus moeiteloos door verdween. Zoals hij al had verwacht was de inspectie zo lek als een mandje. De man van de beveiliging zat onderuitgezakt op zijn stoel en het simpelweg aanhebben van een wit keukenuniform was genoeg om door te mogen lopen. De avondploeg liep voor hem uit, een lange gang door. Rechts van hen lag de keuken, waar aardappels, wortels en uien in grote stapels op hen lagen te wachten. Aan de linkerkant zat een houten deur, waarvan Titus in stilte bad dat het een toilet was. Toen de groep de ruimte passeerde deed hij vlug de deur open en glipte naar binnen. Titus hield zijn adem even in, maar op de gang bleef het stil.

Achter in de langwerpige ruimte stond een klein, krakkemikkig toilet. Titus' gebed was verhoord. Vlug deed hij de deur op slot en opende zijn tas. Voorzichtig tilde hij het pakketje eruit. Veel ruimte om het ergens te verstoppen was er niet. Titus inspecteerde de vloer en het plafond, maar in het hout was geen onregelmatigheid te zien die duidde op een opening. De enige optie was het toilet zelf. Titus voelde met zijn hand voorzichtig achter de wc-pot. Achter een van de buizen zat een kleine uitsparing. Titus glimlachte, pakte het pakketje en boog zich verder voorover. Hij had geluk vandaag.

'Thomas zegt dat er een uitbreiding van het vliegveld gaat komen.' Dave had naar Titus gewezen. Kate en Jake waren inmiddels bij hen aangeschoven.

'Hoe weet je dat?' Kate had hem ongelovig aangekeken.

'Mijn broer werkt op het vliegveld. Ze willen het aankondigen wanneer premier Attlee de cruiseterminal opent. Daarna zetten ze meteen de eerste spade in de grond.'

'*Fuckers.*' Kate zette woest haar glas op de bar neer. 'Altijd hetzelfde geouwehoer.'

'Het zou helpen als er nu al kritiek komt op het plan, terwijl het nog niet eens publiekelijk bekend is,' zei Titus terwijl hij peinzend het café rondkeek. 'Anders komen ze er gewoon weer mee weg.' Kate en Jake hadden geknikt.

Titus had een paar uur lang in de keuken van het vliegveld wortels staan schrappen. De chef had hem nauwelijks opgemerkt, gewend als hij was aan de vele verschillende gezichten die elke dag passeerden. Toen het donker viel had Titus aan de chef gevraagd of hij gebruik kon maken van het toilet, waarna de man hem met een grom toestemming had verleend. 'Arthur, neem de wortels over,' had hij gesnauwd naar een jongen die aardappels stond te schillen. De jongen had snel zijn plek ingenomen en Titus was de keuken uit geslopen. In het toilet had hij het pakketje gepakt. De melkbus had nog naast de ingang gestaan. Het pakketje paste er precies in.

Met de melkbus op een kleine kar liep hij nu door de lange gangen. Aan de rechterkant bevonden zich de passagiersterminals, vermeldde een van de bordjes. Aan de linkerkant lagen de onderhoudshangars. De Leeuw had hem niet een specifiek vliegtuig als opdracht gegeven. Blijkbaar volstond het om het pakketje binnen te krijgen, en was dat in het verleden al moeilijk genoeg gebleken. Titus voelde hoe een gevoel van trots zich meester van hem maakte. Hier liep hij, met een geheim pakket in een melkbus over een wildvreemd Engels vliegveld. Wie had dat gedacht. Hij corrigeerde zichzelf snel: niet overmoedig worden nu. De klus was nog niet geklaard.

Titus was naar de passagiersterminals gelopen. Een melkbus een onderhoudsvliegtuig in krijgen leek hem zo goed als onmogelijk, dus dan was dit zijn beste optie. Voor de ingang van de terminal zaten twee mannen in uniform. Achter hen zag Titus hoe het vliegtuig volliep met passagiers, sommigen met bagage. Anderen werden uitgezwaaid door familie en vrienden die zich ook rond het vliegtuig hadden verzameld. Titus knikte naar de bewakers en wees met een hoofdknik naar de melkbus.

'Ze komen tekort.'

Een van de mannen keek op en liet zijn blik over Titus glijden. Zijn borstelige snor viel deels over zijn lippen heen. Hij beet even op een van de haartjes. 'Ze?'

Titus gebaarde naar het vliegtuig achter de man.

'Die vlucht blijkbaar.'

De man stootte zijn collega aan. 'Deze *chap* denkt dat vliegtuigen op melk vliegen.'

De andere man in uniform richtte nu ook zijn blik op Titus. 'O ja? En waar denken ze daarmee heen te gaan dan?' Hij keek Titus aan. Zijn blik was moeilijk te doorgronden. Vroeg hij Titus nu wat de bestemming was van het vliegtuig? Titus voelde dat zijn maag zich samentrok. Hij had het vliegtuig al van afstand in zich opgenomen om informatie in te winnen, maar niets verried wat de bestemming ervan was. Als hij nu een verkeerd antwoord gaf, dan viel hij door de mand. Titus kneep zijn ogen samen; wellicht dat hij iets af kon lezen aan de passagiers die nu op de trap van het vliegtuig stonden. Maar ook daar viel weinig uit op te maken. Parijs? New York? Ze zagen er vrij chic uit, maar dat kon van alles betekenen.

De mannen keken hem nog steeds aan, niet van plan hem zomaar door te laten. 'Nou? Waar denk je dat dat vliegtuig heen gaat, meneer melkbus? Of moeten we onze collega's erbij halen?'

Titus keek om zich heen. Verderop stond nog een beveiliger, de strepen op zijn uniform deden Titus vermoeden dat hij meer te zeggen had over deze plek dan de mannen voor zijn neus. Titus rechtte zijn rug en keek de mannen een voor een aan. Hij zou het erop moeten wagen, er zat niets anders op.

'Dat weten jullie toch zelf ook wel?' Hij liet even een korte stilte vallen, voor hij een grijns op zijn gezicht toverde en naar de melkbus wees. 'De Melkweg.'

De mannen bulderden het uit. De beveiliger verderop keek verstoord hun kant op, waarna de mannen snel de deur openden voor Titus.

'Doe de groeten aan Saturnus,' riep de man met de snor hem na.

Het karretje met de melkbus gleed soepel naar het vliegtuig. Titus' handen waren klam van het zweet. Hij haalde een paar keer diep adem in de hoop zichzelf te kalmeren. Hij was er bijna, nu nog heel even volhouden. Hij keek op zijn horloge: bijna 22.00 uur. Hij was nog op tijd. De terminal was aan de achterzijde open en kwam uit op een hoog hek. De donkere lucht werd enkel doorbroken door de lichten van de landingsbanen verderop. Achter het hek was het donker.

De laatste passagiers stonden bovenaan de trap van het vliegtuig, klaar om plaats te nemen en hun reis te beginnen. De melkbus klepperde kort op de kar toen Titus een steentje raakte dat voor zijn wielen terecht was gekomen. Een van de stewardessen bovenaan de trap keek zijn kant op. Titus negeerde de vrouw en duwde de melkbus naar de onderkant van het vliegtuig, waar de laadruimte was.

Onder het vliegtuig stond een man in eenzelfde donkerblauw uniform als Titus eerder ook vanuit de keuken had gezien. Deze mannen hadden duidelijk een hogere rang dan de andere die op het vliegveld rondliepen, afgaande op de strepen op zijn pak.

De man keek hem wantrouwend aan. 'Dit toestel staat op het punt van vertrekken.'

Titus sloeg zijn ogen neer. 'Dat weet ik, meneer. En het is allerminst mijn bedoeling u vertraging te laten oplopen, maar ik heb begrepen dat...'

'Volgens mij begrijpt u zeer weinig. Ik heb u namelijk niet gevraagd mij van repliek te dienen.' Hij wachtte een tel en stak toen zijn hand uit.

'Uw pas?'

Titus reikte met zijn hand in de zak van zijn gesteven keukenuniform. Er zat niets in, geen pas of kaart, of wat dan ook. Verschrikt probeerde hij zijn andere zak. 'Excuseer, ik had hem net nog.'

Titus' hart bonkte in zijn keel. Waar bleven ze nou? Het moest intussen al tien uur geweest zijn. Hij had ze toch duidelijk uitgelegd waar ze moesten zijn? De man deed nu een stap naar voren.

'Uw pas, nú!'

Net op het moment dat Titus rechtsomkeert wilde maken, met het excuus dat zijn pas nog binnen moest liggen, hoorde hij lawaai. Schreeuwende stemmen, die niet uit het vliegtuig leken te komen maar van buiten de startbaan. De man keek om zich heen.

'Wacht hier.' Hij wenkte een collega en samen liepen ze op

een draf in de richting van het lawaai, dat nu steeds luider klonk. Titus zag hoe de twee mannen naar het hek liepen, waar een aantal mensen zich nu verzameld had. Achter het hek stonden Dave, Kate en Jake. In het oude olievat dat Titus die middag daar neergezet had, brandde een vuur. Meer beveiligers snelden nu toe, terwijl het drietal zijn stem verhief.

'Weg met nieuwe terminals! Geld naar het volk!'

'Geld naar het volk!'

Titus haalde opgelucht adem. Hij keek om zich heen, niemand lette op hem. Hij opende de melkbus en reikte met zijn hand in de bus. Het pakket lag nog op de bodem. Titus tilde het voorzichtig op. Hij was er bijna, hij hoefde het pakket alleen nog maar ergens neer te leggen en te maken dat hij wegkwam.

Net op het moment dat hij het pakket eruit wilde tillen voelde hij hoe iemand de loop van een vuurwapen tegen zijn achterhoofd zette.

'Neerzetten. NU.'

7

Het was stil en vochtig in de ruimte, maar Titus voelde dat hij niet alleen was. De blinddoek om zijn ogen knelde en zijn boven zijn hoofd samengebonden handen waren inmiddels gevoelloos geworden. De zak die ze over zijn hoofd hadden gedaan was nat van zijn eigen adem. Titus had het benauwd, hij snakte naar een teug frisse lucht en zijn keel voelde aan als schuurpapier.

'Hallo?'

Hoewel zijn oren dichtgestopt waren met watten hoorde hij af en toe een vaag geschraap dat uit de ruimte leek te komen. 'Is daar iemand?'

Misschien was het een rat. Titus trappelde met zijn voeten op de grond, zo goed en kwaad als het ging.

Iemand schopte zijn voeten uit elkaar, Titus kromp ineen van de pijn. Hoelang stond hij hier nu al? Een uur? Twee uur? Hij had geen idee, ze hadden hem een aantal keer de ruimte rond gesmeten om zijn laatste besef van tijd en ruimte weg te nemen. Titus had geprobeerd zijn hoofd erbij te houden, maar de touwen waarmee zijn handen vastgebonden waren sneden diep in zijn vlees. Titus voelde hoe hij af en toe wegzakte, alsof hij kort in slaap viel.

Hoe had hij zo stom kunnen zijn om zijn lot in de handen van drie vreemden te leggen. Tieners nog wel. Het had zo'n goed idee geleken. Kate was eerst nog wantrouwend geweest, maar toen Titus vertelde dat zijn broer op het vliegveld werkte en hij precies wist waar ze moesten zijn en hoe ze het aan moesten pakken, was ze enthousiast geworden. Ze had zelfs een protestbord gemaakt.

Hij schudde zijn hoofd. Niet de schuld bij hen leggen, híj was verantwoordelijk. Híj had het voor elkaar moeten krijgen, híj had gefaald. Zij hadden zich enkel voor zijn karretje laten spannen. Hij zou ze dankbaar moeten zijn dat ze hem zover hadden laten komen. Ook al was het nu allemaal voor niets geweest.

Titus voelde hoe de kou en het vocht van de ruimte langzaam bezit namen van zijn botten. Hij stond hier nu zeker al een paar uur. De man die net nog zijn voeten uit elkaar had getrapt leek weer verdwenen. Ze zouden hem hier toch niet de hele nacht laten staan? Titus' been begon te trillen, van vermoeidheid, van de inspanning. Als ze hem niet gauw losmaakten zou hij echt flauwvallen.

Titus had geen idee wat er in het pakketje had gezeten dat hij van De Leeuw had gekregen. Hij kon zich niet voorstellen dat ze hem met een echt explosief op pad hadden gestuurd. Aan de andere kant was dit natuurlijk ook geen kinderspel. De wekenlange training, de schietoefeningen, de gesprekken met De Leeuw: Titus had nu lang genoeg op Fort Monckton rondgelopen om de ernst van de hele operatie te kennen.

Titus begon te huiveren. Hij had geen enkele mogelijkheid om iemand te laten weten dat hij hier was. Dat het misgegaan was, dat het allemaal maar een oefening was, dat hij niet echt een vliegtuig op had willen blazen. Maar ook al had hij dit willen vertellen, het kon niet. De organisatie bestond niet voor de buitenwereld. Hij stond er alleen voor.

Iemand trok aan het touw waarmee zijn handen vastzaten. Titus probeerde zich groot te houden, maar voelde hoe de tranen in zijn ogen sprongen.

'*Relax.*' Een Engelsman. De stem was dichtbij. 'Ik maak je los.'

Titus ontspande iets. Iemand nam hem bij de arm en zette hem op een stoel. Zodra zijn benen zijn gewicht niet meer hoefden te dragen voelde Titus hoe een golf van vermoeidheid hem overviel. De man die hem op de stoel had gezet deed nu voorzichtig de zak van zijn hoofd en knoopte de blinddoek los.

'Gaat het?'

Titus keek om zich heen. De kale betonnen muren, het kleine hoge raam met tralies ervoor: Titus kreeg het gevoel dat hij onder de grond was. Een souterrain misschien, ergens onder het vliegveld. Titus begon te trillen. Hij had het nog nooit zo koud gehad in zijn leven.

De man, die een blauw uniform droeg en een borstelige snor had, stond op en liep naar een hoek van de ruimte waar hij een deken pakte die hij om Titus' schouders sloeg. De zachte wol en het geruststellende gebaar deden hem iets ontspannen. Alles zou goed komen, hij moest proberen rustig te blijven en hoop te houden.

'Laten we beginnen bij het begin,' zei de man, die nu tegenover hem was gaan zitten. 'Mijn naam is James.' Hier pauzeerde hij even en plukte daarbij aan zijn snor, alsof hij Titus de gelegenheid wilde geven om zich ook voor te stellen. Toen Titus niets zei keek de man hem met een glimlach aan. 'Ik ga ervan uit dat het hier om een misverstand gaat.'

Ook al had Titus willen antwoorden, zijn keel was zo droog dat er enkel een schor gepiep uit kwam. Hij schraapte zijn keel. De man keek hem even onderzoekend aan en boog zich toen naar de grond, waar hij iets leek te pakken. Toen hij zich weer oprichtte zette hij een mok dampende thee voor Titus neer.

'Laten we het zo afspreken,' zei hij. 'Na elk bevredigend antwoord dat u mij geeft krijgt u een slok warme thee. Goed?' Hij glimlachte. 'Laten we beginnen met uw naam.'

Hoezeer Titus ook naar iets te drinken verlangde, het leek hem beter om te zwijgen. Alhoewel de kans groot was dat ze Dave, Liv en Jake ook hadden ondervraagd, bedacht hij zich plotseling.

'U kunt ons gerust vertellen hoe u heet, we hebben ook met uw vrienden gesproken.' De man leek zijn gedachten te raden. Titus rechtte zijn rug. Wie weet hoelang dit kon gaan duren. Als hij iets wilde drinken was dit zijn kans.

'Thomas.' Was dat zijn eigen stem? Titus herkende het krassende geluid bijna niet.

'Juist.' De man schoof de mok met thee iets naar hem toe. De warme thee had het aardewerk verwarmd en alleen al bij het aanraken van de mok werd Titus overspoeld door een gevoel van dankbaarheid. Voorzichtig bracht hij de mok naar zijn mond. De thee was heet en zoet door de melk en suiker die iemand erin had gedaan. Titus voelde hoe de warmte zich een weg baande door zijn slokdarm en de kou in zijn botten een fractie van een seconde minder werd. Zodra Titus de mok weer op de tafel voor zich zette haalde de man de mok weg.

'Goed, Thomas. Nu is natuurlijk de vraag wat u aan het doen was bij dat vliegtuig.'

Het bleef even stil.

'Wel?'

Titus bewoog zich niet. De man schoof de mok met thee weer een paar centimeter naar voren. 'U zit hier nu eenmaal, u kunt er beter het beste van maken.' Titus probeerde de blik van de man te ontlopen.

'U hebt vandaag in de keuken gewerkt, en toen dacht u ineens: het wordt tijd om die arme passagiers in dat vliegtuig, dat op het punt staat van vertrekken, te voorzien van een glas zuivel?' De man boog zich nu naar hem toe. 'Is dat hoe het gegaan is? Want dat deel begrijp ik niet.'

Titus hield zich stil.

'En weet u wat ik nog meer niet begrijp? Op de lijst van alle keukenmedewerkers stond vandaag geen enkele Thomas. U zult snappen dat ik nogal in de war ben. Of niet?'

Titus keek de vierkante ruimte rond. Hij zag nu pas dat er nog een raam in de kamer zat.

Plotseling gooide de man de mok met thee met een snelle zwaai tegen de muur. De mok was vlak langs Titus' oor gesuisd en het geluid waarmee het aardewerk nu brak was oorverdovend. Titus kromp ineen. De man stond haastig op en liep op hem af. Titus probeerde zich af te wenden, maar de man was sneller dan hij. Met een ruk trok hij de deken van zijn schouders en gooide deze in de hoek van de ruimte.

Het was nog altijd ijskoud in de ruimte, en de spaarzaam opgebouwde warmte die Titus had weten te verzamelen verdween zo plotseling dat het voelde alsof zijn hart stilstond. Hij begon opnieuw te trillen, zelfs zijn kaken deden deze keer mee.

De man was naar de deur gelopen en keek hem nu aan.

'Als u besluit mee te werken, dan is het voorbij voordat u het doorheeft. We praten even, u vertelt mij wat u weet, ik geef u de deken terug en een nieuwe beker thee. En na ons gesprekje zorg ik voor een warm bad. Nou, hoe klinkt dat?'

Titus liet zijn trillende kin op zijn borst vallen. Als hij de man niet aankeek was het wellicht makkelijker om dit verleidelijke aanbod te weerstaan.

'U zult hier nog spijt van krijgen.' Met een klap viel de deur achter de man dicht.

De vrouw die nu tegenover hem was gaan zitten, was van een andere categorie. Van haar hoefde hij geen warme thee of een deken te verwachten, zoveel was duidelijk. Haar haren waren vastgebonden in een strakke vlecht en een kille blik was op hem gericht van onder strenge wenkbrauwen. Ze tikte met haar hand op een dossiermap die voor haar op tafel lag.

'Ik begrijp dat u tot dusver liever zwijgt,' zei de vrouw. 'Dat geeft niets.' Ze sloeg haar armen over elkaar en keek Titus lang aan.

Titus begreep niet wat er gebeurde. De vrouw had blijkbaar informatie over hem weten te verzamelen, wie weet via Dave en Kate, want hij zag dat er een aantal documenten in de dossiermap zat. Toch zat ze nu zwijgend tegenover hem. De eerste minuten was het een verademing, vergeleken bij alle verleidingen die haar collega aan had geboden. Maar de vrouw zweeg nu al een hele poos. Hoe langer het duurde, hoe onrustiger Titus werd. Wat wist ze precies? Hoe erg was de situatie? Als hij daadwerkelijk met een explosief op pad was geweest, dan hing hem een levenslange gevangenisstraf boven het hoofd. O God, zijn moeder. Hij zou nooit meer thuiskomen. Nog een zoon verliezen, dat zou haar breken, dat kon hij haar niet aandoen. Hoe had hij zo stom kunnen zijn om in deze situatie te belanden. Titus kon zichzelf wel voor zijn kop slaan. Hij vervloekte plotseling De Leeuw. Die man had hem compleet verkeerd ingeschat. Hij, Titus, was helemaal niet gemaakt hiervoor. In de oorlog was hij nooit verhoord, hij was die dans altijd ontsprongen. En nu zat hij hier, in een vreemd land, en had hij niets en niemand om op terug te vallen.

De vrouw tegenover hem keek hem nog altijd stilzwijgend aan. Titus voelde haar blik op hem branden in de drukkende, doodse stilte. Hij schraapte zijn keel.

'Het is allemaal een misverstand. Ik was simpelweg op het verkeerde moment op de verkeerde plek.'

De vrouw tegenover hem zweeg.

'Ik heb hier in het geheel niets mee te maken. Ik heb vandaag in de keuken gewerkt, om in te vallen voor mijn broer, ziet u.' Titus probeerde een coherent verhaal samen te stellen in zijn hoofd, maar zijn slapen bonsden van vermoeidheid en honger. Hij had al uren niets gegeten en de gedachte aan de keuken met al die etenswaren deed hem duizelen.

'Mijn broer was ziek en ik had afgesproken zijn plek in te nemen, omdat hij geen dienst wilde missen. We kunnen het geld thuis goed gebruiken.'

De vrouw bleef zwijgen. Titus zette door.

'Vandaar dat er geen Thomas op de lijst van de avondploeg voorkwam. Het is dus allemaal een vergissing.' Titus merkte hoe hij langzaam grip kreeg op zijn eigen verhaal. Zolang hij zichzelf wijs kon maken dat het klopte, zou de vrouw hem ook geloven. Daar vertrouwde hij op.

'Ik ken het vliegveld niet zo goed, dus ik was onderweg naar de keuken de weg kwijtgeraakt. Dat is het enige. Alstublieft, mevrouw.'

De vrouw sloeg nu de dossiermap open, bladerde door een paar papieren en keek hem toen weer zwijgend aan.

'Als u de lijst bekijkt van alle werknemers, dan ziet u vanzelf de naam van mijn broer ertussen staan. Ik zweer het u.' Titus wachtte even, in de hoop dat de vrouw zou reageren. Toen ze dat niet deed boog hij zich voorover en knikte met zijn hoofd richting de map. 'Mijn broers naam is Arthur, hij werkt in de keuken. Gaat u het maar na, u zult zien dat het klopt.'

8

De vrouw was opgestaan en had zonder een woord te zeggen de ruimte verlaten. Titus had geen idee of zijn verhaal geloofwaardig was geweest. Of er daadwerkelijk lijsten met werknemers bestonden. Dat moest toch wel? Hij sloot zijn ogen en deed een schietgebedje. *Heere God, mijn lot ligt in uw handen, o Heer.*

Plotseling ging de deur open en nam de man die hem eerder ondervraagd had weer plaats. Naast hem ging een kleine, dunne man zitten, met enkel nog haar aan de randen van zijn schedel, alsof hij rechtstreeks uit een klooster kwam. Ook deze man legde een dossiermap voor zich neer, dikker dan die welke de vrouw bij zich had gehad. Hij tikte op de map.

'Terwijl u hier bezig was met onze collega, hebben wij ons verder in u verdiept.' Hij ging wat rechter op zijn stoel zitten en keek met een glimlach Titus aan. Hij negeerde Titus' ledematen die nog altijd trilden van de kou. Hij leek er zelfs wel genoegen in te scheppen.

'Ik moet u zeggen dat wij nogal geschrokken zijn van wat wij aantroffen. Thomas is niet uw echte naam, nietwaar?'

Titus zweeg.

'En Arthur is ook niet de naam van uw broer, correct?' De man pauzeerde even. 'Dat is namelijk Dirk.'

Titus voelde hoe het bloed uit zijn wangen trok.

'Uw broer Dirk' – hier bladerde hij even door de map – 'geboren in 1921 te Utrecht.' De man keek met een sinistere glimlach op van zijn papieren. Titus voelde zijn handpalmen klam worden.

'Dus lijkt het mij een goed idee als u ons nu vertelt wat u op het vliegveld deed met een explosief op zak. Als u ons alles vertelt wat u weet, dan kan ik u verzekeren dat wij begrip zullen hebben voor de situatie. Dan valt er vast nog wel een mouw aan te passen.'

Hoe wisten ze dat zijn broer Dirk heette? Was het een gok? Bluf? Dat kon toch bijna niet. Titus merkte hoe de naam van zijn broer hem in de war bracht. Hij moest zich zien te houden aan zijn verhaal. Hij heette Thomas, zijn broer heette Arthur en werkte in de keuken van het vliegveld. Hij mocht niet twijfelen nu, of laten merken dat de naam van zijn broer hem van zijn stuk had gebracht.

'Mijn broer heet Arthur en werkt in de keuken,' zei Titus terwijl hij de spichtige man in de ogen keek. 'Als u uw werk goed zou doen, dan had u dat opgezocht en zou u weten dat ik de waarheid spreek.'

De man gaf een klap op de tafel, zo hard dat de dossiermap een stukje opsprong.

'U liegt. U liegt dat u barst.'

De man naast hem gaf geen kik.

'Ik heb u gewaarschuwd. Als u ons nu niet vertelt wat u weet, dan ziet het er niet goed voor u uit. Ik vraag het nog één keer: wat deed u op het vliegveld?'

'Ik ben vandaag ingevallen voor mijn broer Arthur. Hij werkt in de keuken. U kunt het navragen bij de chef. Zijn taken bestaan uit aardappels schillen, dat is alles. Ik was de weg kwijt en ben toen met een melkbus die buiten klaarstond om opgehaald te worden per ongeluk in de richting van het vliegtuig gelopen. Ik dacht dat het vliegtuig erop stond te wachten. Ik weet niets van een explosief.'

Titus was buiten adem geraakt door het lange praten, maar zijn woorden maakten duidelijk geen indruk op de mannen tegenover hem.

'Goed, *Titus*. We proberen het nog één keer.' De dunne man bladerde weer door de dossiermap en nam er een document uit. Bij het horen van zijn eigen naam schrok Titus. Hij sloeg zijn ogen neer.

'Als u ons vertelt wat er vandaag gebeurd is en voor wie u werkt, dan vergeten wij de hele zaak. Omdat u schijnt te denken dat wij zomaar uit onze nek kletsen, zullen wij u even op weg helpen. Uw naam is Titus en uw oudere broer Dirk werd in 1940 te werk gesteld in een Duitse munitiefabriek in Duderstadt, vlak bij Göttingen. Deze fabriek was eigendom van het bedrijf Sprengstoffwerke GmbH. Springstof dus.' De man bladerde verder door de map. 'Later is hij overgeplaatst naar een ondergrondse fabriek bij Nordhausen, de Mittelwerk-fabriek. Hier produceerden de Duitsers v2-raketten. Een van de meest geavanceerde wapens.'

De man keek Titus aan, bij zijn oog trilde een adertje. 'Raketten die zij gebruikten om Londen en andere steden in Europa mee te bombarderen.' Hij zweeg en keek Titus aan.

Titus voelde hoe de grond onder zijn voeten wegzakte. Hoe kwamen ze aan zijn naam? En hoe wisten ze van Dirk? Titus wist dat zijn broer in Duderstadt had gezeten. Dat hadden ze hem na de oorlog verteld toen Dirk niet terug was gekomen. Maar dat hij was overgeplaatst had hij nooit geweten. En al helemaal niet dat hij in de wapenindustrie had moeten werken.

De man liet zijn blik over Titus gaan. 'Is er misschien nu iets wat u ons wilt vertellen?'

'Nee.' Zijn stem haperde. 'Nee, ik heb niets te vertellen.'

De man tegenover hem bladerde nonchalant door de papieren. 'Jammer. Ik zou u kunnen vertellen wat er met uw broer gebeurd is. Maar als u ons niet wilt helpen, waarom zouden wij u dan wél van dienst zijn?' Om zijn mond speelde een vals lachje.

Toen Titus niet reageerde tikte hij even op de map. 'Goed. Wellicht dat wij alvast een tipje van de sluier op kunnen lichten. Wellicht dat uw geheugen u dan weer te hulp schiet.' Hij glimlachte nu voluit. 'U hebt altijd gedacht dat uw broer is omgekomen in Duderstadt, nietwaar? U, uw moeder, uw vader – jullie hebben gebeden dat de Duitsers hem goed zouden behandelen. Dat ze hem niet aan zijn lot over zouden laten. Wel, ik heb goed nieuws. Dat is ook niet gebeurd. Althans, niet geheel.'

De man bladerde nog even door de documenten, toen sloot hij de map.

'Ach, als u eens wist hoe de geschiedenis een loopje met uw broer heeft genomen. Hoogst tragisch is het. Ik zou het u graag vertellen, zodat u rust hebt na al die jaren. Maar zoals u zult begrijpen kan ik dat niet zomaar doen. Niet voor u ons verteld hebt wat u op het vliegveld deed.'

Titus probeerde zich te concentreren op wat de man zei. Maar hij was zo koud, zo moe. Hij klappertandde en zijn handen waren zo ijzig koud dat ze langzaam blauw begonnen te kleuren. Het moest maar een paar graden boven nul zijn in de ruimte.

De man die hem eerder verhoord had, stond nu op en liep naar de hoek van de kamer. Hij pakte de deken die daar nog altijd lag en legde deze voor Titus neer op tafel.

'Het moet nogal een schok voor u zijn om uw broers naam hier te horen. Laat staan om te horen wat er met hem gebeurd is, na al die tijd.' Hij legde even zijn hand op Titus' schouders. 'U hoeft ons alleen maar te vertellen wat u weet. Wij willen u graag helpen, wij staan aan uw kant.'

Titus zweeg. Hij keek naar de deken. Kon hij zich er maar heel even aan warmen, dan zou hij er weer tegen kunnen.

De spichtige man glimlachte. 'Precies, wij staan aan uw kant. U hoeft ons alleen maar te vertellen wat u met dat explosief van plan was.'

Titus schudde zijn hoofd. 'Ik kan u niets vertellen wat ik niet weet.' Door het kleine raam met de tralies zag hij hoe buiten de zon scheen. Zonnestralen op zijn gezicht, zou hij het ooit nog voelen? Titus sloeg zijn ogen neer en liet zijn hoofd hangen.

De man tikte op een van de papieren. 'Goed, dan zal ik u vertellen wat wíj weten. *Operation Crossbow*, zegt u dat wat?'

Titus schudde vermoeid zijn hoofd.

'Operatie Crossbow had als doel om Duitse raketfabrieken te vernietigen. En op 4 april 1945 besloten de geallieerden dat het tijd was voor een nieuw doelwit: de Mittelwerk-fabriek.'

Titus schudde nog altijd zijn hoofd.

'De operatie slaagde en de fabriek werd in de as gelegd, maar veroorzaakte nogal veel slachtoffers,' vervolgde de man. 'Ook onder de dwangarbeiders.'

De man keek hem indringend aan. 'Is er inmiddels al iets wat u met ons wilt delen?'

Titus antwoordde niet. Hij wilde dat de man stopte, dat alles zou stoppen.

'Goed, dan zal ik u niet langer in spanning houden.' De man sloeg de dossiermap dicht en stond op. 'Uw broer was één van hen.'

Het bad dat ze hem na afloop boden was warm en weldadig. Titus voelde hoe het water hem omsloot als een zachte hand. Telkens opnieuw liet Titus heet water in de gietijzeren kuip lopen, net zolang tot alle kou uit zijn botten verdwenen was en zijn spieren zich langzaam over durfden te geven. Hij legde zijn hoofd op de gebogen rand. De tranen die over zijn wangen liepen mengden zich met het warme water onder hem. Dirk, zijn lieve broer.

Toen De Leeuw in de ruimte was verschenen, was Titus nog te geschokt geweest om te begrijpen wat er was gebeurd. De Leeuw had hem weggeleid van de twee mannen en meegenomen naar een badkamer even verderop. Op een stoel lag een grote handdoek voor hem klaar en het bad was reeds voor hem gevuld.

Voordat De Leeuw de deur sloot had hij hem aangekeken. 'Je hebt het goed gedaan, Meijer.' Titus was te verzwakt geweest om te reageren, maar De Leeuw had hem vaderlijk bij de arm gepakt. 'Het spijt ons dat je zo over Dirk hebt moeten horen. We moesten weten of je te vertrouwen bent, zelfs op je allerkwetsbaarst.' Titus had hem aangekeken, een sprankje hoop moest in zijn ogen te lezen zijn geweest. Hij durfde het bijna niet te vragen, maar hij moest. Dit was zijn kans. 'En Dirk?' Zijn stem haperde. De Leeuw keek hem aan. 'Ik zou willen dat ik beter nieuws voor je had gehad. Dat het allemaal niet waar was gebleken. Maar helaas.'

De Leeuw legde een hand op zijn schouder. 'We zijn trots op je. Ik, Bokhoven, iedereen.' De Leeuw had zich voorover gebogen en hem in de ogen gekeken. 'Welkom, Titus. Welkom bij Stay Behind.'

9

13 dagen tot de aanslag

Jonathan speurt zijn scherm af. Hij snapt er niets van. Hij heeft alle databases nu al tien keer gecheckt, van politie tot de meest obscure websites, maar de naam Hollands Front levert niets op. Niets wat zou kunnen duiden op een geradicaliseerde groep. Sterker nog, er verschijnt helemaal niks bruikbaars. Jonathan staart uit het raam. Grijze wolken pakken zich samen boven de straat en de plukjes mensen die er te vinden zijn kijken geërgerd naar hun telefoon. Vast een weerapp die stralende zonneschijn had beloofd.

Jonathan staart weer naar zijn computer. Was de groep echt onvindbaar of had Liv hem informatie gegeven die niet klopte? Maar waarom zou ze dat doen? Hij had haar de opnames niet overhandigd, dus er was niets te winnen door hem valse informatie te geven of hem met een kluitje in het riet te sturen. Jonathan sluit zijn computer. Misschien is Kevin verder gekomen.

'Ik ben alle chatrooms, sites en fora afgegaan waar dit soort lui meestal rondhangen.' Kevin rolt zijn bureaustoel naar achter en kijkt Jonathan aan, die tegen een van de vele dozen in de kleine ruimte aan staat geleund. 'Maar ik kan niks vinden. Jij?'

'Nee. Hoe kan dat nou?'

'Weet je zeker dat het klopt, "Hollands Front"?'

Hij had Kevin niets verteld over zijn ontmoeting met Liv. Hij wilde eerst weten of het waardevol was wat ze hem te bieden had. En daarnaast wilde hij Kevin hier niet mee lastigvallen. Zeker niet nu er een onderzoek gaande was en de BVA in hun nek hijgde.

'Misschien bestaan ze nog maar net.'

'Het lijkt er meer op alsof ze überhaupt niet bestaan. Wie is je bron?'

Jonathan schudt zijn hoofd. Kevin rolt zijn bureaustoel weer terug achter zijn scherm; hij knikt.

Bij de dienst gaat alles op *need-to-know*-basis. Voordat je informatie deelt vraag je jezelf af of het écht nodig is dat de ander dit weet. Meestal is het antwoord nee. Informatie delen is altijd een risico. Plannen kunnen uitlekken, en ook de ander kan onbedoeld in de problemen komen. Als een agent meer weet dan nodig, is hij kwetsbaar.

Kevin trekt de wikkel open van een Twix die voor hem op het bureau ligt. 'Even lunchen.' Hij bijt in een van de repen en wijst naar het scherm. 'Ik heb nu rondgekeken onder een van mijn eigen aliassen. Paar dingen geplaatst waar hopelijk iemand op zou reageren, maar dat leverde dus niks op. Ik stel voor dat ik voor jou een nieuw profiel aanmaak, dan kijken we wat dat doet.'

Jonathan pakt een bureaustoel en manoeuvreert die moeizaam tussen de zoemende servers door naast Kevin.

'Jij bent nog slechter in opruimen dan ik.' Jonathan schuift een stel uitpuilende dozen onder het bureau opzij, net genoeg om zijn voeten op een vrij stukje vloer neer te kunnen zetten.

Kevin stopt de tweede Twix in zijn mond en gooit de wikkel naar Jonathans hoofd. 'Oké, ik maak voor jou een nieuw profiel aan, ja? Ik zorg ervoor dat het lijkt alsof je al jarenlang actief bent in deze scene, en dan kan jij verder los op die fora. Als je maar lang genoeg blijft freaken moet het vanzelf lukken. Heb je haast ermee?'

'Enorm.'

'Anders moet je weer aan dat rapport, zeker.'

'Precies.'

Jonathan kijkt hoe Kevin een paar keer klikt. Voor zijn ogen verschijnt razendsnel een profiel.

'Hoe vaak doe jij dit?'

Kevin grijnst. 'Wat voor profielfoto wil je?'

Jonathan schuift Kevin opzij en typt wat in. Hij wijst naar een foto van Anders Breivik.

'Doe die maar.'

'Oké… Duister.'

Jonathan staat op en schuift zijn stoel naar achter. 'Geef maar een seintje wanneer je klaar bent.'

Hij walgt van zichzelf – zo makkelijk als het hem afgaat om dit soort drek online te zetten. Grappen maken over Hitler is één ding, tijdens zijn studententijd was het bijna een soort cult geworden om daar luchtig over te doen. Als er genoeg drank in zat was het eerder regel dan uitzondering dat de NSB- of Eva Braun-grappen over tafel vlogen. Maar terroristen als Anders Breivik of Brenton Tarrant verheerlijken is een ander verhaal.

Thanks for the mass shootings. Eerst een revolutie, daarna een autoritaire, nationalistische staat

Jonathan kijkt naar de berichten die hij gepost heeft. Er hebben genoeg mensen gereageerd. Duimpjes op zijn bericht, mensen die memes van gaskamers eronder hebben gezet of hem plotseling privéberichten beginnen te sturen met omgekeerde vlaggen en hakenkruizen. Maar Kevin heeft iedereen gecheckt en door alle databases gehaald. Niets of niemand is te linken aan Hollands Front. Jonathan zucht. Hoe vind je een groep die niet gevonden wil worden?

Jonathan pakt zijn jas en loopt naar de lift. Tijd om een frisse neus te halen. Op de gang ziet hij dat de deur van Victors kantoor op een kier staat. Hij gluurt naar binnen. Tegenover Victor zit Nina. Wat moet zij toch hier? Jonathan schudt zijn hoofd en drukt op de knop van de lift, iets te hard en iets te vaak. Als hij beneden komt haalt hij zijn telefoon uit zijn locker en loopt de glazen schuifdeuren uit. Buiten is het inmiddels gaan miezeren. Jonathan ritst zijn jas tot zijn kin dicht en steekt de straat over.

Als hij ver genoeg van het kantoor vandaan is haalt hij zijn telefoon uit zijn zak. Hij drukt op het laatst ontvangen nummer.

'Ik moet weten hoe waardevol je bron is.' Jonathan kijkt om zich heen – er is niemand op straat met dit weer. 'Ik kan ze nergens vinden.'

Aan de andere kant van de lijn hoort hij hoe Liv een kamer uit loopt en een deur dichtdoet. 'De dienst heeft geen idee? Waarom verbaast me dat niet.'

'Ik heb meer nodig dan alleen een naam. Dit is niet genoeg.'

Liv pauzeert even. Misschien is er iemand bij haar.

'Jij hebt mij nodig, niet andersom.' Jonathan probeert zeker te klinken, maar hij merkt dat hij het niet gewend is om zo tegen Liv te praten. Ze blijft zijn oude baas.

'Weet je dat zeker? Ben je al klaar met rapporten tikken?'

Jonathan valt stil. Hoe weet Liv van het rapport? Heeft ze nog steeds ingangen bij de dienst? Het is mogelijk, zelfs een plek als de dienst maakt fouten bij het screenen van zijn kandidaten – zoveel had haar eigen aanstelling wel bewezen. Of misschien blufte ze maar wat, hij moest alle opties openhouden.

'Oké, Liv. Wat is je voorstel?'

'Kijk, als jullie je werk niet doen, dan wil ik best een handje helpen. Maar op één voorwaarde.'

'En dat is?'

'Zodra je inziet wat ik je hier op een presenteerblaadje aanreik geef je mij die opnames. Gelijk oversteken.'

'Je krijgt een uur lang toegang,' had Liv gezegd nadat ze hem de inloggegevens had gegeven. 'Als dat niet genoeg is, dan verdien je die rapportdienst.'

Jonathan was teruggerend naar het kantoor van de dienst en had vlug de lift naar hun etage gepakt. Nu staat hij voor de deur van de technische dienst, waarachter Kevins hok zich bevindt. De klapdeur die hun eigen ruimte afscheidt van de TD'ers wordt goed bewaakt en Jonathan drukt ongeduldig op de bel naast de deur.

In de verte ziet hij hoe Kevin komt aangesloft, in zijn hand een van zijn vaste caloriebommen die hij uit een automaat om de hoek getrokken heeft. Jonathan wenkt hem. Iets aan zijn gezicht moet Kevin alarmeren, want hij zet er zowaar de pas in als hij Jonathan ziet staan.

'We hebben een uur.' Jonathan wurmt zich langs Kevin en loopt richting diens kantoortje.

'Een uur voor wat?'

'Een uur toegang. Op Discord.'

'Blijkbaar hebben ze daar hun eigen omgeving.' Kevin kijkt hem nog altijd niet-begrijpend aan.

'Hollands Front. Precies om vier uur worden we er weer af gekickt, dus we moeten opschieten.'

Jonathan kijkt naar de klok. Tien minuten geleden heeft Liv hem het wachtwoord gestuurd. Dat betekent dat ze nu nog maar vijftig minuten hebben. Hij wijst ongeduldig naar het scherm. Kevin rolt zijn stoel achter de computer en tikt de website in.

De site lijkt nog het meest op een oud Hyvesprofiel. Memes, plaatjes van anime en emoji's van kikkers buitelen in jarentachtigstijl over het scherm. Jonathan kijkt Kevin met opgetrokken wenkbrauwen aan.

'Pepe the frog, wordt veel gebruikt in die kringen.' Kevin scrolt door de berichten. 'Meestal doen ze 'm nog een nazipakje aan of ze hangen 'm aan een kruis met een doornenkroon op.' Op het beeldscherm verschijnt nu een grote groene kikker met een vierkant snorretje. 'Ah, daar heb je 'm al.'

Jonathan scant de berichten op het scherm. De groep heeft zo te zien niet veel leden, de reacties worden telkens gepost door een klein groepje. Desondanks is de samenhang tussen de berichten ver te zoeken.

'Het lijken meer lone wolves dan dat ze een georganiseerde groep vormen,' merkt Jonathan op.

Kevin knikt. Hij wijst naar het scherm. 'Hier, deze komt telkens terug, ene C299910.' Als hij op zijn profielfoto klikt verschijnt een Russische soldaat die poseert voor een tank. 'Die post vooral over Rusland en Poetin. Misschien is hij zelf een Rus. Of hij heeft een kleine obsessie.'

'En deze?' Jonathan wijst naar een andere gebruikersnaam, ene HF_fighter. Kevin scrolt door de berichten. 'Vooral racistische bullshit, zo te zien. Af en toe een antisemitische uitschieter.'

'Wacht, stop eens. Wat is dit?' Jonathan wijst met zijn vinger naar het scherm. 'Anonymous488111. Die komt maar een paar keer voorbij. Die lijkt wat serieuzer, minder hysterisch in ieder geval.' Jonathan probeert de berichten te scannen, maar zijn hersens worden telkens afgeleid door de flikkerende memes. 'Jammer dat zijn berichten telkens bedolven worden onder die andere shit.'

Jonathan werpt een blik op de klok. Ze zijn nu iets meer dan tien minuten bezig. Als ze in dit tempo doorgaan is de kans klein dat ze iets gaan vinden. Hij draait zich om naar het tweede computerscherm dat op het bureau staat.

'Even iets proberen.' Kevin opent een nieuw venster en vult een aantal codes in. Nerveus kijkt Jonathan op zijn horloge. Liv was erg zeker van haar zaak, hij kan zich niet voorstellen dat ze hem voor niks deze kant op stuurt. Er staat ook voor haar genoeg op het spel. Wat probeert ze hem te laten zien?

'Oké, kijk.' Kevin wijst op het scherm. 'Ik ben naar de achterkant van het forum gegaan en heb een soort filter aangezet. Anonymous48811, die member die jij net bedoelde, komt inderdaad minder vaak terug, maar wel met concretere dingen. Dit zijn al zijn berichten onder elkaar.'

Jonathan laat zijn ogen vlug over de berichten op het scherm gaan. Het taalgebruik is cryptisch, maar het is duidelijk dat de gebruiker het forum als communicatiemiddel gebruikt voor praktischer zaken dan het posten van nazi-amfibieën.

'Oké, als we ervan uitgaan dat we hier dus te maken hebben met een radicale groep, wat zou het doel van de posts dan kunnen zijn?' Kevin tikt met zijn vingers op het bureau.

Jonathan sluit even kort zijn ogen. Hij kan altijd beter nadenken met zijn ogen dicht, als hij niet afgeleid wordt door andere dingen. Wat als hij bij zo'n groep hoorde? Waar zou hij het kanaal dan voor gebruiken? Jonathan probeert een lijstje te maken in zijn hoofd. Fysieke afspraken maken. Communiceren over ontmoetingsplekken. Om de juiste mensen te vinden. Hij opent zijn ogen en scant nogmaals de berichten.

'Hier!' Hij tikt met zijn vinger op het scherm. 'Dit lijkt me een soort oproep.'

Kevin leest het bericht nogmaals. De klok boven in beeld wijst inmiddels tien voor vier aan. Nog tien minuten.

'Je hebt gelijk. Het lijkt alsof ze iemand zoeken.'

'Maar wie? Of wat?'

'Behalve C299910 en HF_fighter reageert er niemand.'

'Wacht, hier. C299910 zegt dat hij daar niet genoeg verstand van heeft. Dat hij het door zal zetten "bij zijn maten".'

Kevin tikt ongeduldig verder.

'Op die profielfoto na is zijn account verder helemaal anoniem. Maar als we geluk hebben zit hij ook in andere groepen. Wacht.'

De klok wijst inmiddels een paar minuten voor vier aan. Jonathan trilt ongeduldig met zijn been onder tafel. Een gewoonte die hij maar niet af kan leren.

'Yes! Hebbes.'

Op het scherm verschijnen nieuwe pagina's, anders van vorm en toon, maar ook hier duikt C299910 op als gebruiker.

'Hij zit op een paar hardcore-gamefora. Hij houdt van gamen, blijkbaar. Voornamelijk open-world-games.' Kevin wijst op het scherm.

'Wacht even.' Jonathan sluit weer een tel zijn ogen. Het antwoord ligt voor het grijpen, hij moet zich alleen even concentreren. Even blijft Jonathan met zijn ogen dicht zitten. Als hij ze opent heeft hij een glimlach op zijn gezicht. 'Kevin. Ze zoeken een hacker.'

10

Jonathan had de USB-stick met de opnames in een *dead letter box* achter willen laten. Maar Liv had erop gestaan dat hij haar de stick live zou overhandigen. Jonathan kijkt om zich heen. De winkel waar ze hebben afgesproken is een grote Chinese supermarkt aan de rand van de stad. Het is druk. De mensen laden hun karretjes vol met snoepgoed, lantaarns en bloemen. Blijkbaar komt er een belangrijke feestdag aan. Natuurlijk, Chinees Nieuwjaar.

Voor hij bij Victor aan zou kunnen kloppen over de groep moest hij meer te weten zien te komen. Hoe groot de dreiging was, wat er op het spel stond. Hij moest het plaatje compleet zien te krijgen. Liv wist hoeveel de tapes hem waard waren, wat het hem zou kunnen kosten. Iets zei hem dat er meer achter het verhaal school.

Jonathan tikt met zijn vingers tegen een gouden gelukskat die in de etalage staat. De glimmende plastic kat begint ritmisch met haar arm te zwaaien. Wat hij van Victor moest denken wist hij nog altijd niet. Al die regeltjes, al dat gerapporteer: natuurlijk begreep Jonathan dat het belangrijk was, maar bij Victor leek het wel een doel op zich. Met rapporten hield je een land niet veilig, dát had Liv tenminste altijd begrepen.

Jonathan draait zich om. Bijna stoot hij een rek met gekleurde plastic waaiers om; met zijn hand houdt hij het gevaarte nog net overeind. Hoe een mens kan werken in zo'n volle winkel is hem een raadsel. Maar de vele dozen en smalle gangen zorgen er wel voor dat niemand hen goed kan zien. Liv is ook niet gek.

Jonathan kijkt door het raam naar buiten. In de verte verschijnt het silhouet van Liv, Jonathan ziet hoe ze de straat oversteekt. De zwarte paraplu die ze in haar hand houdt buigt door onder de kracht van de razende wind. Jonathan loopt naar de grote inloopkoelcel achter in de winkel. Hij opent de plastic flappen die voor de ingang hangen. Zoals verwacht is hij de enige. De kou doet zijn huid prikken en de paar klanten die na hem binnenkomen pakken vlug wat ze nodig hebben, om zo snel mogelijk weer terug te keren naar de warmte van de winkel. Jonathan blaast in zijn handen.

De laatste tijd bekroop hem het gevoel dat de dienst vastgelopen was. Dat hij vastgelopen was. Sinds Victor de scepter zwaaide was er geen enkele ruimte meer voor onderzoek, voor twijfel. Terwijl een dreiging of nieuwe lead altijd begon met twijfel, het was een wezenlijk onderdeel van bij de dienst werken. De zin van de onzin leren scheiden, je intuïtie volgen, risico's nemen.

In de weerkaatsing van de metalen schappen ziet hij hoe de koelflappen wijken en hoe Liv nu ook de koelcel in loopt. Aan haar arm bungelt een rood supermarktmandje. Jonathan staart naar een pak bevroren loempia's, de Chinese karakters dansen voor zijn ogen. Als Liv naast hem komt staan grijpt hij in zijn binnenzak naar de USB-stick en overhandigt die haar zo onopvallend mogelijk.

'Dit is alles?'

'Ja.'

'Hoe weet ik zeker dat je geen kopie hebt?'

'Je zult me moeten vertrouwen, anders slaat deze deal nergens op.' Hij kijkt om zich heen, ze zijn nog steeds de enigen. 'En daarbij: jij kwam naar mij, dus er zit niks anders op.'

Hij weet dat Liv weet dat hij gelijk heeft. In de tijd dat Liv nog zijn baas was had ze hem dit zelf vaak genoeg voorgehouden. Hij merkt hoe ze hem opneemt, van top tot teen. Met een simpel 'goed dan' draait ze zich om en loopt de koelcel uit. Jonathan gooit de loempia's in zijn mandje. Hij wacht nog een minuut tot Liv de deur uit is, dan loopt hij naar de kassa.

'Oké, dus we moeten mijn profiel aanscherpen tot cyber.' Jonathan doet de deur van Kevins hok achter zich dicht. Hij kijkt de ruimte rond; Kevin lijkt nergens te bekennen.

'Hallo?'

'Ja, ik kom eraan.' Een hoofd verschijnt van onder het bureau. 'Iemand zei dat ik moest opruimen, dan krijg je dit.' Kevins hoofd is rood aangelopen en een zweetdruppel glijdt langs zijn slaap. 'Weet je wel hoe warm het is bij die servers?'

'Gratis verwarming, toch?'

'Jaja.' Kevin komt overeind en gaat achter zijn computer zitten. 'Ik ben al bezig geweest. Hier.' Hij wijst naar het scherm. 'Ik heb wat dingen toegevoegd, niet te opvallend, maar wel dingen die hackers onderling kennen. Ik heb je nu voornamelijk op Discord actief gemaakt, aangezien ze daar zitten. Maar voor de zekerheid heb ik ook op een paar andere sites wat lijntjes uitgegooid.'

'Denk je dat het lukt?'

'Als ze echt hard op zoek zijn wel. Ik laat het weten als ze happen.'

Als Jonathan naar het keukentje loopt om een kop koffie te pakken ziet hij hoe Victor bij de automaat staat. Jonathan zucht. Hij wil vast weten hoe het met het rapport voor de minister gaat. Los van de paar flarden die hij neergepend heeft staat er nog bijzonder weinig op papier.

'En, hoever ben je met het rapport?'

'Ik ben ermee bezig. Bijna klaar.'

'Hij wil het niet volgend jaar hebben, hè?' Victor slaat zijn armen over elkaar en kijkt Jonathan aan.

'Ik stop er heel mijn ziel en zaligheid in. Je kent me toch.'

'Zo hoor ik het graag.'

Victor pakt zijn bekertje met koffie. Bij de deur draait hij zich om.

'O ja, ik wil dat je Nina vanaf nu op sleeptouw neemt.' De blik op zijn gezicht spreekt blijkbaar boekdelen, want Victor kijkt hem nu indringend aan.

'Als jij het zegt...'

'Pardon?'

'Niets.' Jonathan had het gemompeld, maar blijkbaar niet zacht genoeg. Hij moest oppassen dat hij Victor niet nog verder tegen zich in het harnas joeg. 'Ik zal me om haar bekommeren.'

Victor knikt hem toe en loopt de keuken uit.

Door het glas ziet Jonathan dat Kevin bij zijn bureau staat. Op een drafje loopt hij terug.

'Volgens mij hebben we beet.' Kevin geeft Jonathan een klap op zijn schouder en steekt een Chokotoff in zijn mond.

'Echt?'

'Holy shit, deze dingen zijn hard. Wil je er ook een?'

Jonathan schudt zijn hoofd. Hij trekt zijn bureaustoel naar achter en gaat zitten. 'Vertel.'

'Iemand heeft gereageerd op een van je comments. Het was weer een ander profiel dan dat wat we eerder hadden gecheckt, maar het taalgebruik was precies hetzelfde.' Kevin grijnst. 'En de typo's ook. Ik vermoed dus dat ze meerdere gebruikersnamen hebben allemaal. Dat is vaak zo.'

'Oké, klinkt logisch. En, wat wilde hij? Zei hij dat?'

'Nope, helaas.'

Jonathan zucht. 'Dus we hebben nog steeds niks?'

'Niet niks. Hij vroeg of je ook naar de demonstratie gaat vrijdag. Dat was het, verder niks.'

'Kom je nu mee?' Jonathan draait zijn stoel naar het scherm en begint te tikken.

'Hier, hij bedoelt waarschijnlijk dit.' Hij wijst naar het scherm. 'De Pegida-demonstratie. Er staat een tocht gepland door Den Haag. Ze gaan een Marokkaanse vlag in brand steken.'

'Djiezus.'

'Even denken. Als we ervan uitgaan dat deze gast deel uitmaakt van Hollands Front, dan willen ze blijkbaar dat ik daarheen ga.' Hij denkt even na. 'Waarschijnlijk om te kijken wat voor vlees ze in de kuip hebben.'

Kevin slikt de laatste hap door van zijn half gesmolten Chokotoff en grijnst. 'Yep. Haal je zwarte hoody maar uit de kast.'

11

10 dagen tot de aanslag

Het weer is grijs en grauw, zelfs voor deze tijd van het jaar. Jonathan duikt diep weg in zijn jas en trekt de muts nog iets verder over zijn hoofd. Om hem heen staan mannen met gemillimeterd haar in zwarte bomberjacks. Een enkeling heeft een Pegida-vlag bij zich, maar de meeste vlaggen die Jonathan ziet zijn omgekeerde Nederlandse vlaggen. Waarschijnlijk boze boeren – of lui die gewoon zin hebben in een potje knokken natuurlijk, je moest niets uitsluiten. Voor hem staat een vrouw met een roze varkensmuts op haar hoofd. Ze ziet dat Jonathan ernaar kijkt.

'Van m'n dochtertje.' Ze knipoogt. Op het bord dat ze in haar hand heeft staat STOP DE ISLAM, DIT IS ONS LAND. Jonathan kijkt om zich heen. Van een Marokkaanse vlag is nog geen spoor.

Hoewel de demonstratie veel ophef had veroorzaakt in de media is de opkomst tot nu toe gering. Jonathan scant het kleine clubje mensen om hem heen. Niemand lijkt zich met hem bezig te houden of extra op hem te letten. Hij heeft geen idee hoe de gast eruitziet die op zijn bericht had gereageerd. Om de kans te vergroten dat hij aangesproken zou worden had hij de jongen een privébericht gestuurd met een sticker van zichzelf waarop hij de Hitlergroet bracht. Hij had de sticker expres wazig gemaakt, maar net duidelijk genoeg om hem te herkennen. Een relatie opzetten en zorgen dat je een band met de ander opbouwde, dat was het belangrijkste nu. Binnen een mum van tijd had de jongen zijn bericht een duimpje gegeven.

Verderop staat een groepje politie te paard. De dieren briesen, hun adem maakt wolkjes in de lucht. Achter de paarden heeft een groep ME'ers zich verzameld voor hun busjes, hun wapenstokken en schilden in de aanslag. Hoewel het op straat nog rustig is, is de sfeer geladen. Jonathan checkt zijn mobiel: hij heeft geen berichten meer ontvangen van de jongen.

De groep komt in beweging en Jonathan loopt achter hen aan naar een groot plein dat aan de straat grenst. Hij weet dat er een aantal Marokkaanse eetzaken aan het plein zit; waarschijnlijk zullen ze daar halt gaan houden. Ook de ME'ers bewegen zich achterwaarts in de richting van het plein, hun schilden dreigend opgeheven naar de groep.

'Daar zul je ze hebben.' Een man met een zwarte muts op stoot hem aan. Jonathan kijkt tussen de mensen door. Ze zijn nu bijna bij het plein, en hoewel er nog weinig te zien valt hoort Jonathan een vaag geschreeuw. Zo te horen komt er een groep vanaf de andere kant van het plein hun kant op. De ME'ers hebben door wat er gebeurt en vormen een cirkel met hun schilden. Ze kijken om zich heen: van twee kanten komen nu groepen op hen af.

'Allahoe Akbar! Allahoe Akbar!' Ze zijn nu bijna bij het plein, Jonathan kan de leuzen duidelijk horen. Een groep jongeren wacht hen op, in hun hand wapperen Marokkaanse vlaggen. Ze zijn duidelijk met meer dan de stoet waar Jonathan zich in bevindt. Jonathan kijkt naar de man die hem zojuist aangesproken heeft. Hij is eind vijftig en hoort blijkbaar bij de vrouw met de varkensmuts, van wie hij nu het protestbord overneemt. Hij schudt zijn hoofd. *Not his guy.*

Kevin had aangeboden om met hem mee te gaan, maar Jonathan had het afgewimpeld. Het was beter als hij in zijn eentje poolshoogte ging nemen. Hij wilde niet dat hun contact afgeschrikt zou worden als ze plotseling met z'n tweeën zouden zijn. Daarbij was de kans groot dat hij getest zou worden, en hij wilde Kevin niet onnodig in gevaar brengen. Kevin had geknikt en Jonathan had hem verzekerd dat het allemaal goed zou komen. Hij had voor hetere vuren gestaan.

Met hun schilden voor zich uit gestoken dwingen de ME'ers hen te stoppen met lopen. Op het plein is het druk geworden. Hoewel het meeste winkelende publiek wijselijk dekking heeft gezocht in portieken en winkels zijn er ook mensen blijven staan die nu vanaf een afstandje toekijken. Jonathan laat zijn blik over het publiek gaan. De meesten hebben grote shoppers in hun hand. Niets opvallends.

Achter de ME'ers worden nu Marokkaanse vlaggen de lucht in gestoken en Jonathan ziet hoe de jongeren woedend hun kant op kijken. Hij kan het ze niet kwalijk nemen. Pure provocatie dit natuurlijk, deze optocht van Pegida. Maar wel een doeltreffende. De tegendemonstranten lijken een stuk kwader dan de stoet waar Jonathan zich in bevindt en de kans is groot dat er straks rellen uitbreken. Het gros van de Nederlandse media zou straks wel weer berichten over 'vandalistische Marokkaanse jongeren', en wat Nederland Vooruit en Wilders zouden tweeten kon je ook alvast uittekenen. 'Vreedzame demonstratie verstoord door moslimtuig', zoiets zou het wel worden.

Uit de winkelende menigte komen plotseling een man en een vrouw op hem af. Jonathan voelt hoe ze vlak achter hem aansluiten in de stoet. De vrouw is eind twintig, misschien begin dertig. Haar blonde haar is strak opgebonden in een staart en haar voeten zijn gehuld in zwarte laarzen. De man is jonger, Jonathan schat hem begin twintig. Ook hij is gehuld in zwart; zijn helderblauwe ogen steken scherp af tegen de donkere kleding.

'Wordt er nog geknokt vanavond?' De man is naast hem komen lopen. Jonathan ziet nu pas hoe groot hij is. Zijn jas spant om zijn bovenarmen en zijn te scherpe kaaklijn verraadt een thuisvoorraad aan anabolen.

'Dat weet je maar nooit.' Jonathan spreekt de zin duidelijk uit, zoals afgesproken. Hij is even bang dat hij overstemd wordt door het geschreeuw van de jongeren verderop. Maar de man heeft hem verstaan.

Jonathan voelt hoe de vrouw achter hem nu een stap naar voren zet, haar schouder duwt in zijn rug. Aan de overkant van het plein klinkt weer geschreeuw. De ME'ers staan nog altijd midden op het plein, en hoewel hun opgeheven schilden als buffer dienen wordt het steeds moeilijker om de groepen uit elkaar te houden. Jonathan voelt hoe hij naar voren wordt geduwd. Hij schat dat de groep tegenover hen uit een paar honderd man bestaat. Als hij opzijkijkt ziet hij hoe in een van de zijstraten van het plein zich nog meer mensen verzameld hebben. Hun Marokkaanse vlaggen wapperen in de wind.

De man laat zijn felblauwe ogen over Jonathans gezicht gaan. 'Goed dat je er bent. Mensen zoals jij hebben we hard nodig.'

Dat de man over zijn huidskleur begint had hij ingecalculeerd. Hoewel de meeste politici bij Nederland Vooruit in het hokje 'arisch' vallen, zoals ze zichzelf graag noemen, is er ook een handjevol politici met een andere achtergrond. Die stellen zich vaak nog harder op dan hun witte ambtsgenoten, alsof ze vinden dat ze iets te bewijzen hebben – maar onder de aanhang van de partij blijft het nog altijd gering.

'Het zijn telkens weer de rotte appels die het verpesten voor de rest van ons.' Jonathan kijkt de man aan. 'Stelletje klootzakken.'

De man knikt goedkeurend en wijst onopvallend naar een groepje journalisten, dat verderop op het plein staat. Ze hebben hesjes aan met PERS erop en hun camera's zwaaien van links naar rechts om beide groepen in beeld te krijgen. Hij voelt hoe hij iets in zijn handen geduwd krijgt door de vrouw achter hem.

'Oké,' hoort hij de vrouw zeggen. 'Je krijgt één kans. Als iemand je snapt ben je de lul.' Haar stem is helder, maar zacht genoeg om niet hoorbaar te zijn voor de anderen om hen heen. 'Je steekt 'm aan en gooit 'm hun kant op. Zonder dat iemand doorheeft waar hij vandaan komt of dat jij het bent.'

Jonathan werpt een snelle blik naar beneden: zijn handen omklemmen een glazen fles die van de bovenkant afgestopt is met een stuk stof. De fles is gevuld met een lichtgele vloeistof, waarschijnlijk benzine.

De stoet beweegt zich nog altijd langzaam naar voren, de ME'ers staan nu bijna klem tussen de twee groepen en Jonathan ziet hoe ze naar binnen bewegen, de cirkel kleiner maken, de gelederen sluiten. Nog even en ze zullen hun wapenstokken gaan gebruiken. De vrouw steekt een sigaret op en overhandigt hem een aansteker. Naast hem voelt hij hoe de man zijn pas inhoudt en wordt ingehaald door anderen uit de stoet. Als hij omkijkt is ook de vrouw achter hem verdwenen. Hij is weer alleen.

Jonathan kijkt naar het groepje journalisten. Voor hen op de grond is een leeg stukje, een paar meter waar niemand staat. De man en vrouw van zojuist zijn nergens te bekennen; waarschijnlijk kijken ze van een veilige afstand toe. Een golf adrenaline schiet door zijn lichaam. Als hij de fles vóór de journalisten op de grond gooit, is er niets aan de hand. Niemand zal gewond raken. Hij voelt hoe de spanning in zijn middenrif toeneemt. Terugkrabbelen is geen optie meer. Dan is het allemaal voor niets geweest.

Jonathan trekt de muts die op zijn hoofd zit naar beneden. Goddank is er behalve zijn ogen niets van zijn gezicht te zien. Hij voelt hoe de sfeer op het plein grimmiger wordt. De eerste eieren raken de schilden van de ME'ers, die nu met hun wapenstokken de groepen naar achter proberen te dringen. Een jongen heeft een steen gepakt, die hij dreigend omhooghoudt. De Pegida-stoet dringt nog altijd naar voren, en als de ME'ers er niet tussen zouden staan, zouden ze nu omsingeld worden door honderden woedende jongeren. Van de zijkant ziet Jonathan hoe politieagenten te paard hen van twee kanten insluiten, in de hoop de massa uit elkaar te drijven.

Net op dat moment besluit de vrouw met de varkensmuts vóór hem 'Imagine' van John Lennon op te zetten. Het nummer schalt door de speaker op haar rug en vermengt zich met het getrappel van paardenhoeven en het geschreeuw van de jongeren. Alsof ze zich in een wrange film bevinden.

Het is steeds voller op het plein geworden. Als hij over wil gaan tot actie moet hij snel zijn, voordat de politie straks waterkanonnen in gaat zetten. Jonathan verbergt de fles in de binnenkant van zijn jas en probeert de aansteker een paar keer te laten ontvlammen. Het vlammetje verdwijnt telkens weer even snel als het gekomen is. Verderop is de groep journalisten groter geworden, blijkbaar hebben zich meer media bij hen gevoegd. Hij moet opschieten nu. Met zijn duim en wijsvinger houdt hij de fles bij de hals vast en met zijn overige vingers vormt hij een kommetje tegen de wind. De lap is doordrenkt met benzine, Jonathan voelt de geur in zijn neusgaten prikken. Eén kleine vonk moet genoeg zijn om de fles in lichterlaaie te zetten. Jonathan kijkt om zich heen, nog altijd let niemand op hem. Jonathan laat zijn duim nogmaals over het wieltje gaan en houdt de aansteker dicht tegen de lap stof aan.

Plotseling vat de fles in zijn hand vlam. Snel gaat Jonathan op zijn tenen staan. Op het plein bereiken nu de eerste stenen de ME'ers. Hij zwiept zijn arm naar achter en met een ferme zwaai gooit hij de brandende fles in de richting van het vak waar de journalisten staan.

De fles raakt met een knal de grond. De steekvlam is metershoog. Even lijkt het alsof iedereen stilvalt, dan klinkt er een oorverdovend gegil over het plein. Om hem heen beginnen mensen in paniek alle kanten op te rennen en Jonathan voelt hoe de groep uiteen begint te vallen. Hij trekt de bivakmuts dieper over zijn hoofd en springt weg van het plein, een zijstraat in. Links van hem doemt een portiek op. Snel duwt Jonathan de deur open en drukt zich tegen de muur aan. Buiten rent een groep mensen voorbij, hun winkeltassen bonken tegen hun benen.

Het is rustig in de portiek. Jonathan trekt de bivakmuts van zijn hoofd. Zijn hart bonst in zijn keel. Het is gelukt om de fles vóór de journalisten op de grond te gooien, maar toch heeft de hoge steekvlam hem verrast.

Hij ademt diep in en uit en probeert zijn bonzende hart onder controle te krijgen.

In zijn zak voelt hij hoe zijn telefoon trilt. Een privébericht op Discord van C299910. Ze willen hem zien.

12

De jonge vrouw stelt zich voor als Ida, en ook de boomlange gast geeft hem een hand. 'Cas.'

Jonathan staat in een kleine, donkere ruimte. De muren zijn kaal en een ingeslagen raampje boven in de kamer verlicht alleen het broodnodige.

'Netjes gedaan, man. Die gasten schrokken zich helemaal de tyfus.' Cas geeft Ida een por met zijn elleboog. 'Stelletje lafaards.'

Jonathan glimlacht. In het berichtje op Discord had C299910 hem gesommeerd naar een adres te komen aan de rand van de stad. Bij aankomst bleek het een verlaten parkeergarage, leeg en vervallen, de metalen deur die ooit de ingang moest zijn geweest geforceerd. Jonathan had de ruimte gescand. De camera's die in de hoeken van de garage hingen waren ingeslagen en de betonnen muren zaten onder de graffiti. Nu stond hij tegenover de man en de vrouw.

'Ik ben Nathan.' Hij kijkt de twee aan. Cas knikt, maar Ida laat haar blik door de ruimte dwalen.

'Ik heb je nooit eerder gezien bij demo's.' Ze schopt met haar voet tegen een leeg bierblikje dat met veel lawaai wegrolt. Jonathan laat zijn blik over de vrouw gaan. Ze is iets ouder dan hij in eerste instantie had gedacht en haar tongval verraadt dat ze niet uit de Randstad komt. De Achterhoek? In ieder geval ergens in het oosten van het land. Cas' accent klinkt anders, noordelijker. Het blikje komt tot stilstand tegen een stuk karton dat op de grond ligt. De plek waar ze zich bevinden moet vroeger de ruimte zijn geweest waar de garagebeheerder zich terug kon trekken. Maar aan de dozen op de vloer te zien wordt het nu vooral gebruikt als openbare slaapplaats.

'Ik was met corona wel vaak op het Museumplein. "Koffiedrinken."' Jonathan laat zijn stem nonchalant klinken. Op het Museumplein waren destijds zoveel mensen, dat valt nooit te achterhalen. 'Jullie niet?'

'Weet je hoe duur de trein is vanaf Emmen? Dat is alleen voor de elite tegenwoordig.' Ida kijkt even betrapt, alsof ze zojuist iets verraden heeft.

Jonathan knikt. 'Ja, en dan lopen ze te zeiken dat je de auto niet meer mag pakken vanwege het "klimaat". Fucking bullshit. Niet dat het met de auto wél betaalbaar is, trouwens.'

'Precies!' Ida is nu met haar volle gewicht op het blikje gaan staan. 'Ik heb de hele winter mijn kachel niet aan kunnen doen en mijn buren hebben gewoon een jacuzzi in de tuin. *Fucked up.*'

'Ik ben wel bij een paar coronademo's geweest. Maar ik heb jou nooit gezien, volgens mij.' Cas kijkt Jonathan onderzoekend aan.

'Ik heb tijdens corona ook een tijdje in België gewoond.' Jonathan blaast even in zijn handen; het is koud hier. 'Daar gaan ze trouwens pas echt hard.'

'Wat dan?' Ida kijkt hem nieuwsgierig aan.

'In Nederland wordt er vooral geluld. Daar doen ze tenminste dingen. Schild en Vrienden en zo.'

Cas knikt naar Jonathan. 'Mooie gasten zijn dat.'

'Ik heb wat cyberdingen voor ze gedaan, wat dingen platgelegd. Hele land schrok zich rot.'

'O ja? Wat voor dingen dan?'

'Laat ik je wel een keer zien, als je wil.' Jonathan schopt een steentje weg dat op de grond ligt. 'Ik kan daar beter niet over praten hier.'

Cas knikt, hij neemt Jonathan nu van top tot teen op.

'Wat ben jij eigenlijk?'

'Half Nederlands, half Zuid-Afrikaans. M'n vader is een blanke boer, m'n moeder woonde in hetzelfde dorp.'

Cas knikt en lijkt tevreden, maar nu doet Ida een stap naar voren.

'En waarom ben jij dan tegen buitenlanders? Je bent er zelf toch ook een?' Haar blik is verhard. Jonathan klakt even met zijn tong.

'Ik ben hier geboren. En die gasten verpesten het voor mensen zoals ik.' Hij kijkt Ida aan. 'Ik werk me de pleuris en dan komen die klootzakken hier om onze banen in te pikken en supermarkten leeg te jatten. Mijn zusje durft niet eens meer 's avonds alleen over straat, die gasten kijken naar haar alsof ze een of andere kech is die het verdient om verkracht te worden. Dat is toch niet normaal? En dan doe ik gewoon mijn best en krijg ik alsnog dingen naar mijn hoofd, alsof ik er eentje van hun ben.' Hij laat even een stilte vallen. 'Nederland is vol, we hebben genoeg problemen zonder hen.'

Ida knikt. 'Eigen volk eerst.'

'Precies.'

Jonathan tast met zijn hand in zijn zak en haalt er een pakje Marlboro uit. Een gewoonte die hij jaren geleden afgeleerd heeft, maar tijdens een missie is het een waardevolle tool – je weet nooit wat het je oplevert. Hij steekt een sigaret op en kijkt Ida en Cas aan. Als zijn verhaal niet geloofwaardig is, dan gaat hij het nu merken. Maar de twee tegenover hem zwijgen. Ida schopt weer tegen een steentje dat rondslingert en Cas heeft zijn mobiel gepakt. Tijd om de knuppel in het hoenderhok te gooien. Jonathan verplaatst het gewicht van zijn ene voet op de andere.

'Maar hoe zit het, gaan jullie alleen naar demo's om een beetje vuurwerk te gooien of doen jullie ook nog andere dingen?' Hij weet dat het een risico is om de actie te bagatelliseren, maar als hij hen goed ingeschat heeft dan moet het werken.

Het valt stil. De sigarettenrook hangt als een mistige wolk tussen hen in.

Even is hij bang dat hij te ver gegaan is, want Ida kijkt Cas met gefronste wenkbrauwen aan. Maar dan knikt Cas.

'We doen ook andere dingen.'

'Ida uit Emmen.' Jonathan kijkt Kevin aan. 'En ene Cas.'

'Hoe ging het?' Kevin draait zijn bureaustoel naar de deur die Jonathan zojuist achter zich heeft dichtgedaan.

'Goed. Maar het waren er dus twee.'

'En jullie hebben gewoon even gezellig theegedronken met elkaar?' Kevin glimlacht.

'Precies.'

'Mooi, ik had niet anders verwacht.' Hij draait zijn stoel terug richting het scherm. 'Ida. Gekke naam.'

'O ja, Cas is op het Museumplein geweest, bij een van de coronademo's van Willem Engel. Dus waarschijnlijk zit hij ook in die Facebookgroep. En hij houdt nogal van sporten.'

'*Big guy?*'

'Yep.'

Cas had niet veel losgelaten over zichzelf, maar Jonathan vermoedde dat hij al langere tijd in geradicaliseerde groepen rondhing. Er hing een bepaalde eenzaamheid om hem heen die hij herkende uit eerdere cases. Ida was anders. Ze leek vooral kwaad, en uitte dat ook. Cas leek zijn woede geïnternaliseerd te hebben.

Bij het verlaten van de parkeergarage had Cas hem bij de arm gepakt. 'Jij loopt als eerste naar buiten, wij volgen over vijf minuten.' De manier van spreken, de gecoördineerdheid, en niet te vergeten de enorme spierbundels deden een militaire achtergrond vermoeden. Jonathan had Kevin gevraagd daar ook op te screenen, je wist maar nooit. Wie er nog meer bij de groep hoorden was hem nog steeds niet duidelijk.

13

Zijn telefoon trilt. Jonathan steekt zijn hand op naar Kevin en wijst naar zijn mobiel. Kevin gebaart dat hij online verder zal zoeken, en met een knikje sluit Jonathan de deur achter zich. Op het scherm staat de naam van zijn zus. Vreemd, ze weet dat zijn werktelefoon alleen voor noodgevallen is. Snel loopt hij de gang van de technische dienst uit.

'Jona?' Babs' stem trilt.

'Hey sis.'

Jonathan spitst zijn oren. Het lijkt wel alsof Babs huilt. 'Gaat het goed?'

'Sorry hoor, dat ik je stoor tijdens je werk, maar ik...'

'Babs? Wat is er?' Hij hoort hoe Babs' stem naar de achtergrond verdwijnt.

'O fuck, het staat nu ook al op Dumpert.'

'Wat staat op Dumpert?'

'Ik was in Den Haag en o god, ze...' Ze valt even stil.

'Babs, wat is er?'

'Jona, ze hebben een molotovcocktail naar ons gegooid.'

Jonathan voelt hoe al het bloed uit zijn wangen trekt. Hij kijkt om zich heen. Verderop zit Nina over haar computer gebogen en in het keukentje staat Victor met een collega te praten. Hij moet ergens rustig kunnen zitten zonder dat iemand hem hoort. Fuck, hoe is het mogelijk. Hij voelt hoe zijn hart in zijn keel klopt.

Snel loopt hij de gang door, richting de lift.

'Babs, wacht heel even.' Aan de andere kant van de lijn hoort hij haar snikken. Hij kijkt naar de lift, die nog op de achtste verdieping hangt. Naast de lift zijn de wc's; snel glipt Jonathan naar binnen. Dan maar hier.

Jonathan checkt alle hokjes, maar er is niemand in de ruimte. Als ook het laatste hokje leeg blijkt doet hij snel de deur dicht en gaat op het deksel van de toiletpot zitten. 'Oké, vertel.'

'Ik was met een paar anderen, van de NOS en RTL, bij die demonstratie van Pegida. En ineens kwamen er allemaal tegendemonstranten en liep het uit de hand.'

'En toen?'

'Ik was met de fotograaf aan het overleggen, toen er ineens iets naar ons gegooid werd. En voor ik het wist stond ineens de grond voor onze voeten in de fik.'

'Fuck! Ben je gewond geraakt?'

'Nee, volgens mij niet. Ik weet het niet zo goed. Ik schrok vooral heel erg en ik viel naar achter, maar volgens mij heb ik vooral blauwe plekken. Fucking hell, Jona, we stonden daar gewoon ons werk te doen. We hadden zelfs allemaal hesjes aan. Die klootzakken geven blijkbaar nergens meer om.'

'Heb je gezien wie het deed?'

Op de achtergrond hoort hij Babs met haar mobiel rommelen.

'Babs?'

'Shit, het wordt nu al heel veel gedeeld op X. Ik hoop dat ze me er niet in taggen. Dan krijg ik weer zo'n hele shitstorm over me heen.'

'Heb je gezien wie het deed? Hebben ze 'm gepakt?'

'Ik geloof van niet. Ik heb in ieder geval niks gezien.'

'Oké. En weet je van elke kant het kwam?'

'Nee, maar wie weet kunnen ze nog iets uit die beelden opmaken. Ik hoop het, het is zo fucked up. Ik sta helemaal te trillen.'

Jonathan voelt dat hij het benauwd krijgt. Hij sjort aan zijn overhemd en doet een extra knoopje open.

'Ik zweer het je, die gast mikte gewoon op mij. Dat ding kwam vlak voor mijn voeten neer. Als hij iets verder had gegooid, dan had hij me gewoon geraakt.'

'Waarschijnlijk wilde hij jullie alleen maar bang maken.'

'Maar wat als hij het echt op mij gemunt had? Dat zou kunnen, toch? Vanwege dat stuk over Depernov?'

'Vast niet. Meestal willen ze journalisten vooral angst aanjagen. En na afloop met filmpjes de media op hol brengen.' Jonathan haalt even diep adem. 'Dat is wat we bij de dienst ook altijd zien met dit soort gasten. Het is niet persoonlijk, Babs. Geloof me maar, dit is ontzettend naar en vervelend, maar je moet proberen het los te laten. Het is allemaal goed afgelopen.'

'Ik ga het hier echt niet bij laten zitten.' Zijn zus klinkt vastberaden.

Hij had het kunnen weten. Als Babs eenmaal iets in haar hoofd had was het onmogelijk om haar nog op andere gedachten te brengen.

'Dit raakt ons allemaal. Vrijheid van pers ligt aan de basis van onze democratie. Dit kunnen we toch niet zomaar laten gebeuren? Waar gaat het dan heen? Straks durven journalisten niet eens meer de straat op om hun werk te doen.'

'Je hebt gelijk. Maar dit zijn gevaarlijke gasten, dus ik zou je echt willen vragen je er verre van te houden. Bij de dienst onderzoeken we dit soort groepen al een hele tijd, en ook de politie zit erbovenop. Je kan dit beter aan ons overlaten.'

Aan de andere kant van de lijn hoort hij hoe Babs geïrriteerd zucht.

'Ik kom vanavond naar je toe, oké? Dan hebben we het er nog even over. Of we gaan een of andere stomme serie kijken als je liever afleiding wil. Jij mag kiezen.'

'Heel lief, maar ik kan vanavond niet. Ik heb met een paar journalisten afgesproken. Als we met elkaar hierin duiken, dan zijn we er zó achter wie dit gedaan heeft. Wie weet kunnen we hem wel exposen, dat zal 'm leren.'

'Babs, luister. Dit soort gasten zijn gevaarlijk. Ik zou er echt niet induiken.'

'Ik doe het toch.'

Jonathan schudt zijn hoofd. Hij zucht. 'Dat weet ik.'

Jonathan opent X; het filmpje verschijnt meteen bovenaan zijn tijdlijn. 'Delen! Politie zoekt gast die molotovcocktail naar journalisten gooit.' Jonathan doet snel het wc-hokje open en kijkt om zich heen. Er is nog steeds niemand. Het bericht is inmiddels al meer dan driehonderd keer gedeeld. Hij drukt op *play*, zijn hart bonst in zijn keel.

Het filmpje duurt maar een paar seconden. De camera is gericht op de plek waar de fles neerkomt, niet op de gooier. Jonathan haalt opgelucht adem. Nu maar hopen dat er niemand van de andere kant beeldmateriaal heeft. Hij bekijkt het filmpje nog een aantal keer en zoomt in. Er is niks te zien wat naar hem terug te leiden is. Hij probeert na te gaan wat hij precies aanhad. Zwarte hoody, zwarte broek, zwarte Nikes en een bivakmuts. Niets opvallends. Het enige wat zichtbaar was, was de kleine ruimte tussen zijn muts en zijn ogen. Als hij pech had kon iemand net zijn huidskleur zien. Jonathan zucht, de beerput met racistische haat zou wel weer opengaan. Maar zolang hij niet herkend werd was hij veilig.

Als hij de gang op loopt trekt Kevin hem aan zijn mouw. Van een afstandje ziet Jonathan hoe Nina naar hen kijkt. Met een arm om Kevins schouder loodst hij hem mee naar het keukentje. 'Jij hebt volgens mij een heerlijk kopje automaatkoffie verdiend.' Hij glimlacht. Als hij uit het zicht van Nina is laat hij Kevin los. 'Vertel.'

'Ik ben Ida op het spoor, ze is nogal... verbaal online. De meeste dingen post ze op Facebook, maar af en toe gaat ze ook los op X.'

'Iets verrassends?'

'Niet echt, behalve dat er een reden moet zijn waarom juist zij bij die groep zit. Maar welke, daar ben ik nog niet achter.'

'En die andere gebruiker? Die Anonymous48811?'

'Nog niks, helaas.'

Jonathan schuift weer achter zijn computer. Sinds de demonstratie heeft hij niks meer van Cas of Ida gehoord. Ook had geen van tweeën iets losgelaten over andere leden. Toch kan hij zich niet voorstellen dat zij tweeën zo'n grote bedreiging voor Nederland vormen dat Liv hem er expliciet op af zou sturen. Er moest meer aan de hand zijn. Maar wat?

Jonathan zucht, als hij er niet snel achter komt is het allemaal voor niets geweest. Zijn verhoor bij de BVA is al over zes dagen. Hij kan zichzelf wel voor zijn kop slaan. Waarom heeft hij zich laten verleiden door Liv? Hij wist toch dat ze niet te vertrouwen was? Jonathan legt zijn hoofd in zijn handen. Als hij niet snel zijn zaakjes op orde krijgt is het gedaan met zijn carrière – hier en overal.

Achter hem loopt Nina voorbij; Jonathan gaat snel overeind zitten. Hij moet zich niet zo aanstellen. Als je het objectief bekijkt boekt hij in korte tijd veel vooruitgang. Niet alleen weet hij hoe de groep heet, hij heeft ook twee van hun leden gezien. Hij moet doorgaan, er is nog niets verloren. Hij moet zich beter profileren als cyberexpert, dat is tenslotte wat ze zoeken. De demonstratie was slechts een test geweest, nu moet hij laten zien wat hij verder nog in huis heeft.

Hé man, als je nog een keer meer wil weten over die
shit in België, holler me. Dan laat ik je wat sicke dingen zien.
Tenzij je daar 's nachts niet van kan slapen natuurlijk.

Jonathan kijkt naar het bericht op zijn scherm en drukt op *send*. Hij heeft het bericht expres alleen aan Cas gericht. Hij vermoedt dat hij zal happen, dat hij wel van wat competitie houdt. Ida is een ander verhaal. Met haar zal hij voornamelijk moeten praten om uit te vogelen waar haar zwakke plekken zitten.

In de verte ziet hij hoe Victor zijn kant op kijkt. Jonathan steekt zijn duim op en rolt zijn bureaustoel naar achter. Tijd om Nina een bezoekje te brengen.

'Hé Nien, hoe is het?'

Hij merkt dat Nina schrikt. Jonathan leunt nonchalant tegen de kast naast haar bureau.

'Ik ben bezig geweest met dat rapport voor de minister en ik vroeg me af of jij daar een blik op wil werpen? Jij hebt ook Geschiedenis gestudeerd, toch?'

'Nee, Russisch, met als bijvak Oekraïens.' Nina heeft zich naar hem omgedraaid.

'Ah, oké, maakt niet uit. Super trouwens, lijken me niet de makkelijkste studies.'

'Nee, klopt.'

'Zou het lukken om heel even naar dat rapport te kijken? Ik heb er nu zó lang aan gewerkt, ik zie het even niet meer.'

'Ja, natuurlijk. Als je het stuurt dan kijk ik er zo naar.'

'Top, dank je wel. En als ik jou met iets kan helpen weet je me te vinden, hè?'

Was het eerlijk om Nina zo te behandelen? Misschien niet. Maar iedereen heeft zijn zwakke plek, en hij vermoedt dat hij zojuist die van Nina gevonden heeft. Als je haar tegemoet trad als een vriend deed ze alles voor je.

De afspraak met Cas was makkelijk gemaakt. Jonathan had voorgesteld om elkaar te zien in een belhuis in een buitenwijk van de stad, een van de weinige plekken waar nog openbare computers waren. Cas was akkoord gegaan. Dat er om de hoek een groot asielzoekerscentrum zat was mooi meegenomen. Hij vermoedde dat de setting Cas precies genoeg zou triggeren.

'Ken je de Waalse socialisten?' Hoewel het niet druk is in de zaak praat Jonathan op gedempte toon. Verderop zit een man in een djellaba luid te skypen met een vrouw. Ze heeft een hoofddoek om en aan haar gelaatstrekken te zien komt ze uit Somalië. Jonathan fronst zijn wenkbrauwen en knikt naar het achterhoofd van de man. In Cas' kaak spant een spier aan. Jonathan typt iets in op het scherm. 'Dit is hun website.'

Cas wendt zijn ogen af van de Somalische man, die nog altijd op luide toon aan het bellen is en buigt zich voorover naar het scherm.

'Hun partij heet de Parti Socialiste, de PS. En die zijn nogal pro-asielzoeker. Opvang in ónze regio, als je begrijpt wat ik bedoel. Dus die konden wel een lesje gebruiken.'

'Ja, alsof we niet genoeg problemen hier in Europa hebben zonder die moslimhonden erbij,' sist Cas. De man verderop kijkt even op, maar vervolgt dan zijn gesprek.

'Wat heb je gedaan dan?'

'Ik heb hun site gehackt en vol gezet met verhalen van hoe het echt zit. Mensen verdienen het om de waarheid te weten, in plaats van al die asielsprookjes.' Jonathan pakt zijn mobiel en scrolt door zijn fotobibliotheek. 'Maar eigenlijk was dat alleen een afleidingsmanoeuvre.'

'Voor wat?'

Jonathan buigt zich naar voren en laat Cas twee screenshots zien.

'Ik kon ook in de achterkant van hun site, in een paar mailboxen. Deze is van de voorzitter van de partij, Paul Magnette.' Hij tikt met zijn vinger op het scherm. 'Die heb ik een paar mailtjes laten sturen naar wat collega's in het Europees Parlement. Dat ze hun koers gaan wijzigen en vol in gaan zetten op immigratiestop, en dat ze het plan steunen om asielzoekers voortaan op het vliegtuig te zetten naar Rwanda.'

'Net zoals in Denemarken?'

'Precies. Nou, toen had je de poppen wel aan het dansen.'

14

De Discord-uitnodiging zit in zijn mailbox. Cas heeft er als grap een emoji van een fles bij gedaan. Jonathan moet onbewust glimlachen. Hij klikt op de link om de uitnodiging te accepteren en scrolt door de berichten. Er is niet veel bij gekomen, alleen het filmpje van de demonstratie is door Cas gedeeld. Nog steeds is het hem niet duidelijk wie Anonymous48811 is, maar het is hem tenminste gelukt om door te dringen tot hun *inner sanctum*.

Hij grinnikt. Inner sanctum? Het platform was nou niet bepaald een goudmijn tot dusver, maar wie weet. Hij had in ieder geval zijn eerste test doorstaan, en dankzij het harde werk van Kevin, die wat neppe mailaccounts op had gezet, had hij Cas toch maar mooi weten te overtuigen. Als Nina nou ook nog wat wonderen zou verrichten met het rapport, dan was het al met al toch een goede week. Verderop ziet hij hoe Nina druk aan het typen is. Jonathan staat op en loopt naar haar toe. Hij werpt een blik op het scherm.

In Nederland richt een groep anti-overheidsextremisten zich vanuit een fundamenteel wantrouwen, woede en onrechtvaardigheidsgevoel tegen de overheid en andere instituties. Velen zijn aanhangers van het 'accelerationisme'; in die ideologie hoopt iemand door chaos te creëren, bijvoorbeeld door een aanslag te plegen, dat er meer maatschappelijke onrust ontstaat en zo een revolutie uitbreekt. Er zijn op dit moment geen concrete aan wijzingen dat geradicaliseerde personen een aanslag voorbereiden in Nederland. Toch blijft een terroristische aanslag in Nederland voorstelbaar, er zijn waarschijnlijk een paar honderd Nederlands talige aanhangers van dergelijk rechts-terroristisch gedachtegoed. Het dreigingsniveau in Nederland wordt dan ook vastgesteld op 'aanzienlijk' (niveau 3 van 5).

Jonathan knikt goedkeurend en stompt Nina even tegen haar schouder. 'Kom, het is genoeg voor vandaag. We gaan een biertje doen, ik trakteer.'

Het biertje met Nina had hem goedgedaan. Die vrouw was een stuk capabeler dan ze eruitzag. Niet alleen had ze het rapport aanzienlijk verbeterd, ze had in de korte tijd dat ze in het café op het Plein hadden gezeten ook minstens vier vaasjes achterovergeslagen. Nina weet het aan de tijd die ze in Rusland door had gebracht. 'Daar leer je wel drinken, of je nou wilt of niet.' Jonathan had erom moeten glimlachen. Wat een topwijf was het eigenlijk. Victor had helemaal gelijk.

Na het derde vaasje had ze zich voorovergebogen en hem aangekeken.

'Hoe is dat nou gegaan, dat hele ding met Liv?' Ze had gehoord dat daar het een en ander mis was gegaan. 'Maar zo erg als de roddels kon het toch niet zijn? En wat was er precies met Sofia gebeurd?'

Jonathan had zijn hand door zijn haar gehaald. Verteld hoe schuldig hij zich had gevoeld, maar ook hoe hij het idee had dat hij niet anders had kúnnen handelen, naar zichzelf toe, naar Sofia toe.

'Laat je je vaker leiden door je gevoel?' Nina was nog dichter naar hem toe gebogen, haar groene ogen hadden getwinkeld. Instinctief was Jonathan naar achter geschoven.

'Niet meer. Ik heb mijn lesje geleerd.'

Even had Nina teleurgesteld geleken. Toen had ze de ober geroepen en een nieuw rondje besteld.

Jonathan loopt naar zijn fiets; hij voelt hoe zijn benen lichtjes boven de stoep zweven. Als hij zijn hand in zijn zak steekt om zijn sleutels te pakken stuiten zijn vingers op zijn mobiel. Hij staart naar het scherm. Het duurt even voordat het tot hem doordringt wat de melding betekent. In de Discord-groep heeft iemand hem een nieuw bericht gestuurd.

Jonathan opent de app. Anonymous48811 wil hem zien.

15

1962, 't Hoogeland – District Noord

't Hoogeland voelde als het einde van de wereld. Fietste je het dorp uit dan werd je begroet door verstild Groningerland dat langzaam overging in water, totdat een kilometerslange dijk je een halt toeriep. Als Titus zijn hoofd leeg wilde maken liep hij urenlang over de dijk, langs de Waddenzee richting de Noordkaap, de noordelijkste punt van het vasteland. Hier had hij vrij uitzicht op het water en de onmetelijke hemel boven het wad.

Natuurlijk had hij liever een stad gehad. De boerenomgeving met haar zeeklei paste hem niet, voelde als een te zware jas die hij iedere dag opnieuw aan moest trekken. Maar veel keus was er niet geweest. De organisatie zocht iemand in District Noord en Titus was als een van de weinigen organisch te stationeren in deze streek, waar anderen jarenlang moesten vechten om vertrouwd te raken binnen deze hechte gemeenschappen.

Toen hij na zijn laatste tentamens aan de universiteit beroepbaar was geweest, was Karel verschenen. 'Ze zoeken een dominee in 't Hoogeland. De mensen zijn vroom en godsvruchtig. De pastorie staat midden in het dorp en de kerk speelt een belangrijke rol in de gemeenschap.' Hij had even gepauzeerd. 'Dit is goed nieuws, Titus. Voor jou, voor ons. Het is een klein dorp, maar door het karakter van het beroep zal het niemand verbazen als je bij nacht en ontij weg moet. Geloofsnood, geboortes, sterfgevallen: de ideale dekmantels.'

Sinds Titus zijn training in Engeland af had gerond was Karel zijn vaste handler geworden. Hij wist niets van de man, behalve dat hij ook ergens in District Noord woonde en al langer bij Stay Behind betrokken was. Hij wist niet of Karel een vrouw had, kinderen, of wat hij in het dagelijks leven deed. Het enige wat hij had was een telefoonnummer waarop hij hem in geval van uiterste nood kon bereiken. Verder was het Karel die hem opzocht en bepaalde waar ze elkaar zagen, wanneer en waarom.

Karel had hem gewezen op de bijzondere Noord-Groningse natuur waar 't Hoogeland door omringd was. De ziltige klei die de grond deed barsten als de zon er een paar uur op scheen en die scheuren in de aarde veroorzaakte alsof de grond een boodschap af wilde geven. Dezelfde klei die als zachte zalf door je vingers ging wanneer de regen haar teisterde, en die later transformeerde in aardewerk, bakstenen en dakpannen die uitwaaierden over heel Nederland. En wat te denken van de weidse luchten boven de Waddenzee en de vluchten brandganzen die je gakkend boven de akkers naar Duitsland kon zien trekken? 'Genoeg ruimte om op adem te komen als het dorpsleven je soms benauwt,' had Karel hem verzekerd.

Titus had geknikt, had een brief opgesteld en verder geen vragen gesteld. Toen hij uitgenodigd werd door de beroepingscommissie om kennis te maken had hij op een avond zijn stamboom uitgeplozen, op zoek naar een link met het Noorden. Hij stuitte op een oma aan vaderskant, weliswaar ver weg, maar toch: ze hadden het prachtig gevonden, een Grunningse overgrootmoeder.

'Terug naar je wortels, voordat ze versplinterd zijn,' had de voorzitter van de kerk gezegd toen hij hem belde met het goede nieuws dat Titus hun nieuwe voorganger zou worden.

'Moi, dominee.' Zijn buurvrouw Lieneke passeerde hem terwijl Titus zijn ochtendwandeling maakte door het dorp. Haar hond snuffelde even aan de bosjes die langs de steunberen van de kerk stonden. Titus groette terug en aaide even de golden retriever, die nu zijn blaas leegde tegen een van de bankjes in het plantsoen.

Hij hield ervan om 's ochtends op pad te gaan, voordat hij plaatsnam aan zijn bureau in de pastorie en zich over kerkzaken boog. De lentelucht die door het dorp waaide was beloftevol en fris en maakte dat hij de dag begon met een glimlach. De boeren uit het dorp waren weliswaar al een paar uur op, maar voor Titus voelde het alsof hij door vroeg op te staan een voorsprong op anderen had. Zijn vrouw Marthe lag altijd tot een uur of acht op één oor, en ook hun dochtertje was voor tien uur niet vooruit te branden. De ochtend gaf Titus de gelegenheid om zaken voor te bereiden waar hij geen uitleg voor hoefde te verschaffen. Het enige nadeel was dat hij regelmatig zijn buurvrouw tegenkwam, die er ook een vroege ochtendroutine op na hield.

'We verwachten dat je je daar op den duur best thuis zult gaan voelen,' had Karel gezegd. Maar Titus had benadrukt dat het niet alleen aan hem zou liggen; hij moest ook Marthe nog zover krijgen om met hem mee te gaan. Weliswaar hadden ze in Utrecht niet hun eigen huis en droomden ze ervan om samen te gaan wonen, maar de stad inruilen voor het Hoge Noorden was wel een ander verhaal. Maar Marthe had hem verrast.

Op een ochtend waren ze naar het dorp gereden, hadden ze rondgelopen langs de schattige oude huisjes en uitgekeken over de groene weilanden, waar koeien stonden te grazen in de middagzon. Toen Titus haar de pastorie had laten zien was haar mond opengevallen van verbazing. Het was dan ook een prachtig huis. Statig, met een heuse opgang, een aparte werkkamer, grote keuken met haardvuur en een diepe tuin waar een grote eik romantisch zijn armen spreidde in de richting van het huis, alsof de boom het huis zo zijn zegen gaf. 'Hier zijn genoeg kamers om een gezin te beginnen,' had Titus gezegd, en hij had Marthes hand gepakt.

'Een heel elftal, als ik het goed zie,' zei Marthe nadat ze alle ruimtes van het huis had verkend.

'Elftal Densink, waarvan jij de aanvoerder mag zijn,' grapte hij.

Maar Marthe had om zich heen gekeken. De tractoren van de boeren die in de verte het platte land ploegden, de klompen die klepperden als dorpelingen langsliepen, de kleine dorpsschool waar slechts een handjevol leerlingen op zat.

'Passen wij hier wel?' Ze had Titus aangekeken.

'Het is niet voor altijd. Het is mijn eerste beroeping, daarna zien we wel verder.' Marthe had geknikt en hem een kus gegeven. En daarmee was hun komst bezegeld geweest.

't Hoogeland was een typisch Gronings dorp. Er was één bakker, één visboer, een fietsenmaker en een kruidenier, maar het dorp had meerdere kerken – waarvan die van Titus de grootste was. De hervormde kerk met zijn statige middeleeuwse toren stond bovenaan de terp waarop het dorp gebouwd was en bepaalde zo het aangezicht van het dorp. Wilde je op zondag plaatsnemen in de houten kerkbanken, dan moest je eerst een klim trotseren voor je kon uithijgen bij het Woord Gods.

'Zo zijn wij allen alvast een stukje dichter bij de hemel,' had Titus gezegd tijdens zijn eerste preek in de kerk. De gemeenteleden hadden geglimlacht. Zo was het precies.

De meeste dorpelingen verdienden hun brood met werken op het land. Aan de bovenkant van het dorp, richting de zee, deelde de vruchtbare aarde haar schatten in overvloed met haar inwoners. Aardappels, suikerbieten, tarwe, gerst, wortels en uien werden in groten getale uit de klei gehaald. Aan de zeven vette jaren leek geen eind te komen, als je naar het land keek.

Maar hoewel 't Hoogeland ver weg lag van alle moderniteiten druppelde ook hier de vooruitgang binnen. De Marshallhulp had bietenkoppers, spitmachines en meststrooiers gebracht en zorgde ervoor dat er minder handen op het land nodig waren. Sommige gemeenteleden maakten zich zorgen om al deze vernieuwingen, maar Titus probeerde hen gerust te stellen. 'Vertrouw op de Heer met uw ganse hart, en steun op uw eigen verstand niet. Ken Hem in al uw wegen, en Hij zal uw paden recht maken.' Het stond niet voor niets al eeuwenlang geschreven. Als men vertrouwen had, zou God hen niet in de steek laten, hoe beangstigend de verandering ook kon zijn die de toekomst voor hen in petto had.

Zijn gemeenteleden hadden geknikt. Hoewel Titus als stadsjongen geen boerenachtergrond had, hoopten ze dat hij gelijk had en dat de grote machines hun leven op den duur makkelijker zouden maken.

Hoewel de kerkklok pas zeven uur sloeg en Titus zijn vaste rondje door het dorp nog niet voltooid had, maakte hij rechtsomkeert en liep hij terug naar de pastorie. Meestal nam Karel om de paar weken contact met hem op, en aangezien het alweer een tijd geleden was dat hij iets van hem had gehoord, vermoedde Titus dat hij zijn ochtendwandeling deze keer beter niet te lang kon maken. Voor hij zijn huis in stapte passeerde hij het huis van de oude Lemstra, die vroeger de slagerij runde in het dorp. Achter het kanten gordijn dat voor het raam hing groette een rimpelige hand hem. Titus zwaaide terug.

Titus was met zijn zesendertig jaar nog niet bepaald op leeftijd te noemen, maar toch beschouwden de oudere gemeenteleden hem als een van hen. Als ze klaagden over alle technologische veranderingen, als ze mopperden op de dorpsjeugd die zich inliet met goddeloze rock-'n-roll en popmuziek, knikte Titus, immer begripvol. Dat hij zelf thuis ook een kleine collectie platen had met de nieuwste hits van Elvis en The Everly Brothers hield hij voor zich. Als zijn tijd in Engeland hem één ding had geleerd, was het dat hij niet onnodig de aandacht naar zich toe moest trekken. Hoe minder men van hem wist, hoe eenvoudiger het was, had De Leeuw hem destijds op het hart gedrukt.

Naar de buitenwereld toe was Titus in het dorp als een vis in het water. Hij was een graag geziene gast, en als hij rondfietste door het dorp staken ook degenen die niet bij hem in de kerkbanken zaten hun hand naar hem op. Hij kwam veel en graag bij zijn gemeenteleden over de vloer; in de breedgeschouderde boerderijen met hun kapschuren die aan de randen van het dorp lagen, in de oude arbeidershuisjes langs de straatjes die op de terp naar de kerk toe leidden, en af en toe legde hij zelfs zijn oor te luisteren in het café bij het kleine haventje.

Marthe vroeg vaak waarom hij niet liever gemeenteleden in de pastorie ontving, zoals de meeste dominees. Maar Titus hield vast aan zijn gewoonte. De dunne scheidslijn die er was tussen zijn persoonlijke leven en het publieke karakter dat nu eenmaal eigen was aan zijn beroep, was hem dierbaar.

Hoewel het zijn eerste gemeente was, merkte Titus al snel dat je dominee niet alleen op zondag was. Hij koesterde de momenten dat hij zich terug kon trekken in de ambtswoning, zonder op elke straathoek een zalvend woord of troostende psalm gereed te hoeven hebben voor eenieder in nood. Als hij de deur naar zijn werkkamer dichtdeed, een glas whisky voor zichzelf inschonk en neerplofte in zijn stoel die uitkeek op de grote eik in de tuin, voelde hij die last die het ambt noodgedwongen met zich meebracht van zich afglijden. Dat langsgaan bij gemeenteleden thuis ook een goede reden was om zicht te hebben op wat zijn dorpsgenoten achter de voordeur uitspookten, hield hij voor zich.

Titus opende de voordeur en stapte zijn werkkamer binnen, die vlak naast de voordeur gelegen was. Door het raam zag hij dat aan de overkant zijn buurvrouw Lieneke ook haar huis binnenging. Ze zwaaide naar Titus. Hoewel er geen vezel in haar lijf kwade bedoelingen had, was haar nieuwsgierige karakter Titus algauw gaan benauwen. Als er mensen over de vloer waren die ze niet kende, kon ze het niet nalaten om te vragen of er familie uit het westen op bezoek was geweest. En op de spaarzame momenten dat Karel aan zijn deur was verschenen had ze belangstellend gevraagd of het hier om een oude jeugdvriend ging. Titus had geknikt, en sindsdien vroeg ze regelmatig naar die knappe man met zijn lange jas.

Zoals De Leeuw hem had gevraagd, had hij Marthe niets verteld over zijn rekrutering. Toen hij haar ontmoette op een verjaardag van een vriend voelde zijn rendez-vous met De Leeuw in de kapel al zo lang geleden...

Hoewel het pas een jaar eerder was geweest, had Titus het gevoel dat zijn rekrutering sindsdien onderdeel van zijn identiteit geworden was. En hoe leg je zoiets ook uit? Ze zou het toch niet begrijpen. En als ze het al begreep, zou hij haar opzadelen met een last die zwaarder was dan hij haar wilde laten dragen. Elke keer als hij de deur uit zou gaan zou ze zich afvragen of hij gevaar liep, of hij thuis zou komen, of ze zich zorgen moest maken. Hij had het te vaak bij zijn moeder gezien. En dus had hij al die jaren zijn mond gehouden. En hoe dubbel het ook voelde, Titus hield ook van de zekerheid die het hem gaf. De angst voor verraad was sinds de oorlog diepgeworteld binnen de organisatie, en het gaf hem houvast te weten dat het niet aan hem zou hebben gelegen, mocht de organisatie ooit ongewild blootgelegd worden.

Vooral in de eerste jaren dat ze samen waren, was het lastig geweest om het Marthe niet te vertellen. Hoe vaak hadden de woorden niet op zijn lippen gebrand, als ze in zijn armen lag en ze praatten over de toekomst, wat ze wensten, wat hen bezighield. Als Marthe de krant opensloeg en zich zorgen maakte over alle rampen en natuurgeweld, of als ze zich afvroeg of het wel goed was om kinderen te willen krijgen in een wereld waar grootmachten dreigden met nucleaire wapens.

Maar ook dit wende, zoals alles wende in het leven, en Titus was met de leugens vertrouwd geraakt. Karel was een jeugdvriend van vroeger, en over de dreiging van de Russen maakte hij zich net zoveel zorgen als iedereen.

Terwijl Titus al snel omarmd werd door de dorpelingen, bleef Marthe moeite hebben met de gesloten Groningers. Hij had Karel aan zijn mouw getrokken over zijn ambtstermijn in het dorp, maar was op een muur gestuit.

'Het is goed om iemand zo dicht bij de oostgrens te hebben,' had Karel gezegd.

'Het is Marthe, ze is hier niet gelukkig. Ze vindt het dorp te ver weg van vrienden en familie. Ze heeft een punt, we zijn nagenoeg in Duitsland hier.' Titus had zijn best gedaan kalm te klinken, maar de woorden hardop uitspreken maakte hem onrustig.

'Daarom juist. Het gevaar zal niet uit het westen komen. Jouw post is van grote waarde, vergeet dat niet.'

Titus had gezucht. In het begin had hij Marthes klaagzang over het dorp afgedaan als opstartproblemen. Een dominee moest op elke plek waar hij begon minimaal vier jaar blijven, dat wist ze. Om de gemeente rust en continuïteit te bieden, maar ook om een band op te bouwen met de gemeenteleden – iets wat de organisatie ook goed uitkwam. Hoe meer mensen hem vertrouwden, hoe minder iemand ooit zou vermoeden dat hij er een dubbelleven op na hield. Maar toen de vier jaar verstreken waren, had Marthe opnieuw bij hem geklaagd.

'Karel, is er echt niet iemand anders die mijn plek in kan nemen?' vroeg Titus toen hij hem aan de telefoon had. Hij had Marthe beloofd op zoek te gaan naar een andere gemeente, ze had hem gesmeekt zijn uiterste best te doen. 'We zijn bereid overal heen te gaan, als het maar richting het westen is. Dan heeft Marthe ook wat meer hulp met de kleine.'

Karel was even stil geweest aan de andere kant van de lijn.

'Ik zal kijken wat ik kan doen. Zodra er een gemeente vrijkomt die passend is, hoor je het.'

Dat was tien jaar geleden geweest. Sindsdien was Marthe er nog een paar keer over begonnen, maar het gesprek was langzaam doodgebloed, net zolang tot het onderwerp helemaal van tafel was verdwenen. Titus had haar verteld dat 't Hoogeland voor hem inmiddels als een tweede thuis was gaan voelen. Een dierbare plek, die hij nog lang wilde dienen. Niet in de laatste plaats omdat ze hier een gezin waren geworden. De leugen beviel hem niet, het dorp met zijn nieuwsgierige inwoners benauwde hem inmiddels net zozeer als Marthe, maar zolang Karel niet met een nieuwe gemeente op de proppen zou komen, moest hij dit volhouden. Hij had nou eenmaal zijn woord gegeven.

Titus liep naar de hoek van zijn kamer waar een houten kastje op ijzeren leeuwenpootjes stond. De kast, onderdeel van het kerkelijk meubilair dat tot de inventaris van het huis hoorde, leek vanbuiten op een simpel houten kabinet. Maar Titus was verrast geweest toen hij ontdekte dat het hier om een goed gecamoufleerde brandkast ging. Hij knielde neer bij de brandkast en opende hem met een zware sleutel die hij verborg in een la van zijn bureau.

Hij liet een snelle blik over de voorwerpen gaan. Het pistool dat hij van Karel had gekregen; de geheime documenten met inlichtingen; de zend- en ontvangapparatuur waarmee Titus contact kon leggen met stafmedewerkers in het buitenland; de blikken met geld – alles lag achter in de diepe kluis, goed verstopt achter de monumentale statenbijbel, goud op snee en met zilverbeslag, die hem bij zijn ambtsaanvaarding was overhandigd.

Het gaf hem rust om elke dag de kluis even open te doen en de spullen daar te zien liggen, als herinnering aan de geheime rol die hem was toebedeeld maar waarvan hij dikwijls het gevoel kreeg dat hij in een avonturenboek leefde. Het wapen dat in de kluis op hem lag te wachten was het tastbare bewijs en hield hem niet alleen met beide benen op de grond, maar ook standvastig in zijn verhaal naar Marthe toe. Het liegen, het rondsluipen, het geheimzinnig doen: het was allemaal niet voor niets.

Hij had Marthe verteld dat hij niet gestoord wilde worden als hij in zijn werkkamer zat. In geval van nood kon er op de deur geklopt worden, en zou Titus 'binnen' roepen, waarna wie er ook voor de deur stond over de drempel mocht stappen. Hij had haar op het hart gedrukt dat ze de deur niet moest openen voordat hij dit teken had gegeven. Marthe had het wat vreemd gevonden, maar Titus had haar uitgelegd dat het om de privacy van zijn gemeenteleden ging. Die wilde hij koste wat kost waarborgen. En daarnaast werkte hij het beste in volle concentratie aan zijn preken, elke afleiding kon te veel zijn als hij op dreef was. Toen ze hem had verweten dat er ook nog andere mensen in dit huis woonden had hij eraan toegevoegd dat het ook in haar voordeel was. Zo was hij immers sneller klaar en hield hij meer tijd over voor haar en hun gezin. Marthe had haar schouders opgehaald en had hem sindsdien met rust gelaten als hij zich terugtrok.

De telefoon op zijn bureau rinkelde. Titus stak zijn hoofd om de hoek van de gang, maar Marthe was nergens te bekennen. Hij deed de deur van zijn werkkamer goed dicht en pakte de hoorn op. Het vervelende aan het bakelieten toestel was dat je nooit wist wie er belde. Als hij pech had was het de kerkvoorzitter die alvast de agenda voor de vergadering van volgende week door wilde nemen, iets wat absoluut geen prioriteit had op deze ochtend.

'Huize Densink.'

Hij had geluk. Aan de andere kant van de lijn klonk de heldere stem van Karel.

'Goedemorgen.' Karel schraapte even zijn keel. 'Schikt woensdagavond acht uur in Groningen?'

Titus klemde de hoorn tussen zijn schouder en zijn oor. Hij bladerde door de agenda die voor hem op het bureau lag.

'Dat is prima.'

'Goed. Brinkweg 11, de auto kunt u in de straat parkeren.'

'Wie ontmoet ik?'

'Dat merkt u vanzelf.'

Het was niet altijd eenvoudig om een smoes te verzinnen voor Marthe waardoor Titus 's avonds ongemerkt op pad kon. Het dorp was te klein om gemeenteleden ziektes of ander onheil toe te bedelen waar zij niet mee kampten. Marthe kende als domineesvrouw alle gemeenteleden ook, en de kans was groot dat zij op zondag na de dienst zou vragen hoe het nu ging met de zieke. Na een paar omslachtige excuses ('de voorzitter van de landbouwvereniging van Usquert heeft gevraagd of ik mee ga tennissen'; 'Ik ga mijn hoofd leegmaken op de dijk, ja, 's avonds') diende zich een paar jaar geleden een kans aan die een aanzienlijk betere dekmantel op zou leveren. Het ziekenhuis in Groningen zocht een nieuwe ziekenpastor en Titus had tegen Marthe gezegd dat hij deze functie er graag bij zou nemen. Marthe had fijntjes opgemerkt dat hij zijn handen al vol had aan zijn eigen kwakkelende gemeenteleden, maar Titus had haar bij haar middel gepakt en haar een kus gegeven. 'Ik was ziek en Gij hebt naar mij omgezien!' Zijn stem had vrolijk door de hoge hal van de pastorie gegalmd. Marthe had gelachen en hem een klap op de billen gegeven. 'Vooruit dan maar.'

Titus legde de hoorn neer en noteerde in zijn agenda dat hij ziekenhuisdienst had. Hij klapte de agenda dicht en streek even over de leren buitenkant voor hij hem teruglegde op de hoek van zijn bureau.

Boven was Marthe inmiddels opgestaan, hij hoorde hoe ze zich klaarmaakte. Na tien jaar huwelijk waren de geluiden hem inmiddels zo vertrouwd dat hij met zijn ogen dicht kon zien wat zich boven afspeelde. Van het openen van de kraan tot het rammelen van de kleerhangers tot het sluiten van de kledingkast. Hij hoorde hun dochtertje praten, haar hoge stemmetje klonk boven het geraas van water uit dat in de badkuip liep. Waarschijnlijk had Marthe haar in bad gedaan en was ze nu aan het spelen met de rubberen eendjes die op de badrand woonden.

Titus wist dat Marthe zo naar beneden zou komen en zou vragen of hij ook zin had in thee. Titus liep naar de keuken, vulde alvast de ketel met water en zette deze op het vuur. Buiten maakten twee duiven elkaar het hof. Hij glimlachte.

MR. H. WEBER, ADVOCAAT EN PROCUREUR, vermeldde het messing bordje naast de deur. Die Weber had het niet slecht gedaan constateerde Titus, als hij zich zo'n mooi huis midden in de stad kon veroorloven.

Marthe had zich vanavond niet lekker gevoeld en had hem gevraagd om thuis te blijven. Titus voelde zich schuldig. Natuurlijk wilde hij dat, maar de afspraak stond nu eenmaal en alleen in uiterste nood kon deze afgezegd worden. Marthe zou wel denken dat het hem onverschillig liet, zoals wel vaker. Titus had een grote pot thee voor haar gezet, een warme kruik gemaakt en was naar buiten geslopen. Hij hoopte dat ze zou slapen als hij straks thuiskwam.

Zoals Karel had gevraagd, had Titus zijn auto verderop in de straat geparkeerd. Nu legde hij zijn hand op de zware gouden klopper en liet deze op de deur vallen.

Toen nog geen twee seconden later de deur openging duurde het even voor hij het gezicht kon plaatsen dat voor hem op de drempel stond.

'Peter!'

'Titus!'

Titus had hem sinds hun tijd in Engeland niet meer gezien. Peter was wat dikker en kaler geworden maar had nog altijd de pientere blik in zijn ogen die Titus zich van hem herinnerde.

'Is dit jouw kantoor?'

'Was het maar zo,' antwoordde Peter lachend. 'Dit is een van de huizen die we gebruiken.' Titus knikte. Alhoewel hij nooit eerder op de plek geweest was, maakte Stay Behind vaker gebruik van dit soort locaties. Advocatenkantoren, huisartspraktijken, het waren goede dekmantels.

De mannen omarmden elkaar. Toen zei Peter: 'We moeten meteen aan de slag want we hebben een hoop te doen vannacht. Mag ik je voorgaan naar boven?'

Ze gingen een niet al te grote zolderkamer binnen. Voor het enige raam hing een zwaar gordijn waardoor geen lichtstraal naar buiten zou vallen. Het deed Titus denken aan de verduistering in de oorlogsjaren. Peter nam plaats op een stoel bij de tafel en gebaarde naar de andere stoel. 'Kom, laten we snel beginnen.'

Titus pakte zijn koffertje en haalde er de apparatuur uit die hij had meegenomen.

'Stop die maar weer in je koffer,' zei Peter terwijl hij naar Titus' seinsleutel wees. 'Er zijn modernere tijden aangebroken.' Op de tafel waar Peter aan was gaan zitten, stond een apparaat. Peter legde zijn hand er beschermend op. 'Als je dit onder de knie hebt kun je straks veel sneller teksten verzenden dan met morse.' Titus zuchtte opgelucht. 'Gelukkig maar.'

In de uren die volgden hingen Titus en Peter ingespannen boven het apparaat. Het was belangrijk dat Titus als agent zelfstandig berichten kon versleutelen en ontcijferen, en zelf contact zou kunnen leggen met buitenlandse bases. Maar hoewel het apparaat een stuk makkelijker te bedienen was dan die vervelende morsecode, was het alsnog een hele klus om de techniek onder de knie te krijgen. Titus keek op de klok: het was inmiddels al over twaalven. Marthe zou zich wel afvragen waar hij bleef.

16

De deur van het kantoor viel met een zachte klik achter hen dicht. Peter draaide de sleutel om en samen liepen ze naar Titus' auto, die in de straat geparkeerd stond. De afgelopen uren hadden ze ingespannen zitten werken en pas toen Titus eindelijk een bericht foutloos opgesteld had, had Peter hem laten gaan. Titus opende het portier van zijn auto en legde het koffertje met de nieuwe apparatuur zorgvuldig onder een van de stoelen. Het was donker en stil om hen heen, alleen aan het eind van de straat brandde een klein lichtje in een van de huizen.

Titus wilde net instappen, toen Peter hem bij de arm greep.

'Zeg, Titus.' Hij hield even stil. 'Denk jij nou nooit...' Hij pauzeerde even, het leek alsof hij naar woorden zocht. Titus keek naar zijn gezicht, een diepe frons tekende zich af op Peters voorhoofd.

'Wat is er? Je kunt met me praten, dat weet je.'

Peter zuchtte even. 'Tot nu is het allemaal bij theorie gebleven. Stay Behind, onze hele missie. Maar wat nou als de Russen straks écht komen? Nu Chroesjtsjov in Cuba raketten op wil stellen, kan het zomaar raak zijn. Soms denk ik, wat vragen ze wel niet van ons? Al die verantwoordelijkheid. Heb jij dat niet?' Schuchter keek Peter hem nu aan.

'Ik vertrouw erop dat we goed opgeleid zijn,' antwoordde Titus. 'Dit is waar we al die jaren op voorbereid zijn. En daarbij, zo'n vaart zal het toch niet lopen?'

Peter trok een pakje sigaretten uit zijn binnenzak en stak er nerveus een op. 'Als de Russen weigeren hun raketbases op Cuba te ontmantelen, dan gaat het onherroepelijk tot een kernoorlog leiden.' Peters stem trilde.

'In dat geval hebben de Russen wel andere zaken aan hun

hoofd dan Nederland binnenvallen.' Hij hoopte dat Peter kon lachen om zijn opmerking, maar het leek alsof hij hem niet had gehoord.

'Ik heb contact gehad met Engeland. De kans is groot dat Stay Behind geactiveerd gaat worden binnenkort. Straks ligt het lot van Nederland in onze handen. Al die mensen, al die levens. Vrouwen, kinderen.' Peter trok hard aan zijn sigaret, het puntje lichtte op in het donker. 'We zijn maar met zo weinig. Zullen we daadwerkelijk iets uit kunnen richten? Die Russen zijn overal toe in staat.' Hij wankelde even. 'Ik slaap er al weken niet van. Waar gaat het heen met de wereld? Als de Russen hier straks binnenvallen… Ze hebben kernwapens, Titus. Kernwapens.' Weer trok Peter aan zijn sigaret. Hij greep daarbij even naar zijn borst, alsof hij pijn had.

'Peter, gaat het?' Titus greep hem bij de arm. 'Laten we weer naar binnengaan, volgens mij voel je je niet goed.'

'Ik voel me prima, ik ben alleen…'

De sigaret in Peters hand viel op de grond.

'Peter?'

Titus merkte hoe Peters ademhaling steeds zwaarder werd.

'Laten we even gaan zitten.' Hij probeerde Peter naar de stoep te dirigeren, maar Peter wankelde weer. Titus voelde nu hoe Peter met zijn hele gewicht op hem leunde.

'Ik… ik…'

'Wat is er? Peter? Wat gebeurt er?' Titus keek om zich heen. Er was nog altijd niemand op straat.

'Ik heb… mijn…' Peter greep met een hand naar zijn borst en terwijl Titus met zijn ogen de omgeving afging, voelde hij plotseling hoe Peter verslapte en ineenzeeg, alsof het leven in één klap uit hem vloeide.

'Peter?'

Titus zocht met zijn wijsvinger Peters hartslag, die zwak en ver weg voelde. Voorzichtig legde hij hem op de stoeptegels neer. Hij moest iets doen en snel ook. Titus zocht met zijn ogen de omgeving af. Hij zou hulp moeten zien te vinden. Maar om hem heen was geen levende ziel te vinden en de straat was te onbeduidend om een telefooncel te hebben. Alleen aan het einde van de straat brandde licht. Titus zette het op een lopen.

De man die opendeed had een glas whisky in de hand.

'Alstublieft meneer, er is iemand onwel geworden, hier aan het begin van de straat. Heeft u een telefoon? Er moet zo snel mogelijk een ziekenauto komen.'

De man staarde hem glazig aan.

'Alstublieft, een ziekenauto.' Begreep de man wat hij zei? Plotseling draaide de man zich om, de deur nog altijd open. Titus keek de gang in. Aan het einde leek aan de muur zowaar een telefoon te hangen waar de man nu halt voor hield.

'Alstublieft. Een ziekenauto. Zou u kunnen bellen? Dan ga ik snel terug.' Titus zag hoe de man de hoorn oppakte. Hoewel hij duidelijk beschonken was, leek de man de boodschap te begrijpen.

Titus rende terug naar Peter die nog altijd op het trottoir lag. Hij opende Peters jas en knoopte zijn overhemd los. Peters ademhaling was nog altijd zwak en onregelmatig, en zijn huid voelde klam aan. Titus legde zijn handen op elkaar, plaatste deze in het midden van Peters borstkas en drukte het borstbeen stevig omlaag. Nogmaals, nogmaals. Hij mocht niet stoppen nu. Hij had geen idee of het juist was wat hij deed, hij had geleerd hoe hij moest doden, niet hoe hij iemand in leven moest houden. Maar niets doen was geen optie, Peters lot lag in zijn handen. Wat moest hij de politie vertellen als die zou arriveren? Hij wist niets van Peter. Hij wist alleen zijn voornaam. Hoe hij verder heette, waar hij woonde, wie er ingelicht moest worden, dat wist hij allemaal niet. Titus probeerde zich weer te concentreren op het lichaam dat onder zijn handen op en neer bewoog. Het deed er nu niet toe. Als Peter het maar zou redden.

In de verte klonk het geluid van een sirene en aan het eind van de straat draaide een ziekenauto de hoek om. Eindelijk. De broeders die uit de ambulance sprongen, duwden Titus aan de kant en knielden bij Peter neer. Van een afstandje zag Titus hoe de oudste van de twee Peters hartslag controleerde. Hij gebaarde dat de andere broeder verder moest gaan met reanimeren.

Ook een politieauto draaide nu de smalle straat in en stopte.

Gewekt door al het geluid, sprong een aantal lichten in de huizen aan. Een politieagente stapte uit en liep op Titus af.

'U was hier toen het gebeurde?'

'Ja, ik heb iemand verderop de ziekenauto laten bellen.' Hij keek naar Peter, die nu mond-op-mondbeademing kreeg. De knoop in zijn maag verstrakte.

'Ik liep toevallig voorbij.' Hij merkte hoe de leugen hem zwaarder viel dan anders. 'Alstublieft... Gaat hij het redden?'

'Ze doen hun uiterste best.' De politieagente keek Titus aan. 'Kunt u mij vertellen hoe hij heet? Wat er gebeurd is?'

Titus rechtte zijn rug.

'Hij zakte plotseling ineen. Verder weet ik niets. Ik liep voorbij, ik weet niet wie het is of hoe hij heet.'

'Goed. Daar komen we wel achter.' De agente keek nu ook naar Peter die nog altijd beademd werd door een van de broeders.

'U kunt gaan, als u wilt. Wij nemen het vanaf hier over. Veel dank voor uw hulp'

Titus kon zichzelf wel voor zijn kop slaan. Peter had natuurlijk zijn valse persoonsbewijs op zak, zijn aliaspapieren voor wanneer hij op pad moest. Als de agenten die papieren zouden ontdekken, zouden ze op zoek gaan naar familie van iemand die helemaal niet bestond. Titus voelde zijn eigen kaart branden in zijn jas. Dat hij daar niet eerder aan had gedacht. Hij moest iets doen, hij moest koste wat kost voorkomen dat ze die documenten te pakken zouden krijgen.

De jongste broeder, die net nog op zijn knieën bij Peter had gezeten, sloot nu met zachte hand Peters ogen en stond op.

'Wat gebeurt er?' Titus probeerde kalm te klinken, maar merkte dat zijn stem trilde. *O God, wees genadig. Uw liefde is sterker dan de dood.*

'U heeft gedaan wat u kon.'

'Is hij...' Titus keek naar het levenloze lichaam van Peter. Zijn adem stokte.

De agente keek Titus in de ogen. 'U heeft goed gehandeld, meneer. Maar hij heeft het niet gehaald. Het spijt ons, maar die dingen gebeuren.'

'Ik zou graag afscheid willen nemen.' Titus wist dat het raar klonk. Hij had de agente zojuist nog verteld dat hij Peter niet kende en dat hij toevallig voorbij was gelopen toen het gebeurde. Maar er zat niets anders op, hij moest het proberen. Dat was hij Peter verplicht, de organisatie verplicht. God mocht weten wat er zou gebeuren als ze Peters valse papieren te pakken zouden krijgen. Het laatste wat hij nu wilde was dat de organisatie in moeilijkheden zou komen, die hadden in deze tijd wel andere dingen aan hun hoofd.

De agente keek hem vreemd aan. Titus deed een schietgebedje dat ze zijn smoes voor medemenselijkheid aan zou zien. Maar de vrouw nam hem bij de arm en leidde hem weg van het lichaam van Peter, dat nu toegedekt werd met een wit laken.

'Wij gaan eerst de familie op de hoogte brengen. Het is het beste als u nu naar huis gaat. U zult wel moe zijn.' Ze gaf hem een hand.

'Misschien een laatste gebed? Ik ben dominee, ziet u.' Het was het enige wat hem te binnen schoot. De vrouw bekeek hem nu van top tot teen. Een dominee op straat, op dit uur? Titus draaide zich weg van de agente, opende zijn koffertje voorzichtig en haalde daar de bijbel uit. Hij zag hoe de vrouw de bijbel in zich opnam.

'U wilt bij zijn lichaam bidden?'

'Een laatste dankwoord voor zijn leven.'

De agente aarzelde. Peters lichaam lag nog altijd op straat. Vanachter de ramen keken mensen toe, ze wezen naar het afgedekte lichaam.

'Alstublieft.'

'Goed, een gebed kan geen kwaad.'

Titus knielde neer bij het lichaam en sloeg het witte laken terug. Het bloed was langzaam uit Peters gezicht aan het trekken en Titus moest even slikken bij de aanblik ervan. Hij opende zijn bijbel en legde deze op de borstkas van Peter.

'Onze Vader, Die in de hemelen zijt', bad hij. 'Uw Naam worde geheiligd. Uw Koninkrijk kome. Uw wil geschiede, gelijk in den hemel alzo ook op de aarde.' De strakke band om

Titus' maag ontspande iets bij het uitspreken van de vertrouwde woorden. Hij gluurde door zijn wimpers en zag dat de agente gepaste afstand had genomen en haar ogen eerbiedig naar de grond had gericht. Terwijl hij de woorden zachtjes hardop verder uitsprak, reikte hij met zijn hand in de binnenzak van Peters jas. De bijbel dekte zijn hand grotendeels af en als hij snel was zou het hopelijk niemand opvallen.

'Geef ons heden ons dagelijks brood. En vergeef ons onze schulden...' In de linkerbinnenzak zat geen portemonnee. Titus voelde hoe hij het warm kreeg.

'Gelijk ook wij vergeven onzen schuldenaren.' Titus reikte nu met zijn hand in de rechterbinnenzak. Daar, zijn vingers stuitten op een kleine rechthoekige portemonnee. Snel haalde hij de leren beurs uit de binnenzak en verborg deze tussen zijn knieën.

'En leid ons niet in verzoeking, maar verlos ons van den boze.' Titus' vingers zochten razendsnel door de portemonnee, tot ze de papieren kaart vonden. Peter Bosschelaar uit Rhenen, daar stond het.

'Want Uw is het Koninkrijk. En de kracht, en de heerlijkheid...' Snel stopte hij de kaart in zijn jas, klapte de portemonnee dicht en wurmde deze terug in Peters zak.

'In der eeuwigheid. Amen.'

17

De terugweg naar 't Hoogeland duurde lang. Het was inmiddels drie uur en de adrenaline die zojuist nog door zijn lichaam had gegierd had plaatsgemaakt voor een diepe vermoeidheid. Titus moest zijn best doen niet in slaap te vallen achter het stuur en zijn ogen op de smalle weg te houden, die hem de stad uit leidde. Ellerhuizen, Bedum, Onderdendam. Thuis moest hij zo snel mogelijk Karel zien te bereiken. Wat hij Marthe wijs moest maken, bedacht hij later wel.

De pastorie was donker en stil. Titus opende zachtjes de voordeur en sloop naar zijn werkkamer. Hij knipte een lichtje aan boven zijn bureau en ging zitten in het schijnsel van de lamp. Aan de overkant van de straat zag hij dat er ook in het huis van Lieneke licht brandde. Sliep dat mens dan nooit? Titus liep naar het raam en sloot snel de gordijnen. Hij moest opschieten, er was geen tijd te verliezen. Hij opende zijn bureaula, pakte de sleutel eruit en liep naar de kluis. De deur piepte, hij moest het scharnier nodig weer eens oliën. Het kleine notitieboekje lag verscholen achter de met goud beklede bijbel. Titus haalde het er zo geruisloos mogelijk uit en sloot de deur van de kluis. De klok wees inmiddels halfvier aan. Karel zou zich wel rot schrikken. Hij had het nummer nooit eerder hoeven gebruiken, en dat op dit uur. Titus pakte de hoorn van het toestel en draaide het nummer.

'Ja?'

'Met Meijer.' Titus schraapte zijn keel. 'Er is iets gebeurd.'

'Vertel.' De stem van Karel klonk verrassend helder. Blijkbaar had hij de man niet gestoord tijdens zijn nachtrust.

'Peter is onwel geworden. Ik... ik heb nog geprobeerd hem te reanimeren. Maar...' Titus stem stokte.

'Waar?'

'Op straat, vlakbij het kantoor. We waren net klaar en toen...'

'Heeft iemand jullie gezien?'

'Nee. Althans, er kwam een ziekenauto en een politiewagen. Maar ik heb gezegd dat ik hem niet kende.'

'En zijn papieren?'

'Die heb ik hier. Zijn lichaam is met de ziekenauto meegegaan. Zijn familie, ik weet niet wat...'

Karel onderbrak hem.

'Gelukkig. Goed gedaan, Meijer. Ga naar bed nu, wij regelen de rest.'

Hij had Karel later gevraagd of hij naar de begrafenis kon gaan. Maar Karel had zijn hoofd geschud. 'Dat is niet mogelijk. De familie weet niets van de organisatie. We mogen geen argwaan wekken.'

Hoewel hij het had begrepen, had het hem pijn gedaan. Sinds die nacht in Groningen lag hij vaak urenlang naar het plafond te staren. Had Peter gelijk gehad? Legde de organisatie te veel druk op hen? En had hij, Titus, Peter niet beter kunnen helpen? Hem gerust kunnen stellen? Hij was tenslotte dominee, dit was zijn vak. Hij had Peter permanent in zijn gebeden gehad vanaf dat moment, hem zielenrust toegewenst, maar het zeurende gevoel in zijn maag wilde maar niet weggaan.

Toen hij die nacht naast Marthe in bed was gekropen, was ze gelukkig diep in slaap geweest. Maar de volgende ochtend was hij blijven liggen en was zij het geweest die als eerste op was gestaan. Toen hij eindelijk beneden kwam had hij gezegd dat hij zich niet lekker voelde. Marthe had hem over zijn hoofd geaaid. 'Dan was het toch besmettelijk wat ik had', had ze liefdevol gezegd.

Maar de slapeloze nachten hielden aan. Marthe maakte zich zorgen om hem, hij merkte het aan hoe ze soms naar hem keek als hij aan tafel moeizaam een hap naar zijn mond bracht.

Op een ochtend had Karel hem weer gebeld.

'Er zijn zorgen binnen de organisatie over de politieke ontwikkelingen in het noorden.' Karel had er geen doekjes om gewonden.

'De CPN?'

'Precies. Gezien de ontwikkelingen in Cuba willen we alles goed in kaart hebben. Zijn er in 't Hoogeland mensen die zich inlaten met deze partij?'

'Niet dat ik weet. Het leeft voornamelijk in oost-Groningen, Finsterwolde, Beerta, dat zijn zo langzamerhand communistische bolwerken geworden. Hier merken we er weinig van.'

'We willen weten of het verder richting noord-Groningen waait. Elke naam, elke activiteit, elke beweging moet op papier. Begrepen?'

De Communistische Partij pleitte voor de oprichting van een socialistische staat in Nederland en streefde naar een klasseloze samenleving. De partij had sinds het einde van de Tweede Wereldoorlog vertegenwoordigers in de Tweede Kamer en het parlement, en behaalde op haar hoogtepunt na de oorlog tien zetels. Kritiek op het kapitalisme en imperialisme was hun grootste troef, maar ook de rechten van arbeiders, hoger loon en betere arbeidsomstandigheden waren zaken die onder de arbeidersbevolking in het noorden op blijvende steun konden rekenen.

Titus wist dat in het dorp verderop een communist in de raad gekozen was, maar in 't Hoogeland was van oudsher een stuk minder industrie dan in het oosten. Meer koeien, minder metaal. Hoewel het op de kaart maar een klein stukje was, voelden de strokartonfabrieken in Oude Pekela, de grote aardappelzetmeelindustrie in Veendam en de fabrieken in Delfzijl voor de meeste gemeenteleden ver weg. In 't Hoogeland hadden de kerken een grotere vinger in de pap, en de meeste inwoners waren een stuk geloviger en minder ruig dan in het oosten. Voor zover Titus wist keken veel dorpelingen vooral huiverig naar de dorpen in het oosten.

Toch begreep Titus de zorgen van de organisatie wel. De CPN was aangesloten bij de Communistische Internationale en onderhield nauwe banden met communistische partijen in andere landen, met name in de Sovjet-Unie, en de partij steunde over het algemeen de politieke koers die Moskou voer.

Toen Stalin in 1953 overleed hadden veel CPN-partijleden bittere tranen gehuild; ook in de kerk had hij er af en toe iemand over gehoord. Nu de Sovjet-Unie onder leiding van Chroesjtsjov een nieuwe koers was gaan varen, was het onrustig in de Communistische Partij Nederland. Sommigen waren het eens met de destalinisatie, anderen hielden vast aan hun oude liefde voor hun 'tweede vader', zoals Stalin werd genoemd. Wie weet waar dat toe zou leiden, zeker nu, met alle spanningen in de wereld. Het was onverstandig als hij dat niet nauwlettend in de gaten zou houden, dat begreep Titus wel.

'Als er dorpelingen zijn die er bijzondere sympathieën op na houden voor de Sovjet-Unie, dan willen wij dat graag weten,' had Karel gezegd. 'We willen dat je alles documenteert. Wat je opvalt en voornamelijk wíé je opvalt. We moeten paraat zijn. Landverraders blijven landverraders, die kun je niet vroeg genoeg in de smiezen hebben.'

Titus had geknikt en had de kluis in zijn werkkamer geopend. Hij had het notitieboekje gepakt en was begonnen een lijst op te stellen.

18

8 dagen tot de aanslag

De uitnodiging behelsde niets meer dan een adres en een tijdstip. Jonathan heeft zijn zwarte hoody aan en trekt aan de touwtjes die langs zijn borst vallen. Hij is iets te vroeg, de autorit ging sneller dan hij had gedacht. Gelukkig is de avond vroeg gevallen en is het donker op straat. Zijn auto staat op een anonieme parkeerplaats verderop; nu loopt hij langs een verlaten weg.

Jonathan kijkt op zijn mobiel. Hij moet nog minstens tien minuten zien te overbruggen. Tegenover het adres zit een Poolse supermarkt. Jonathan duwt de deur open. De vrouw achter de balie peutert aan haar acrylnagels en scrolt lusteloos op haar mobiel. Bij het schap met bier scharrelen wat mensen rond, maar er is niemand die op hem let.

Het adres had hem verbaasd. Niet omdat het in the middle of nowhere was, dat was te verwachten, maar omdat er een lokale voetbalvereniging bleek te zitten.

Jonathan loopt langs de schappen. Ingeblikte worsten en wodka, in allerlei soorten en maten. Hij haalt een van de flessen uit het rek en bestudeert het etiket: Żubrówka, met een grasspriet erin, 37,5 procent alcohol, hé, dat was 40 procent, maar het is nog steeds niet slecht. Hij tikt ongeduldig met zijn hak op de vloer. Nog vijf minuten.

Jonathan kijkt door de ruit van de supermarkt. Het is donker buiten, de weg is verlaten en nauwelijks verlicht. Het enige wat verraadt dat er hier weleens iets gebeurt is een groot wedstrijdbord aan de kant van de weg. Jonathan knijpt zijn ogen samen. 3 JULI, 4 JULI. Zo te zien is er al heel lang niet gevoetbald.

Hij voelt hoe zijn hart sneller begint te kloppen. Wat is hij aan het doen? Helemaal alleen op een godverlaten plek. Volgens de regels van de dienst had hij iemand op de hoogte moeten brengen van de afspraak, maar iets had hem tegengehouden. Hij wilde Kevin er niet mee belasten, die had hem tot dusver al genoeg geholpen. Jonathan trekt zijn hoody dieper over zijn hoofd. Wie weet ging het allemaal op niks uitlopen. Even poolshoogte nemen kon geen kwaad.

Jonathan steekt de weg over en loopt langs het wedstrijdbord de inrit in, die uitkomt op een groot metalen hek. Aan weerskanten staan houten trailers, waarvan de meeste donker zijn. Als Jonathan tegen het hek duwt geeft het zacht piepend mee. Om hem heen is het donker, de voetbalvelden zijn onverlicht en ook het gebouwtje aan het eind van de inrit valt bijna weg tegen de zwarte hemel. Als Jonathan zijn hand op de deurklink legt voelt hij hoe de hendel zachtjes meegeeft. Binnen slaat een geur van oud zweet en voetbalschoenen hem in het gezicht.

Het is stil in het gebouw. De enige plek waar licht brandt is de kantine, die links van hem ligt. Een klein lampje boven de bar verraadt dat hij daar moet zijn. Jonathan duwt de klapdeuren open. De kantine is oud en afgetrapt, de bar heeft slijtplekken en de voetbalsjaals die aan de bruine balken van het plafond hangen zijn vaal geworden door de zon. In de glazen vitrinekasten achter de bar staan wedstrijdbekers stof te vangen.

'Dus jij bent Nathan.' Als Jonathan zich omdraait ziet hij hoe in een hoek van de kantine iemand aan een van de tafels zit. Een wat oudere vrouw, ze moet rond de zestig zijn. Op haar hoofd heeft ze een zwart petje dat haar gezicht grotendeels afschermt. Op haar na is de kantine leeg. Ze wijst op een stoel tegenover haar. 'Ik heb goede dingen over je gehoord,' zegt ze. Jonathan trekt de stoel naar achter en de vrouw kijkt toe hoe hij gaat zitten. Haar ogen blijven af en toe even hangen, alsof ze hem minutieus probeert vast te leggen in haar hoofd.

'Gelukkig.' Jonathan slaat zijn armen over elkaar. Dat het een vrouw is verbaast hem, en hoewel hij getraind is om zich onverwachte situaties snel eigen te maken merkt hij dat hij het hele gebeuren nog niet goed kan plaatsen. Een vrouw, van deze leeftijd, en dan ook nog alleen tijdens hun eerste ontmoeting.

'Je weet wat we zoeken?'

Jonathan knikt. 'Iemand met cyberervaring. Die kan hacken.'

De vrouw knikt kort. Over de tafel heen schuift ze hem een briefje toe. 'We zoeken iemand die dit plat kan leggen. Kan je dat?'

Als Jonathan het briefje openvouwt staat er maar één ding op. Hij glimlacht.

'Eitje.'

'Weet Victor ervan?' Kevin kijkt hem onderzoekend aan. Jonathan trommelt even met zijn vingers op zijn bovenbeen.

'Nee. Nog niet.'

Kevin zucht en draait zijn bureaustoel terug naar zijn computer. 'Wat ben je aan het doen, man?'

'Ik ga het hem vertellen, echt. Maar ik wil eerst iets meer in handen hebben. Zeker weten dat het echt iets is voordat ik weer alles op stelten zet.'

Kevin tuurt even uit het raam, alsof hij hoopt dat het antwoord daar op hem ligt te wachten. 'Het is niet de vraag of ik je kán helpen, maar of ik het wíl. Over hoeveel dagen moet je langs bij de BVA? Vijf? Dat betekent dat ze daarna mij op gaan trommelen. Wat moet ik dan zeggen? Ja, leuk, we runnen wéér een operatie *off the books*?'

'*I know.* Het spijt me. Maar in vijf dagen moet het echt wel lukken om erachter te komen wat ze van plan zijn. Of in ieder geval waarom Liv me op ze heeft afgestuurd.'

Met een ruk draait Kevin zijn stoel om.

'Liv?!'

'Ze heeft iets opgevangen binnen Nederland Vooruit over deze groep, en blijkbaar is het menens.'

'In ruil voor wat?'

Jonathan schudt zijn hoofd. 'Het is beter als je dat niet vraagt.'

Kevin was niet dom. Hij kon wel raden wat hij, Jonathan, Liv gegeven had. Maar zolang hij het niet had bevestigd kon hij Kevin hopelijk nog zover krijgen hem te helpen.

'Waarom vertrouw je haar?'

'Eerst niet. Maar nu ik er verder in duik ben ik bang dat ze gelijk heeft. Er staat iets te gebeuren.'

'Je weet dat ze haar eigen agenda heeft?'

Jonathan zucht. 'Wie niet. Maar als ik hier niets mee doe en ze heeft wél gelijk... Dan vergeef ik het mezelf nooit.'

Met een lange zucht rolt Kevin zijn bureaustoel weer in de richting van Jonathan. Hij kijkt hem aan. 'Geef dat papiertje nog eens?'

Op het witte velletje had alleen een naam gestaan. Een klein ziekenhuis in het Gooi. Meer niet. Kevin had hem verzekerd dat het eenvoudig was. 'Dat soort organisaties hebben hun systemen totaal niet op orde.' Hij zou er hooguit een halfuur voor nodig hebben om een malwareprogrammaatje te maken. 'Als ik dat dan op een stick zet hoef jij hem op dat moment alleen maar te runnen. Dan gaat de rest vanzelf.' Jonathan had zich over zijn schouder gebogen en Kevin had het hem voorgedaan. Het zag er inderdaad eenvoudig uit. Dit moest lukken.

'Weet je zeker dat je dit wil doen?' Kevin had hem aangekeken. 'Ik bedoel, een zíékenhuis? *Really?*'

Natuurlijk had hij zijn twijfels, maar hij wist dat er geen weg terug was. Nu hij Liv de opnames had gegeven moest hij zorgen dat hij er iets waardevols voor terugkreeg. Als hij nu zou stoppen was het allemaal voor niets geweest. Zeker nu de BVA in zijn nek zat te hijgen. Als hij op moest biechten dat hij na alles wat er gebeurd was Liv nu ook nog de opnames had overhandigd, kon hij zijn carrière bij de dienst wel op zijn buik schrijven. Elke carrière in Den Haag en omstreken eigenlijk wel. Het was alleen de vraag hoever de vrouw met de hack wilde gaan. Een ziekenhuis was link. Maar het feit dat de vrouw alleen was gekomen en Cas en Ida niets met het plan te maken leken te hebben, deed hem vermoeden dat het opnieuw een test was. Dat ze niet écht het ziekenhuis plat wilde leggen, met god weet hoeveel slachtoffers op hun conto.

Hij hoopte met heel zijn hart dat hij gelijk had.

19

6 dagen tot de aanslag

De voetbalkantine lag er hetzelfde bij als de vorige keer, behalve dat de vrouw deze keer niet alleen was. Zodra Jonathan een voet over de drempel zet ontwaart hij het grote silhouet van Cas naast haar aan tafel. Op een hoge kruk bij de bar zit Ida. Ze kijkt van een afstandje toe.

Jonathan zet zijn tas bij de tafel neer en haalt zijn laptop eruit.

'Ben je er klaar voor?' De vrouw neemt hem op, haar gezicht is weer verscholen onder het petje. Het enige wat Jonathan zou kunnen zeggen is dat ze kort haar heeft, maar zelfs daarmee zou hij ernaast kunnen zitten.

'Zeker.' Hij klapt zijn computer open. De USB-stick is ieniemienie, en Jonathan heeft hem voor de zekerheid alvast in zijn computer geprikt. Cas gaat naast hem zitten, hij is duidelijk niet zuinig geweest met zijn deodorant vanochtend. Jonathan voelt hoe de scherpe geur zijn neusgaten prikkelt. Achter hen loopt de vrouw heen en weer. Haar voeten zijn gehuld in hoge leren schoenen die bij elke stap een dof geluid maken op de tegels.

'Ik heb een script geschreven. Zodra ik 'm op hun systeem loslaat klapt alles eruit. Het plannen van afspraken, inzien van patiëntendossiers, laboratoriumtests doorsturen: alles is dan gelockt.'

De vrouw knikt goedkeurend.

'Zijn er bepaalde dossiers die jullie in willen zien, of gaat het om geld?' Jonathan kijkt over zijn schouder. De vrouw negeert zijn blik en staart naar buiten, waar de avond is gevallen over de donkere voetbalvelden.

'Wat verschijnt er op hun scherm als je 'm runt?' Cas wijst naar Jonathans laptop.

'Een melding dat ze moeten betalen. En als ze dat niet doen, dat we dan hun systeem in gaan en alles op slot gooien.' Jonathan leunt nonchalant achterover. 'Als ze niet reageren verschijnt er daarna een waarschuwing: hoe langer het duurt, hoe meer we zullen overnemen.'

'Leg die mobiel weg.'

De vrouw richt zich plotseling tot Ida, die aan de bar zit te scrollen op haar telefoon. 'Je weet wat de afspraak is.'

'Sorry.' Ida knikt. Ze stopt haar mobiel terug in haar tas die aan de barkruk bungelt. De vrouw loopt terug naar de tafel. Ze wacht een tel, dan geeft ze Jonathan een knikje.

'Doe het.'

Jonathan voelt hoe zijn handpalmen vochtig worden. Hij ademt een paar keer diep in en uit. Dan klikt hij op de malware die Kevin klaargezet heeft.

Als het goed is hoeft hij alleen de URL van het ziekenhuis in te vullen en een paar kleine handelingen uit te voeren. 'Ze moeten het idee hebben dat je live dingen aan het uitvoeren bent,' had Kevin gezegd. 'Dan lijkt het net echt.'

Op het scherm verschijnt het script, de letters lopen als Pac-Man over het scherm. Op de plek die Kevin hem aangewezen heeft plakt Jonathan het webadres van het ziekenhuis. Zijn vingers vliegen over het toetsenbord.

'Dat zal ze leren, die rijke honden.' Naast hem gnuift Cas even. Het programma vraagt nu om een paar keuzes die Jonathan moet maken; het pijltje knippert verwachtingsvol. Jonathan drukt op *option* 2, nog een keer, net zolang tot het programma weer verder loopt. Alles ziet er precies zo uit als Kevin had laten zien. Cas knikt goedkeurend.

'Het enige wat ik nu nog hoef te doen is de *final cue* te geven,' zegt Jonathan. Op het scherm is een bericht verschenen; Cas buigt zich naar voren. 'Malware geïnstalleerd, wilt u het activeren?' Jonathan draait zich om naar de vrouw en kijkt haar aan. Even valt het stil, dan knikt ze.

'We zijn binnen.' Jonathan wijst naar zijn laptop. 'Hun schermen zijn nu bevroren, waarschijnlijk gaan ze de computers zo aan- en uitzetten, of ze denken dat ze een software-update moeten uitvoeren.' Jonathan trommelt met zijn vingers op het toetsenbord. 'We staan nu op de deurmat. Als we echt naar binnen gaan kunnen we bij alle gegevens.' Hij kijkt naar de vrouw. 'Is er iemand die je zoekt? Iets speciaals?'

De vrouw komt achter hem staan, ze kijkt over zijn schouder. 'Dit zijn alle bestanden waar je nu in kan?'

'Ja. Als ze doorhebben dat we bij hun patiëntgegevens kunnen zijn ze trouwens wel verplicht de aanval te melden bij de Autoriteit Persoonsgegevens. Dus we moeten niet te lang wachten.' Jonathan laat zijn stem nonchalant klinken. Hij hoopt dat de mededeling de vrouw af zal schrikken. Dat ze met de aanval alleen wilde weten hoe goed hij is, dat ze nu elk moment hem zal vragen om te stoppen.

Maar de vrouw ziet er allerminst gespannen of ongerust uit, en de stilte die in de ruimte hangt doet hem plotseling het zweet uitbreken. Wat als de vrouw echt met de aanval door wil? Straks ligt het hele ziekenhuis plat en komen tientallen, misschien wel honderden mensen in gevaar. Hartapparatuur die niet meer werkt, infuuspompen die ermee ophouden.

De vrouw is naar een hoek van de kantine gelopen, waar ze rustig op een stoel is gaan zitten. Jonathan voelt hoe de spieren in zijn lichaam zich aanspannen. O god, hij heeft dit helemaal verkeerd ingeschat. Het is helemaal geen test, hij heeft daadwerkelijk een ziekenhuis gehackt. Met hulp van de dienst nog wel. Cas zit nog altijd naast hem. Als hij de aanval stiekem annuleert, dan zal Cas het direct doorhebben.

De vrouw heeft nog altijd niet gezegd wat het plan is. Hoe langer het nu duurt, hoe groter de kans is dat ze zo ontdekt gaan worden. Jonathan kijkt naar de klok boven in zijn scherm. De aanval is nu iets meer dan een minuut bezig. Ida zit nog altijd aan de bar, Jonathan werpt een snelle blik haar kant op. Hij moet proberen Ida of Cas zover te krijgen dat ze hem steunen, dat is zijn enige optie. Blaast hij zelf de actie af, dan valt hij meteen door de mand.

'Als we doorgaan kan ik alle beademingsapparatuur en hartmachines in, is dat wat je wil? Zo gedaan, hoor.' Jonathan knakt zijn vingers, alsof de actie hem compleet koud laat. 'Ik kan ze stilleggen, dan gaan ze vanzelf piepen. Oudjes, baby's, iedereen die aan die dingen ligt.' Reina zegt nog altijd niets, maar naast hem begint Cas op zijn stoel te schuiven. Blijkbaar heeft zijn opmerking haar doel niet gemist.

'Wat is het plan? Hoelang gaan we door?' Cas is opgestaan en begint door de kantine te banjeren. Hij houdt even halt voor de vrouw, die rustig vanuit haar stoel de groep gadeslaat. 'We kunnen naar binnen, dat is wat je wilde weten. Toch?' Cas kijkt de vrouw aan. 'Het gaat niet om geld, dat heb je altijd gezegd. Maar om te laten zien wat we kunnen. Of niet?'

'We moeten nu beslissen, ze gaan ons elk moment ontdekken.' Jonathan wijst naar het scherm. 'Als je me zegt wat je zoekt, dan kan ik voor je in die files rondkijken. Of hoeveel geld genoeg is, mochten ze een tegenbod doen.'

De vrouw reageert nog altijd niet.

'Er liggen daar oudjes en baby's aan die machines, dat zegt Nathan net. Wat gaan we doen?' Cas heeft zich groot gemaakt, hij staat nu voor de vrouw. 'Reina?'

Bij het horen van haar naam staat de vrouw met een ruk op. Even kijkt ze Cas vernietigend aan, dan duwt ze hem met haar schouder opzij en loopt naar Jonathan toe.

'Blaas het af. Nu.'

Cas is naast hem neergeploft. 'Dat was kantje boord, man.' Hij slaat hem vriendschappelijk op zijn schouder. 'Goed gedaan. Ze hebben ons niet ontdekt, toch?'

Jonathan schudt zijn hoofd. 'Nee, we waren op tijd weg.'

'Niet dat die rijkelui het niet verdienen, maar toch. Wie weet lag iemands oma daar wel te creperen.' Hoewel Cas zich groothoudt klinkt er opluchting in zijn stem. Ida zit nog altijd aan de bar; ze heeft al die tijd geen kik gegeven. Uit haar binnenzak pakt ze nu een pakje sigaretten en ze loopt naar de deur. 'Effe een peuk, ben zo terug.'

'Heb je een vuurtje?' Jonathan duwt de deur open. Op de

hoek hangt Ida tegen het gebouw aan, ze trekt hard aan haar sigaret. Ida overhandigt hem haar aansteker. Jonathan werpt er een snelle blik op. *Café de Gruyter* staat er in schuine letters op geschreven.

'Gaat het?' Hij steekt zijn sigaret aan en geeft Ida de aansteker terug.

'Ja, prima.'

In haar hand heeft Ida haar mobiel; ook Jonathan pakt de zijne uit de zak van zijn trui. Hij scrolt wat door een denkbeeldige tijdlijn. Ida staat net te ver van hem vandaan om te kunnen zien wat ze aan het doen is op haar telefoon. 'Waarom wil ze geen mobieltjes binnen?'

'Privacy, die dingen. Maar ik moest echt effe wat doen.' Ida zucht. 'M'n kind is ziek, dus de oppas loopt me de hele tijd te bellen.'

'O shit, is het ernstig?'

'Nee, koorts. Maar de buurvrouw is bang dat het besmettelijk is. Gezeik.'

'Kan haar vader haar niet ophalen?' Jonathan neemt weer een hijs van zijn sigaret. Wat is roken toch heerlijk. Als deze missie te lang duurt is hij zo weer verslaafd. Naast hem trapt Ida haar peuk uit.

'Als die er zou zijn wél, ja.' Ze loopt langs hem heen naar de deur. Als ze hem passeert kijkt Jonathan haar aan, een tel te lang. 'Als ik iets kan doen moet je het zeggen, hè?'

Reina had hem welkom geheten in de groep en hem geprezen om zijn snelle werk. Jonathan had koeltjes om zich heen gekeken. 'Geen dank, was echt peanuts. Laat maar weten wat jullie verder van plan zijn.'

Cas en Ida hadden even een blik gewisseld, hij kon niet goed peilen waarom. Reina had geknikt. Ze zou van zich laten horen.

Jonathan trekt zijn tas iets hoger op zijn rug en loopt het hek van de vereniging uit. De Poolse supermarkt aan de overkant is donker en ook op straat schijnt nauwelijks licht. Achter hem toetert een auto; Jonathan doet een stap opzij om te voorkomen dat hij geschept wordt. Hij moet er niet aan denken om hier in een greppel te belanden, in zo'n duister en luguber stuk van de stad. Naast hem mindert de auto vaart, er gaat een raampje naar beneden. Als Jonathan opkijkt ziet hij het gezicht van Cas.

'Waar moet je heen? Station?'

Jonathan knikt. Hij was deze keer expres niet met de auto gegaan, afhankelijk zijn van anderen bood soms onverwachte mogelijkheden. Cas opent het portier.

'Stap maar in, ik moet ook die kant op.'

De auto is oud en klein en de achterbank is bezaaid met rommel. Blikjes energydrink, wraps van fastfood en proteïnebars liggen op de grond. Uit de speakers klinken dreunende gitaren; Cas trommelt met zijn handen ritmisch mee op het stuur.

'Ze zegt niet veel, hè?' zegt Jonathan.

'Wie?'

'Reina. Zo heet ze toch?'

'Is ook niet nodig. Ze weet wat ze doet.'

'Oké.' Jonathan pakt zijn mobiel en zoekt op hoe laat de trein gaat. Als Cas een beetje doorrijdt kan hij met een paar uur in zijn bed liggen. De gedachte aan zijn hoofd op zijn kussen is weldadig. De spanning van de avond giert nog door zijn lijf; als Cas hem zo afgezet heeft kan hij eindelijk ontspannen.

'Ida en ik weten ook niet alles.' Cas neuriet mee met de radio. Jonathan kent het nummer niet, maar uit het geschreeuw op te maken is het niet bepaald een liefdesliedje.

'Vind je dat niet shit dan?'

'Nee, hoor, ze vertelt je vanzelf wat nodig is. Meer weten is alleen maar gevaarlijk.'

'Gevaarlijk? Hoezo?'

'Wat je niet weet kan je ook niet verklappen. Zo is het toch?' Cas kijkt hem aan.

'Aan wie zou jij dingen moeten verklappen?'

'Weet ik veel, de popo's, mensen die zich met ons bemoeien. Je weet maar nooit, je moet niemand vertrouwen.'

Jonathan knikt. 'Is ook zo.' Buiten schieten de huizen voorbij, ze naderen het station. Jonathan herkent de kade waar hij eerder die dag overheen gelopen is.

'Maar je vertrouwt haar wel?'

Cas knikt. 'Ja, Reina is de bom.'

Cas zet de auto stil tegenover het station. De motor draait nog steeds, buiten haasten mensen zich richting hun trein.

'Goed om je erbij te hebben, man.' Hij geeft Jonathan een hand. 'Ik zie je snel weer.'

Jonathan knikt en legt zijn hand op de deurklink. Net voordat hij de deur open wil trekken draait hij zich terug naar Cas.

'Ik steek m'n nek uit, maar ik weet niet eens waarvoor.'

Cas kijkt hem aan.

'Ik bedoel, ik weet niks van jullie. Of wat Reina van plan is.'

Cas trommelt met zijn vingers op het stuur en kijkt naar buiten.

'Ik vertrouw jou wel, maar ik moet gewoon iets meer weten over wat het plan is. Ik weet niet eens waarom ze per se dat ziekenhuis wou hebben. Snap je? Voor hetzelfde geld loopt ze ons gewoon te naaien.'

'Ze naait ons niet. Ze wil dat er iets verandert in Nederland, écht iets verandert. Niet al die schijnheilige bullshit die politici de hele tijd beloven.' Cas' knokkels zijn wit geworden op het stuur.

'Ik wil ook dat er echt iets verandert, het gaat fucking mis in Nederland, daarom ben ik hier ook. Maar ik heb geen zin in spelletjes of kinderachtig gedoe.'

'Het is geen kinderachtig gedoe. Anders zou ik er niet aan meedoen.'

Jonathan haalt zijn schouders op. 'Ik moet er nog even goed over nadenken allemaal.' Hij reikt naar de deurklink, maar voordat hij de deur open kan doen grijpt Cas hem bij zijn arm. Hij voelt hoe sterk hij is, zelfs een lichte aanraking voelt als een ijzeren greep. Met zijn andere hand pakt hij zijn mobiel uit de houder die tegen het ventilatierooster geplakt zit.

'Oké. Ik ga je iets laten zien. Als je me belooft het aan niemand te vertellen.'

Cas pakt zijn mobiel uit de houder en houdt de telefoon voor zijn gezicht. De telefoon vraagt om zijn toegangscode. Jonathan wijst naar het weinige licht in de auto.

'Te donker voor Face ID denk ik.'

Cas tikt zijn toegangscode in en scrolt behendig door de foto's in zijn bibliotheek. Zijn duim stopt bij een foto. Hij werpt een schuine blik op Jonathan.

'Alleen kijken. En je houdt je bek.'

'Tuurlijk.'

Cas draait zijn mobiel naar Jonathan toe. Als Jonathan de telefoon wil pakken trekt Cas hem snel een stukje naar achter.

'Alleen kijken, zei ik toch?'

Jonathan knijpt zijn ogen samen. Hoewel Cas de telefoon nog steeds stevig op afstand houdt ziet hij in één oogopslag genoeg. Een schok golft door zijn lichaam. Op de foto staan wapens. Een enorme hoeveelheid. Semiautomatische wapens, pistolen, revolvers, explosieven, en dat is nog maar wat hij op het eerste oog ziet.

'Ik zei toch dat het niet kinderachtig was? Hier gaat het echt wel mee lukken.'

Hij glimlacht en kijkt Jonathan aan. 'Wij gaan Nederland een lesje leren.'

20

De auto staat te ronken voor het station, Cas heeft de motor niet afgezet. Op straat is het steeds leger geworden, de meeste mensen liggen al op één oor of zitten in de trein op weg naar huis. Jonathan kijkt Cas vol bewondering aan.

'Dat zijn wel sicke wapens, man.'

'Zei ik toch? Ik ben niet gek.'

'Maar wat gaan jullie daarmee doen dan?'

Cas trekt zijn mobiel naar zich toe.

'Genoeg vragen voor vandaag.'

Jonathan knikt. 'Thanks, man. Nu weet ik tenminste dat jullie geen mietjes zijn.'

Cas lacht. 'Mietjes! Jij durft.'

Jonathan heeft geen idee wanneer hij de groep weer zal zien. Nu duidelijk is dat Reina hem had willen testen met die ransomware-aanval op het ziekenhuis is de kans groot dat ze weer contact met hem op zal nemen. Maar als hij pech heeft is dat pas over een hele tijd – tot dusver zijn het hele plan en de groep nog steeds gehuld in nevelen. Hij moet die foto te pakken zien te krijgen, daarmee kan hij naar Victor stappen om deze hele operatie legaal te maken. Alleen zijn mondelinge verslag is niet genoeg, en voor de BVA al helemaal niet. Jonathan bijt op zijn wang. Zijn verhoor is al over vier dagen.

Naast hem heeft Cas zijn mobiel terug in de houder gestopt. Jonathan werpt een blik over zijn schouder. Achter hen is een auto komen staan, de lichten in de cabine zijn gedempt. Voorin zitten twee mensen, meer is niet te zien. Hij tikt Cas op zijn schouder.

'Die gasten hierachter, volgens mij zag ik die net ook al.'

'Wat? Welke?'

Jonathan maakt een gebaar naar de achteruitkijkspiegel,

waar Cas nu een snelle blik in werpt.

'Die Nissan?'

'Ja. Toen we net wegreden van de voetbalclub zag ik die ook al achter ons.'

'Fuck. Weet je het zeker?' Hij ziet hoe de spieren in Cas' nek opbollen.

'Volgens mij wel. Ik dacht eerst dat het toeval was. Maar nu zie ik ze weer.'

Cas tuurt in de spiegel. 'Ik zie twee gasten.'

'Sorry, man, het is waarschijnlijk niks. Maar ik dacht, ik zeg het toch maar. Je kan nooit voorzichtig genoeg zijn.'

'Reina wordt gek als ze dit hoort. Straks zijn ze ons gevolgd.' Cas trommelt nerveus op het stuur. 'We moeten geen enkel risico nemen. Wat doen we?'

'Als ik nu uitstap en jij rijdt weg, dan is de kans groot dat ze weer achter je aan rijden. En dan is het twee tegen één.' Jonathan kijkt nog een keer in de spiegel. Achter hen staat nog steeds de auto geparkeerd. 'Niet dat je ze niet aan zou kunnen, maar het is beter als we nu meteen uitsluiten of ze iets van plan zijn of niet. *We are in this together.* Maar we moeten wel opschieten, anders hebben ze ons door.'

'Ja man, je hebt gelijk. Straks volgen ze mij in m'n eentje, die shit moet ik echt niet hebben.'

'Weet je wat? Anders stap jij zo uit en loop je naar het station alsof je de trein gaat nemen. Dan kijk ik of een van hen je volgt. Zo ja, dan weten we genoeg.'

Naast hem knikt Cas.

'Ja, precies. En zo niet, dan was het gewoon vals alarm. Beter het zekere voor het onzekere nemen.' Hij draait zich naar Jonathan toe.

'Oké, ik loop naar het station en ga dan via de zijuitgang weer terug naar de auto. Dat moet genoeg zijn. Jij houdt ze in de gaten, ja? Ik ben zo terug.'

Jonathan knikt.

'Als je nu snel gaat hebben ze hopelijk niet door dat we ze gespot hebben.'

Cas ritst zijn jas dicht en trekt de deur open. Met grote stappen loopt hij in de richting van de ingang.

De code was simpel geweest. Uit zijn ooghoek had hij gezien hoe Cas zijn vingers over het scherm had bewogen toen de gezichtsherkenning had geweigerd. Buiten is Cas nu halverwege de ingang van het station. In de auto achter hem maakt niemand aanstalten om uit te stappen. Hij glimlacht. Jonathan buigt zich voorover en pakt de telefoon uit de houder. De druk opvoeren, het werkt altijd. In alle haast is Cas zijn telefoon vergeten, precies zoals de bedoeling was. Jonathan veegt met zijn vinger over het scherm en vult de code in. Snel werpt hij een blik naar buiten. Cas is nu nergens meer te bekennen, hij zal wel binnen zijn en nu via de andere ingang zo weer zijn kant op komen. Hij opent de fotobibliotheek en scrolt door alle beelden. Voornamelijk foto's in de sportschool, Cas die zijn spieren aanspant en in de camera kijkt. Cas met een paar mannen, hun vingers gekromd in het oké-handgebaar, hun blikken trots. Pegida-vlaggen, filmpjes van Andrew Tate – Jonathans vinger vliegt razendsnel over het scherm. Cas had een behoorlijk eind terug moeten scrollen om de foto te vinden, maar zó ver? In de auto achter hem gaan de lichten aan. Een jongen en een oudere man omhelzen elkaar onhandig over de stoelen heen, waarschijnlijk een student die langs is geweest bij zijn ouders. Wie weet stapt hij zo meteen zelfs uit met een waszak onder zijn arm, het zou Jonathan niets verbazen.

In de verte ziet hij hoe Cas weer zijn kant op komt. Hij moet opschieten nu. Hoever terug was het geweest? Hij ademt uit door zijn mond. Waarom slaat die gozer al zijn foto's op? Niet te geloven, zelfs memes komen voorbij. Cas is nu vol in het zicht, nog honderd meter en hij is weer bij de auto. Jonathan kijkt naar de datum, hij is nu minstens een jaar terug gescrold. Kan het zó lang geleden zijn? Hij fronst. Hoelang bestaat deze groep eigenlijk al? En hoelang zijn ze al met de voorbereidingen bezig? Buiten komt Cas nu echt dichtbij, nog even en hij zal Jonathan in het schijnsel van de mobiel zien zitten. Als hij de foto nu niet vindt zal hij de mobiel terug moeten doen in de houder. Nog één laatste poging. Jonathans duim beweegt zo snel mogelijk van beneden naar boven.

Daar! Zijn hart maakt een sprongetje. Dat is 'm! Het zweet parelt inmiddels op zijn voorhoofd. Hij opent de foto en klikt linksonder in beeld. Delen, via bluetooth. Het is de enige manier om op dit moment geen sporen na te laten in de telefoon. Schiet op, schiet op. Zijn mobiel verschijnt op het scherm. Snel klikt Jonathan op zijn eigen telefoon. Het balkje onder de foto is vol aan het lopen, bezig met verzenden. Jonathan werpt een blik naar buiten. Cas is nu echt bijna bij de auto, nog een paar meter en hij zal het portier opentrekken.

Op het scherm is de foto bijna verzonden. Hij heeft geen tijd meer te verliezen. Jonathan vergrendelt de telefoon en stopt de mobiel met een snelle beweging terug in de houder. Met zijn mouw veegt hij het zweet van zijn voorhoofd. Cas opent de deur, het binnenlichtje gaat aan en schijnt over zijn gezicht. Vol verwachting kijkt Cas hem aan. Jonathan glimlacht.

'Loos alarm.'

Jonathan ploft neer op de treinstoel en dept met zijn T-shirt zijn klamme rug droog. De trein dendert over het spoor, het centrum maakt langzaam plaats voor industrieterreinen en boerderijen. Jonathan kijkt om zich heen, alleen achterin zit een meisje met oortjes in. Verder is er niemand in de coupé.

Hij pakt zijn mobiel en staart naar de foto. Cas heeft de wapens goed in beeld gebracht, hij ziet granaten, semiautomatische geweren, pistolen. Hij trekt de foto groter met zijn vingers: is dat een Diemaco C7? Dat geweer wordt vooral door Defensie gebruikt. En die pistolen lijken wel Walther P5's, oude dienstwapens van de politie. Vreemd, waarom zouden ze precies deze spullen gebruiken? Jonathan probeert nog verder in te zoomen op de foto. Aan de zijkant van de Diemaco lijkt een serienummer te staan. Als hij geluk heeft kan Kevin de foto zo opblazen dat ze die uit kunnen lezen. Hij stopt zijn telefoon weer in zijn zak en staart naar buiten.

'Niet slecht, Nathan,' grinnikt hij bij zichzelf.

21

1974, 't Hoogeland

Ze begreep niet waarom haar vader altijd zo gespannen was. De enige keren dat ze hem niet nerveus zag was wanneer hij terugkwam van de zondagse kerkdienst, de preek er weer op zat en hij zich terug kon trekken in zijn werkkamer. Alhoewel, nerveus was misschien niet het goede woord. Het was meer alsof hij een beetje elektrisch geladen was, een licht verhoogde spanning leek door zijn hele lichaam te razen. Was dominee zijn echt zo zwaar? Reina kon het zich niet voorstellen. Het enige wat hij hoefde te doen was een stel zeurderige gemeenteleden opzoeken als ze ziek waren, een paar vergaderingen leiden en op zondag een preek houden vanaf de kansel.

Toen ze klein was had ze vaak gedacht dat haar vader uitverkoren was. De belichaming van God, als een soort protestantse paus. Ook haar klasgenoten hadden met eerbied naar haar gekeken toen ze erachter kwamen dat ze de dochter van de dominee was. Maar haar trots was de afgelopen jaren overgegaan in wrevel. Als ze met hem door het dorp liep en een gemeentelid hem aansprak leek hij steeds vaker op de automatische piloot te functioneren. *Heb vertrouwen, God zij met u. U bent in onze gebeden.* De hele tijd hetzelfde riedeltje, ze had het inmiddels al zo vaak gehoord. Werd hij er zelf niet moe van? Het leek soms alsof het hem niet echt raakte wat de mensen hem vertelden.

Reina schudde haar hoofd. Had ze maar een broertje of zusje gehad, dan was er tenminste iemand geweest om mee op te trekken. Om zich samen mee af te zetten tegen haar ouders. Maar helaas, haar ouders hadden het bij één kind gehouden. Dat moest haar weer overkomen.

Natuurlijk, ze was zestien en dan was het normaal om je af te zetten tegen je ouders. Maar haar vader maakte haar gek genoeg extra kriegel. Haar moeder was vaak ook niet te pruimen, maar bij haar was Reina in ieder geval ervan overtuigd dat er niets achter school. Haar moeder was lief en belangstellend, en hoewel Reina zich soms kon verbazen over hoe weinig ze van de wereld af leek te weten, kon ze het haar ook niet kwalijk nemen na zoveel jaar in dit Nova Zembla. Ze had zelf ook niet echt recht van spreken natuurlijk, ze was immers geboren in het Hoge Noorden en haar accent verried haar band met het verstilde land.

Hoeveel had haar vader van de wereld gezien? Ze wist het niet precies. Vaak genoeg kreeg ze het idee dat hij een stuk wereldwijzer was dan hij liet merken, maar op andere momenten zat hij zo met zijn hoofd in de wolken dat ze het idee had dat hij langzaam seniel aan het worden was.

Reina trok haar jas aan en keek naar buiten. Hoewel de zomer voorbij was, was het nog warm voor deze tijd van het jaar. Waarschijnlijk zou ze het bloedheet krijgen met een jas aan, *maar je wist maar nooit hoe koud het zou zijn op de terugweg*. De stem van haar moeder had zich inmiddels vastgepind in haar brein, ze hóórde het haar bijna zeggen. Reina schudde vermoeid haar hoofd en opende de deur. In de gang was het stil. Haar vader was waarschijnlijk beneden in zijn werkkamer, een plek waar ze nagenoeg nooit kwam.

Als kind had ze er weleens rondgeneusd als hij er niet was, maar sinds hij haar een keer betrapt had en woedend de deur gewezen, keek ze wel uit weer een voet over de drempel te zetten. Er ging een bepaalde aantrekkingskracht uit van de kamer, met die donkere kasten vol gebonden boeken en het grote notenhouten bureau, maar ze had al snel begrepen dat de kamer écht streng verboden terrein was. Sinds ze zich kon heugen moest ze altijd kloppen voor ze naar binnen mocht – en soms duurde het minutenlang voordat ze het verlossende woord kreeg en ze de deurklink naar beneden kon duwen om naar binnen te stappen.

Ze ritste haar jas dicht. Haar moeder was waarschijnlijk bij de buurvrouw. Sinds een paar jaar was ze steeds vaker in het huis tegenover de pastorie te vinden. Vroeger had haar moeder zich blauw geërgerd aan Lieneke, met haar eeuwige gevraag en bemoeizucht, maar blijkbaar was het mogelijk om ergernis om te buigen naar vriendschap. Ze schudde haar hoofd. Nu ze erover nadacht was er eigenlijk ook aan haar moeders gedrag geen touw vast te knopen.

Reina stapte de voordeur uit en liep naar haar fiets. Ze had Koen beloofd om mee te gaan naar de bijeenkomst. Hoewel ze wist dat haar ouders niks moesten hebben van politiek had Koen haar weten te overtuigen. 'Die lui hebben echt een punt,' had hij gezegd terwijl zijn groenblauwe ogen haar indringend aankeken.

Reina wierp een blik over haar schouder. Behalve in de werkkamer van haar vader brandde er geen licht in het huis. Even leek het alsof het gordijn in de werkkamer bewoog. Reina haalde haar schouders op – ze verbeeldde het zich vast. Ze stapte op haar fiets en reed de straat uit. Koen woonde in het dorp verderop, en sinds ze bij hem in de klas was gekomen waren ze bevriend geraakt. Ze kon er de vinger nog niet helemaal op leggen of het puur vriendschappelijk was, of dat er meer in school, maar voor nu vond ze het allemaal wel best. Koen was interessant en wist veel van de wereld. En dat hij niet onaardig was om te zien was ook mooi meegenomen.

De weg was omzoomd door abelen. Als je goed keek leek het alsof de schors van de bomen ogen had. Het gaf de statige bomen een vrolijk aangezicht, alsof God een knipoog gaf. Niet dat ze nog echt in God geloofde, maar toch. Dat de schepping iets wonderbaarlijks was zou ze nooit ontkennen. Ze knipoogde terug naar de bomen en ging op haar pedalen staan. In de verte doemde het buurdorp op. Vergeleken met 't Hoogeland was het bijna een stad, met zijn winkelstraat en bioscoop.

'Stond je er al lang?' Reina remde af en kwam tot stilstand naast Koen, die aan het begin van het dorp op haar stond te wachten.

'Uren, maar het was het waard.' Hij glimlachte, met pretlichtjes in zijn ogen, en stapte op zijn fiets. 'Het is hier vlakbij, een paar minuten nog.'

Reina reed achter Koen aan de vlakke straten van het dorp in. Gelukkig geen heuvels hier, ze kon die terp van haar eigen dorp inmiddels niet meer zíén. Ze reden nu de hoofdstraat door, langs de kruidenier, langs de bioscoop. Reina wierp een blik op de gevel, waar posters van de nieuwste films hingen. *Westworld* en *Serpico* draaiden, Reina had gehoord dat ze allebei heel goed en spannend waren. Ze was al lang niet meer naar de film geweest. Als ze haar zakgeld op zou sparen, zou ze binnenkort wel weer eens kunnen gaan. Misschien dat Koen mee zou willen? Of zou dat te veel op een afspraakje lijken?

Reina richtte haar blik weer op de weg. Eerst vanavond maar eens afwachten.

De bijeenkomst vond plaats in een klein gebouw vlak achter de gereformeerde kerk. Om er te komen moesten ze een smal zijpad in dat langs de kerk liep en uitkwam op een binnenplaatsje.

'Het is een verenigingsgebouw van de kerk, maar ze knijpen soms een oogje toe,' zei Koen terwijl ze hun fietsen parkeerden naast de ingang.

'Ben je al vaak geweest?'

'Een paar keer,' zei Koen. 'Maar nog nooit naar een grote bijeenkomst in de stad.' Hij ging haar voor, de deur door. Binnen waren lange rijen met metalen haakjes waar een paar jassen aan hingen. Reina keek naar de lege haken. Erg druk was het niet, dacht ze. Tenzij de bezoekers geen bemoeizuchtige moeders hadden zoals de hare, en hun jas allemaal thuisgelaten hadden natuurlijk. Ze liep achter Koen aan, die inmiddels plaats had genomen in het kleine zaaltje.

'We zijn precies op tijd,' fluisterde Koen.

Achter het minuscule podium hing een vlag van de CPN, met daarop in grote letters DE WAARHEID. Hoewel hij in haar eigen dorp bij niemand hing had Reina de vlag wel vaker gezien. In Oost-Groningen, toen ze een keer met haar vader mee was gereden, had hij overal aan gevels gewapperd. Het was 1 mei geweest, dacht ze bij zichzelf, de Dag van de Arbeid.

Waarom ze precies op die dag met haar vader in het oosten

was geweest kon ze zich niet meer herinneren. Nu ze erover nadacht was er iets vreemds geweest die dag. Reina had op de achterbank gezeten en had rustig naar buiten gekeken, toen ze plotseling met de auto in een stoet mensen terecht waren gekomen. De massa had spandoeken en bloemen bij zich, en was duidelijk op weg naar iets. Een politieagent had op het raam geklopt en hun een reprimande gegeven. Auto's waren verboden hier, dat kon haar vader toch zelf ook wel zien? Haar vader had geprobeerd de agent ervan te overtuigen dat hij echt door moest rijden, maar de agent was onvermurwbaar geweest.

Reina had zich geschaamd voor haar vader: je kon toch niet zomaar met een auto door een mensenmassa heen? Waarom ging hij niet gewoon akkoord, hij kon de auto nog makkelijk keren als hij zou willen. Maar haar vader had gezegd dat hij dominee was en dat hij op weg was naar een spoedgeval, wat duidelijk een leugen was aangezien Reina op de achterbank zat en hij haar daar niets over had verteld. Maar zelfs dit had de agent niet doen buigen.

Plotseling had haar vader zijn portemonnee gepakt, een groene kaart uit het raam gestoken en deze in de handen van de agent gedrukt. De agent had de kaart even bestudeerd en had hun plotseling vrij baan gegeven. Zelfs de stoet had moeten wijken voor hen. Reina had er niets van begrepen, maar terwijl ze door de mensenmassa reden, die gedienstig uiteenging, had ze bedacht dat dit was hoe een prinses zich moest voelen. Even was door haar hoofd gespookt dat ze zou kunnen wuiven, zoals een koningin zou doen naar haar onderdanen, maar gelukkig had ze dat niet gedaan. Ze had zichzelf een uitbrander gegeven. Ze was niet beter dan die mensen buiten en ze moest ook niet denken dat ze dat was.

Toen Reina later gevraagd had wat die kaart was die haar vader aan de agent had laten zien, had hij gedaan alsof ze spoken zag. Hij was dominee, dat betekende dat hij bepaalde privileges had. Dat was alles. Reina was het altijd vreemd blijven vinden, maar ze had er verder niets achter gezocht.

'Lees je ook *De Waarheid*?' Koen had zich naar haar toe gebogen. Op het podium werden de laatste voorbereidingen getroffen en in het zaaltje zochten de laatste mensen hun plek. Koen keek haar nieuwsgierig aan. 'Het dagblad van de CPN?'

'Nee, nog niet,' zei Reina snel. Ze wist weinig af van de partij. Gelukkig had Koen haar niet gevraagd hoe de krant heette, dan was ze direct door de mand gevallen. 'Jij wel?'

'Ja, heel vaak. Mijn ouders zijn lid. Die hebben ook Fré Meis weleens ontmoet.'

Fré Meis, die naam zei haar wel wat. Reina had haar vader een keer aan de ontbijttafel horen mopperen over de politicus. Blijkbaar waren er stakingen geweest bij een strokartonfabriek in Oost-Groningen, en haar vader moest daar niets van hebben. Toen haar moeder had gezegd dat ze die arbeiders best begreep was hij boos opgestaan. 'Fré Meis gebruikt die stakingen alleen maar om voor de communisten te scoren bij de verkiezingen.' En daarmee was de zaak afgedaan.

Op het podium nam een man met een grote, strenge bril het woord. Hij heette iedereen welkom en begon met het puntsgewijs doornemen van de agenda voor die avond. Reina keek om zich heen. Ze wist niet goed wat ze had moeten verwachten, maar dat het op een kerkenraadsvergadering zou lijken was wel het laatste wat ze had gedacht. Het zaaltje was voor de helft gevuld, wat neerkwam op zo'n twintig mensen.

Af en toe werd er geklapt, en ook Koen deed enthousiast mee. Maar ze merkte dat ook hij af en toe afdwaalde. Hoe zijn ogen soms op haar bleven rusten, als ze kauwde op een verdwaalde pluk haar die uit haar staart was gevallen, of als ze met haar vingers op haar been trommelde. Een gewoonte die verried dat ze onrustig was en waar ze maar slecht van afkwam.

'Nu komt het.' Koen stootte haar aan en knikte richting het podium. Een andere man had nu het woord genomen. Ze merkte hoe de zaal stiller werd en als één man naar voren boog, alsof ze niets wilden missen. In zijn hand hield de man een papier, waar hij uit voor leek te gaan lezen.

'Het kapitalisme is het kapitalisme gebleven, de CPN haar bestrijdster. Onze leider Paul de Groot zei het al. Omdat ze opkomt voor de belangen van de werkende mensen.' Hij tikte even met zijn vinger op het papier. 'Er staat ons duidelijk voor ogen dat het communisme dé grote geestelijke stroming van deze tijd is, en dus overal in de wereld mensen beweegt. Meer dan ooit is in Nederland een krachtige politieke partij nodig om dat wat met veel offers in de oorlog is heroverd, te verdedigen. Want onze nationale onafhankelijkheid wordt opnieuw bedreigd en met stukjes en beetjes aangevreten!'

In de zaal werd luid geklapt.

De man legde het papier weg en maande de aanwezigen tot stilte.

'Geachte leden, voor wij deze avond afsluiten attendeer ik u graag op de grote openbare vergadering die plaats zal vinden op 21 november in Het Tehuis in de Lutkenieuwstraat te Groningen-stad. Niemand minder dan de voorzitter van het CPN-district Groningen en Tweede Kamerlid Fré Meis zal daar het woord voeren.'

Een opwinding ging door het kleine zaaltje, alsof de man zojuist had aangekondigd dat ABBA naar het Hoge Noorden zou komen. Ook naast haar zat Koen inmiddels op het puntje van zijn stoel.

'En niet alleen Fré Meis, maar ook Koert Stek, Gedeputeerd Statenlid, zal spreken.' De man voor in het zaaltje keek de aanwezigen indringend aan. 'Dus maak die avond vrij en wees om acht uur in Het Tehuis. Kaarten zijn verkrijgbaar aan de zaal. Wij hopen u allen dan te zien.'

Op de terugweg had Koen haar gevraagd wat ze ervan gevonden had. Reina had gezegd dat ze onder de indruk was geweest, maar dat ze zich nog verder wilde verdiepen in de materie. Het was geen leugen: ze wist er veel te weinig van af om Koen van repliek te dienen. Toch had de bijeenkomst indruk op haar gemaakt. Koen en zij hadden tot de jongsten behoord en het voelde goed om bezig te zijn met politiek. De oudere deelnemers knikten hun bewonderend toe, alsof zij de toekomst van de partij in hoogsteigen persoon waren.

In 't Hoogeland hoorde ze nooit iemand over politiek. De dorpelingen leken zich drukker te maken om het zoveelste kalf dat geboren was, of wanneer de wind zou draaien richting het zuidwesten, dan om wat er gaande was in de wereld. Hoe vertrouwd haar dorp haar inmiddels ook was, het zorgde er soms ook voor dat de muren op haar afkwamen.

Gelukkig hadden haar ouders haar naar een lyceum in het dorp verderop laten gaan. Een plek waar ook andere kinderen kwamen, niet uit 't Hoogeland. Zoals Koen.

Reina parkeerde haar fiets voor de deur van haar ouderlijk huis. De sleutel liet ze in het slot zitten, er werd toch nooit iets gestolen hier. Iedereen had al een fiets, en anders zou het wel opvallen als je ineens op een nieuwe rond zou rijden.

Zo te zien waren haar ouders al naar bed. De pastorie was donker en ook in de werkkamer leek geen licht meer te branden. Ze opende de deur en deed hem zo geluidloos mogelijk achter zich dicht.

'Waar denk jij dat je vandaan komt?'

Reina schrok. De stem van haar vader klonk dreigend in de hoge hal. Ze draaide zich om en zag hoe haar vader in de deuropening stond van de keuken. In zijn hand had hij een glas dat nagenoeg leeg was.

'Ik was naar de bioscoop. Dat had ik u toch gezegd?' Ze probeerde haar stem zo neutraal mogelijk te laten klinken, maar ze hoorde hoe haar woorden defensief klonken, alsof ze iets te verbergen had.

'En met wie, als ik dat vragen mag?'

'Met Koen, een vriend van school.'

'Koen wie?'

'Het is oprecht een vriend. U hoeft zich geen zorgen te maken.'

'Ik vraag je welke Koen dit is, niet of ik me zorgen moet maken.'

'Ik bedoel alleen te zeggen dat er niets achter schuilt, dat we een film hebben gezien en dat ik daarna naar huis ben gefietst.'

Haar vader draaide zich om en liep de keuken in. Even hoopte

Reina dat het gesprek hiermee afgedaan was, maar aan de geluiden te horen was haar vader nog niet klaar met haar. Met een klap werd een keukenkastje dichtgedaan, en aan het gerinkel van glazen te horen schonk haar vader nu een nieuw glas voor zichzelf in.

Reina hing haar jas aan de kapstok. Ze treuzelde even. Zou ze naar boven gaan? Of zou hem dat alleen maar bozer maken als ze ineens verdwenen was? Meestal kon ze haar vader wel goed inschatten, maar als hij gedronken had kon hij omslaan als een blad aan een boom.

'Ik vraag het nog één keer. Koen wie?' Haar vader was weer in de deuropening komen staan en leunde gespannen tegen de deurpost. Reina haalde diep adem.

'Koen Verstek, uit mijn klas.'

'Verstek? Kennen wij die?'

'Ik weet het niet, ze komen niet in de kerk. Hij woont in Uithuizen.'

Haar vader nam een slok van zijn glas, dat tot over de helft gevuld was met een honingkleurige substantie. Hij deed een stap naar voren.

'Ik wil niet hebben dat je 's avonds laat nog op stap bent met jongens die ik niet ken.' Reina rook de alcohol in elk woord. Ze richtte haar blik op de grond. Hoewel de smoes van de bioscoop gemakkelijk haar mond uit was gerold, had de leugen haar een ongemakkelijk gevoel gegeven. Ze was niet gewend om te liegen, en de woorden gaven haar een vervelende nasmaak in de mond. Ze wiebelde even op haar been. Als haar vader niet zo moeilijk zou doen over politiek had ze hem gewoon kunnen vertellen waar ze was geweest. Nu moest ze liegen, omdat híj zo nodig niets van politiek moest hebben.

Ze beet op de binnenkant van haar wang en richtte haar blik omhoog. Het glas in haar vaders hand was in rap tempo leeggeraakt. Het was beter de leugen vol te houden nu ze die ingezet had, zeker op avonden als deze.

'Ik wilde u niet ongerust maken, papa.'

Haar vader stond nu vlak voor haar. Zijn grijsblauwe ogen boorden zich in de hare.

‘Heb jij geheimen voor mij?’

Reina schudde haar hoofd. Haar vader stond nu zo dichtbij dat ze zelf bijna bedwelmd raakte door de alcoholwalm die om hem heen hing.

‘Je moet begrijpen dat als je geheimen voor me hebt, ik me alleen maar meer zorgen maak.’

Reina zette een kleine stap naar achter. Ze knikte. ‘Ik begrijp het. Het spijt me, heus.’

Met een ruk draaide haar vader zich om en liep terug de keuken in. ‘Doe je zachtjes op de trap? Moeder slaapt.’

Het was begonnen toen ze naar het lyceum was gegaan. Van haar oude klas kende haar vader alle kinderen; de helft zat op zondag in de kerk, de andere helft was van kinds af aan haar speelkameraad geweest op straat. Maar sinds ze naar de school in het dorp verderop was gegaan, was haar vader steeds achterdochtiger geworden. Tijdens het avondeten wilde hij plotseling weten wie haar vriendinnen waren, waar ze woonden en wat hun vaders deden. Zodra ze over haar lessen of docenten begon merkte ze dat zijn gedachten afdwaalden, alsof dat slechts voetnoten waren in haar bestaan.

In het begin had ze het leuk gevonden, die interesse in haar sociale leven. Maar steeds vaker voelde het alsof hij haar aan het controleren was. Alsof hij haar niet helemaal vertrouwde. Reina liep de trap op, behendig de krakende treden overslaand. Voorzichtig sloop ze langs de slaapkamer van haar ouders.

Ze hoopte dat haar vader niets zou zeggen tegen haar moeder. Anders moest ze die ook weer van uitleg voorzien. Eén leugen was genoeg.

22

De grote vergadering had nog ver weg geleken, maar met alle toetsen op school, een verjaardagsfeest van haar buurmeisje en de vaste zondagse rituelen was de tijd voorbijgevlogen. De laatste zomerse zonnestralen hadden inmiddels plaatsgemaakt voor herfstige wolkenpartijen. Reina staarde naar het wolkendek en trok zuchtend de tailleband van haar regenpak aan. De vormloze snit en de felgele kleur waren geen gezicht, maar het was nog altijd beter dan verzopen aankomen op school en de hele dag met soppende sokken rondlopen. Ze moest opschieten nu, anders kwam ze nog te laat.

Met Koen had ze sinds hun uitstapje geen tijd alleen meer gehad. Ze zag hem soms in haar lessen, en als ze elkaar kruisten op de gang knikte hij goedmoedig naar haar, maar van een vervolgafspraakje leek geen sprake. Reina probeerde er niet te veel achter te zoeken; zo ging het nu eenmaal tussen jongens en meisjes dacht ze. In films ging het ook nooit meteen van een leien dakje. Toen haar buurmeisjes ernaar hadden gevraagd had ze gezegd dat ze het prima vond dat hij haar niet weer uit had gevraagd. 'Er zijn meer vissen in de zee.' Ze had erbij geglimlacht. 'En zo leuk was hij nou ook weer niet.'

'Hé, wacht 'ns!'

Reina hing gebogen over haar stuur en probeerde vooruit te komen, maar de wind leek er persoonlijk op gebrand haar het leven zuur te maken vandaag.

'Reina!'

Ze keek op. Zonder het door te hebben gehad was ze Koen gepasseerd, die nu achter haar fietste op de winderige weg. Natuurlijk, ze fietste nagenoeg langs zijn huis op weg naar haar school. Ze keek naar haar kleding. Waarom had ze net nu dat idiote regenpak aangetrokken? Hij zou wel denken.

Ze hield haar trappers stil en wachtte tot Koen haar ingehaald had. Zijn gezicht was nat van de regen en zijn broek plakte aan zijn benen. Hij wees naar haar regenpak.

'Jij bent duidelijk een stuk slimmer dan ik,' zei hij. Er leek geen spoor van ironie in zijn stem te zitten. Reina ontspande iets; misschien zag ze er toch beter uit dan ze dacht. Nu ze erover nadacht was geel niet eens zo'n slechte kleur. Het stak in elk geval goed af bij haar kastanjebruine haar.

'Ga je nog steeds mee, volgende week?'

'Waarheen?'

'Naar de vergadering.' Koen hijgde even toen een grote windvlaag hen bijna in de sloot naast de weg blies. 'In Groningen.'

Reina had vaak genoeg over dit moment gefantaseerd. Eerst was ze er als vanzelfsprekend van uitgegaan dat ze elkaar daar weer zouden zien, maar naarmate de tijd verstreek en Koen er niet meer over begonnen was, was de vergadering naar de achtergrond verdwenen. Het leek soms alsof ze alles had gedroomd.

Een nieuwe windvlaag gaf haar de tijd om haar gedachten op een rij te zetten. Aan de ene kant wilde ze haar ouders niet weer voorliegen. Maar aan de andere kant was haar vader niet meer teruggekomen op het incident, en ook haar moeder had er niets over gezegd. Dus eigenlijk was er geen enkele reden om niet te gaan. De kans was groot dat ze het toch niet door zouden hebben. Haar moeder was tegenwoordig hele avonden bij Lieneke, en ook haar vader zat haar steeds minder op de huid.

'Ja, ik was het van plan. Jij niet?' Reina probeerde niet te laten merken dat het haar irriteerde dat Koen er zomaar van uit leek te gaan dat hun afspraak nog stond, ook al had hij haar al in geen weken normaal aangesproken.

'Gelukkig. Ik dacht even dat je het vergeten was,' zei Koen, die nog altijd naast haar voortploegde tegen de wind in. Zijn fiets was een stuk kleiner dan de hare en Koen moest tweemaal zo hard trappen om haar bij te houden. 'Maar het is echt een hele belangrijke vergadering, dus het zou oerzonde zijn om die te missen.'

'Ik ben wel benieuwd naar die Fré Meis.'

'Het is een fantastische spreker, heus. Ik verheug me er erg op, Reina.' Hij greep even haar regenjas vast en keek haar in de ogen. 'En niet alleen vanwege Fré.'

'Kameraden!' Een man in een net pak met strak achterovergekamd haar sprak luid in de microfoon. Achter hem hing een groot rood spandoek met een hamer en een sikkel erop. Ernaast hing een groot portret van Lenin en Karl Marx, Reina herkende de beeltenissen uit haar schoolboeken.

'Waar en wat zijn de problemen van de provincie Groningen?'

De man keek even de zaal in, alsof hij antwoord verwachtte.

'Dat is hem!' Koen wees vol ontzag naar het podium. 'Fré is een echte arbeider, in tegenstelling tot nogal wat anderen.' Hij wees naar een aantal prominente partijleden die vlak bij het podium zaten. 'Zijn vader was stoker in de strokartonfabriek van Pekel. Fré leidde daar de staking in '69.' Achter hen siste iemand dat Koen zich koest moest houden. Koen knipoogde naar Reina en richtte zijn blik weer naar voren.

'De problemen van de provincie Groningen, dat zijn de problemen van de werkloosheid! Dat zijn de problemen van de achterstand van de lonen van de werkende klassen!'

Reina keek om zich heen. Dit was andere koek dan het kleine verenigingsgebouw achter de kerk. De Groningse zaal zat stampvol en iedereen keek vol eerbied naar de spreker op het podium. Naast haar stak Koen een sigaret op, de zaal stond inmiddels blauw van de rook.

'De lonen zijn hier lager en de werkloosheid is aanzienlijk hoger. Waarom?' Fré Meis keek zijn toehoorders indringend aan. 'Wij zijn van mening dat de bevolking van het noorden, en in het bijzonder de bevolking van onze mooie provincie, met alle haar ten dienste staande middelen moet proberen deze achterstelling weg te werken. Want één ding is zeker, en dat is dat wij achtergesteld worden hier in het noorden.'

De man was werkelijk een geweldige spreker, de zaal hing aan zijn lippen.

Het was niet moeilijk geweest om haar ouders om de tuin te leiden. Reina had gezegd dat ze huiswerk zou maken bij een vriendin van school. 'Ik beloof dat ik niet te laat thuis ben.' Haar moeder had geknikt. Toen Reina had aangeklopt bij de werkkamer van haar vader had ze geen antwoord gekregen. Even had ze nog staan twijfelen op de drempel, maar toen er na een minuut nog geen reactie kwam had ze de voordeur opengedaan en was ze op haar fietst gestapt, richting het station. Op het perron had Koen haar opgewacht.

'Terwijl de NAM en de regering hun zakken vullen met het onmetelijke reservoir aan aardgas uit ónze provincie, terwijl zij de rijkdommen uit ónze Groningse bodem halen, doet de overheid niets maar dan ook niets om dit "wingewest" uit zijn economische misère te helpen.' Op het podium schraapte Fré Meis even zijn keel. 'En daarom zeg ik het nogmaals. Groningen is géén wingewest!'

Een donderend gejuich steeg op vanuit de zaal, en al snel werd de leus overgenomen. 'Groningen is géén wingewest! Groningen is géén wingewest!'

Ook Koen en Reina schreeuwden mee. Reina voelde aan alles dat de man op het podium het bij het juiste eind had. Ze snapte niet dat ze het niet eerder had gezien – hoe scheef het was, hoe oneerlijk. Hoewel ze van plan was geweest zich niet te veel mee te laten slepen voelde ze hoe de woede en de energie van de zaal zich meester van haar maakten. Een sterk gevoel van rechtvaardigheid nestelde zich als een waakvlam in haar borst. Het wás toch ook hoogst oneerlijk dat de regering de poen opstreek voor het leed dat háár provincie werd aangedaan? En maakte iemand in Den Haag zich daar ooit druk om? Groningers waren lang genoeg aardig en beleefd geweest. Dat gas zat in hún grond en zij bepaalden zelf wel wie er aan de kranen draaiden. Punt uit.

In de trein terug had ze met Koen vol vuur hierover doorgepraat. Reina had gezegd dat ze enorm onder de indruk was geweest van Fré, en Koen had haar vol bewondering aangekeken. Toen de trein vaart minderde en ze weer op het perron stonden had hij haar een klein pakketje gegeven. 'Voor op je kamer.' En terwijl de trein zijn weg vervolgde had Koen haar hand gepakt en zijn lippen op de hare gedrukt. Zijn lippen waren warm geweest en Reina voelde hoe onder in haar buik plotseling kleine vlinders hun vleugels uitspreidden. Alsof ze daar al die tijd hadden liggen wachten op dit ene moment.

Bij terugkomst had ze het huis pikdonker aangetroffen. In bed had ze nog lang na liggen denken over de avond. Over het vlammende betoog van Fré, over het cadeautje dat Koen haar gegeven had – een poster van de CPN die ze snel onder haar bed verstopt had – maar met name over de kus. Ze tastte met haar vingertoppen haar lippen af. Ze kon zijn lippen nog op de hare voelen.

'Ik wil niet dat jij nog langer met hem omgaat.' Haar vader zat aan het hoofd van de tafel en keek Reina over zijn krant heen aan. Op tafel lagen resten van het zaterdagochtendontbijt dat haar moeder altijd klaarmaakte voor hen drieën.

'Met wie?'

'Met die jongen van Verstek.' Haar vader bladerde stoïcijns verder in de krant, alsof hij zojuist had gevraagd of ze eieren wilde halen bij de boer.

'Zijn ouders zijn lid van de CPN, en dat soort dingen wil ik hier niet hebben. Ik zou niet weten wat gemeenteleden daarvan moeten denken, als jij je met dat soort mensen inlaat.'

'Maar dat zijn zíjn ouders, daar kan hij toch niets aan doen!' Reina keek haar vader aan – ze schrok van haar eigen toon, maar ze kon nu niet meer terug. Haar vader legde de krant neer en begon deze gedecideerd op te vouwen.

'Dus jij gaat mij vertellen dat Karel, of hoe hij dan ook heet...'

'Koen.'

'Dat Koen zelf niets moet hebben van die communisten?'

Reina voelde hoe haar hoofd langzaam rood aan het worden was.

'Nou... dat weet ik niet.'

'O?'

Haar vader keek haar nu indringend aan. Reina beet op haar

lip. Ze voelde hoe haar hoofd steeds roder werd.

'Het was een excursie van school!' Het flapte eruit voor ze het doorhad. Van schrik sloeg ze haar ogen neer.

'Wat was een excursie van school, Reina?' Ook haar moeder keek nu op van haar ontbijtbord.

'De... de CPN.' Reina kon zichzelf wel voor haar kop slaan. Ze had gedacht dat haar vader haar uit de tent probeerde te lokken door over de ouders van Koen te beginnen. Maar nu ze de verbijsterde gezichten tegenover haar aan tafel zag besefte ze dat ze een fout had gemaakt. Haar ouders hadden helemaal niet doorgehad dat ze gisteravond niet bij een vriendin was geweest.

'Hoe bedoel je?' Haar vader trommelde nu met zijn vingers op de krant.

'We zijn naar een bijeenkomst van de CPN geweest. Een vergadering, in Groningen, gisteren. Maar ik ben echt geen communist. Ik...'

Met een ruk stond haar vader op uit zijn stoel.

'Wáár ben je geweest?'

'Ik was er alleen uit interesse. Ik... ik weet eigenlijk niet zo goed wat ik daar deed.'

Haar vader ijsbeerde nu door de keuken.

'Je weet niet half hoe gevaarlijk dit is.'

'Fré Meis komt alleen maar op voor de Groningers, papa. Hij bedoelt het goed. Fré is zelf zoon van een arbeider en hij vindt het simpelweg oneerlijk dat we hier in Groningen zoveel werkloosheid hebben en dat de overheid niet voor ons opkomt, nu...'

De botervloot maakte een sprongetje toen zijn vlakke hand het tafelblad raakte.

'Waar denk jij dat de loyaliteit van die communisten ligt, als puntje bij paaltje komt?'

Van schrik zat Reina nu op het puntje van haar stoel.

'Nou? Als de Russen hier op de stoep staan, waar zullen ze dan voor kiezen?' Haar vader stond voor haar en tikte dreigend met zijn vinger op het tafelblad.

'Voor de Sovjet-Unie of voor hun eigen land?'

'Voor... Nederland?' Reina probeerde haar vader bij te benen.

Was hij nu zo boos omdat ze gelogen had of omdat ze bij de bijeenkomst van de CPN was geweest? Zo erg was dat toch ook weer niet? De partij deed al jarenlang mee met de verkiezingen en zat zelfs al jaren in de Kamer en de Senaat.

'Meis komt simpelweg op voor het noorden! Omdat de overheid iedereen hier maar aan zijn lot overlaat! Sinds ze de gasbel bij Slochteren hebben ontdekt pompen ze alles leeg en wij zien er niks van terug.' Ze keek haar vader fel aan. 'Dat is toch zo!'

'Je moet je niet inlaten met zaken die je niet begrijpt.' Haar vader veegde woest met zijn hand door zijn haar. 'Voortaan wil ik precies weten waar je bent en met wie.'

'Maar er is niks gebeurd, ik ben alleen maar even gaan kijken.'

'Zonder mijn toestemming ga jij het huis niet meer uit.'

Woest trok Reina de poster onder haar bed vandaan. Als haar vader het wilde, kon hij het krijgen ook. Met de mouw van haar trui streek ze de poster glad en liep naar het raam. Haar kamer keek uit op de hoofdweg van het dorp, en als ze hem goed op zou hangen zou iedereen hem zien op weg naar een boodschap of de zondagse eredienst.

Ze pakte een rol plakband en plakte de poster op het raam. COMMUNISME IS VOORUITGANG stond erop. Tevreden keek Reina ernaar.

Beneden op de werkkamer rinkelde de telefoon. Ze hoorde hoe haar vader de deur dichtdeed en met gedempte stem opnam. Vast weer een of ander behoeftig gemeentelid die belde voor een uitgekauwd gebed. Schijnheilig gedoe. Alsof religie zin had in een tijd waarin de wereld in brand stond.

Reina voelde dat ze steeds kwader werd. Haar vader had makkelijk praten. Hij had kunnen studeren, had een goede baan en woonde in een mooi huis. Maar de gewone arbeider had die keus helemaal niet. Die moest dag in, dag uit zwoegen voor een hongerloon, woonde in tochtige huizen en had niemand die voor hem opkwam, zoveel had ze gisteren wel begrepen. Arbeiders hadden júíst de steun nodig van mensen die het zelf beter hadden, en Fré Meis was simpelweg de boodschapper van deze pijnlijke waarheid. Ze zou zich niet zomaar uit het veld laten slaan.

Er werd op de deur geklopt. Reina keek naar het raam, waar de zon door de rode poster heen scheen. Snel schoof ze het gordijn ervoor en liep naar de deur.

'Je vader bedoelt het goed.' Haar moeder was naar boven gekomen met een kop thee. Haar verzoeningsoffer.

'Dat zal best. Maar hij kan mij toch niet verbieden me te verdiepen in de politiek?' Reina keek haar moeder strijdbaar aan.

'Het waait wel over. Je weet hoe hij is, hij kan soms zenuwachtig worden van dat soort zaken. Het is het beste om je er niet mee in te laten. Er zijn al genoeg problemen in de wereld.'

Het verbaasde Reina niets dat haar moeder het voor hem opnam. Als het erop aankwam koos ze altijd zijn kant. Als zijzélf zich nu eens zou verdiepen in de zaak, dan zou ze haar eigen conclusies kunnen trekken. Maar nee, haar moeder zat dagenlang bij Lieneke in de voorkamer thee te drinken en te roddelen over de dorpsgenoten. En dan háár de les lezen.

Ze pakte de kop thee van haar moeder aan en sloot de deur. Tegenover het huis zag ze dat Lieneke voor het raam stond en naar boven keek. Ze zwaaide.

Ze wilde Koen laten weten dat ze zich meer wilde verdiepen in het communisme, maar ze zou nog tot maandag moeten wachten voor ze hem weer zou zien. Zuchtend ging Reina op haar bed liggen en pakte haar dagboek. Als ze het huis niet uit mocht kon ze op zijn minst alles van zich afschrijven. Misschien zou Koen haar een paar dagbladen kunnen lenen, hij had het bij de vergadering over *De Waarheid* gehad. Ze was benieuwd wat erin stond. Ze nam een paar slokken thee en begon te schrijven; haar pen kraste woest over het papier. Ze schreef over de vergadering, over wie ze ontmoet had, wie er gesproken had, wat er gezegd was. Het deed haar goed de woorden aan het papier toe te vertrouwen. Deze dingen waren belangrijk, ze voelde het in haar hele lijf.

Beneden hoorde ze de bel gaan, de kakelende stem van Lieneke klonk. Als ze het niet dacht, die vrouw had niets beters te doen dan de hele tijd iedereen in de gaten te houden. Reina stopte haar dagboek terug onder haar matras en sloeg haar armen over elkaar. Ze telde tot tien.

Bij drie was de deur van haar kamer opengevlogen en was haar vader naar het raam toe gebeend. Het gordijn, dat nog altijd voor de poster had gehangen, hing nu als een vaatdoek in de hoek van haar kamer. Op de vloerbedekking voor haar bed lag de poster, of wat ervan over was. Reina raapte de resten bij elkaar; ze slikte bij het zien van de snippers. Hij had niet eens geklopt voor hij binnen was gestormd.

In de weken die volgden was haar vader vaker thuis dan anders. Ze had haar lesrooster aan hem moeten laten zien en ze had hem moeten beloven om na elke schooldag meteen naar huis te komen. Mokkend was Reina akkoord gegaan. Er was weinig wat ze ertegen in kon brengen. Ze wist hoe punctueel haar vader was en dat hij niet zou buigen voor hijzelf vond dat haar straf erop zat. Dat was nu twee weken geleden.

Op school had ze Koen aan zijn mouw getrokken en gezegd dat ze meer wilde weten over de communistische strijd, dat het belangrijk was. Dat haar ouders er niet bepaald voorstander van waren had ze hem tussen neus en lippen door verteld. Koen had haar even indringend aangekeken, in zijn ogen school bewondering. Sindsdien was het hun geheim geweest.

Onder haar matras bewaarde ze de edities van *De Waarheid* die ze van hem gekregen had. Dat ze wist dat de kranten ook door Koens handen waren gegaan en dat dezelfde strijdlustige woorden ook hem hadden beroerd gaf haar een extra gevoel van spanning. Als ze straks zou gaan studeren zou ze eindelijk onder het juk van haar vader en dit kleingeestige dorp uit kunnen komen. Ze kon niet wachten om straks op de universiteit rond te lopen. Uit het dagblad had ze begrepen dat veel studenten zich inmiddels ook aan hadden gesloten bij de CPN.

Toen ze las dat de partij twee jaar eerder nog zeven Kamerzetels had behaald, mede door de grote aanhang onder studenten in Amsterdam en Groningen, had ze zich trots gevoeld. Amsterdam én Groningen. Zie je nou dat ze hier in het noorden niet gek waren?

Sinds het incident met de poster had ze niet meer woorden met haar vader gewisseld dan strikt noodzakelijk. Na het moeizame avondeten, tijdens welk ze zo min mogelijk probeerde te vertellen over haar dag, sleet ze de meeste avonden alleen op haar kamer, luisterend naar de nieuwste hits van David Bowie. Vooral bij 'Rebel Rebel' zette ze het volume van haar platenspeler extra hard. Ergens hoopte ze dat het haar vader uit de tent zou lokken. Maar blijkbaar vond hij het genoeg om haar vrijheid buitenshuis te beperken.

Een klop op de deur. Reina zette haar platenspeler wat zachter en liep op haar sokken naar de deur.

'Mag ik binnenkomen?'

Tot haar verbazing keek ze in het gezicht van haar vader. Reina zette de deur iets verder open en liep terug naar haar bed waar ze zojuist op gelegen had. Haar vader pakte een stoel en ging tegenover haar zitten.

'Reina, ik begrijp dat ik je niet voor eeuwig binnen kan houden.' Haar vader keek haar kamer rond; zijn blik bleef even rusten op de met plakband aan elkaar geplakte poster.

'En hoewel we op politiek gebied van mening verschillen vind ik het goed dat je je verdiept in de wereld om je heen.'

Reina ging even verzitten op haar bed. Onder zich voelde ze hoe de edities van *De Waarheid* brandden in het matras.

'Ik begrijp alleen niet dat je je inlaat met die lui. Het is een en al propaganda die ze verspreiden. Het is niet wáár, Reina. Dat moet je goed beseffen. Het beeld dat ze van de Sovjet-Unie hebben is gekleurd door hun eigenbelang. Ze zien niet het beest dat het eigenlijk is.'

'Maar de CPN zit toch ook in de Tweede Kamer? Zo erg kan het dan toch niet zijn?' Reina keek haar vader aan. 'U ziet toch ook dat ze in Den Haag alleen maar met zichzelf bezig zijn?' probeerde ze nu. 'Dat ze zich helemaal niet bezighouden met ons hier? Kijk alleen al naar het gas. De communisten...'

'Dat wij hier op een goudmijn zitten betekent niet dat het ons eigendom is,' onderbrak haar vader haar.

'Maar in Limburg krijgen inwoners een speciale prijs voor de kolen die ze daar uit hun mijnen halen, en wij moeten gewoon dezelfde prijs betalen voor gas als iedereen. Dat is toch niet eerlijk!'

Haar vader keek haar met nieuwe ogen aan, alsof hij voor het eerst doorhad dat zijn dochter ook zelf een mening had en zich verdiepte in dingen.

'Het communisme is niet de oplossing, Reina. Het is een gevaar.'

'Maar de communisten dóén tenminste iets. Ze hebben ideeën over nieuwe wetten en hoe dingen collectief geregeld kunnen worden. Of kijk naar Chili en wat Pinochet zijn bevolking allemaal aandoet nu. De enigen die daartegen in opstand komen zijn de communisten! De rest van de Nederlanders laten het allemaal maar gewoon gebeuren. Die doen alsof hun neus bloedt en gaan door met hun eigen zaken.'

Ze was steeds luider gaan praten nu. 'De communisten géven tenminste om anderen!'

Haar vader schudde zijn hoofd.

'Reina. In tijden van nood is het enige wat wij kunnen doen ons richten tot God en ons vertrouwen in Zijn handen leggen. Dat geldt voor ons allen, waar ook ter wereld. Gods wegen zijn ondoorgrondelijk.'

Reina kon haar oren niet geloven. Ging hij het nu over een christelijke boeg gooien? Alsof ze een van zijn verloren schapen was die teruggeleid moest worden naar de kudde. De minachting die erin school maakte haar nog woester.

'Als er iets gebeurt wat in onze ogen niet klopt, dan moeten we júíst iets doen. Aan bidden heb je niets als de politiek je een rad voor de ogen draait. Of is dat misschien ook Gods wil?'

'Houd je mond. Zo heb ik je niet opgevoed, Reina.'

Haar vader keek haar nu niet langer aan maar had zijn blik naar de grond gericht. Ze wist dat ze hem pijn deed door zo over het geloof te praten. Een stilte vulde de ruimte.

'Het spijt me, ik...'

'Je bent bijna volwassen. Ik kan je niet voor altijd tegenhouden. Als jij je wil inlaten met dat soort lui, ga je gang.' Het bleef een poos stil, toen ging haar vader plotseling verder. 'Maar dan moet je me wel één ding beloven.'

Haar vader keek haar nu indringend aan.

'Als jij voortaan eerlijk vertelt waar je bent geweest en met wie, dan zal ik me er niet meer mee bemoeien. Als je maar niet tegen me liegt. Hoor je me? Ik wil niet dat je tegen me liegt.'

Reina boog haar hoofd.

'Ja, papa.'

Haar vader stond met een ruk op.

'Goed. Dat is dan afgesproken. Het belangrijkste is dat we geen geheimen voor elkaar hebben.' Even staarde hij uit het raam, toen keek hij Reina weer aan. Zijn stem was zacht nu. 'Onthoud één ding, Reina: je hoeft niet zichtbaar de barricade op om een verschil te maken. Knoop dat in je oren.'

23

5 dagen tot de aanslag

'Niet het nieuwste spul, maar nog prima bruikbaar.' Kevin wijst naar de foto van de wapens op zijn scherm. 'Deze wapens worden nu ook door de Russen gebruikt in de oorlog met Oekraïne, dus ik bedoel maar.'

Jonathan wijst op het frame van de Diemaco C7.

'Kan je inzoomen hierop? Dit lijkt een serienummer.'

'Ik kan het proberen.' Kevin laadt de foto in. 'Dus het lijkt wel echt serieus te zijn, die gang?' Op het scherm verschijnt een extreem uitvergrote versie van het wapen.

'Ja, het lijkt erop dat ze echt iets groots van plan zijn. Ik heb alleen nog geen idee wat.' Jonathan zucht, hij kijkt naar het scherm. 'Lukt het?'

'De eerste cijfers zie ik, alleen het eind nog niet. Maar ik heb nog een ander programmaatje dat ik erop los kan laten.' Kevin schuift zijn bureaustoel dichter bij het scherm.

'Die gast had toch ook iets met Rusland?'

'Ja, blijkbaar is Cas via social media in contact gekomen met een stel Russen. Hij vertelde dat hij ze al een keer ontmoet heeft bij een of andere bijeenkomst in Duitsland. Dus nu wil hij op een gegeven moment daarheen.'

'Vast niet naar een postzegelbeurs.'

'Nope.' Jonathan staart uit het raam. Buiten schijnt inmiddels een waterig zonnetje. 'Het rare is dat het best een lieve gast is, volgens mij. Hij is vooral boos op het systeem en op het kapitalisme, waar ik best in kan komen. Alleen heeft hij ergens een nogal verkeerde afslag genomen.'

'En nu zit hij in neonazi-niemandsland.'

'Precies.'

Kevin wijst naar zijn scherm. 'Oké, we hebben geluk. Ik heb het hele serienummer nu.'

'En als je 'm nu runt in de database, wat gebeurt er dan?'

Kevin opent de browser. 'Dan zou-ie moeten verschijnen, alle wapens worden verplicht geregistreerd. Ook die van de politie of Defensie.' Hij kopieert het serienummer en plakt het in het invulveld. '*There we go*.'

Het systeem doet er maar een paar seconden over. Kevin en Jonathan staren verbaasd naar het scherm.

'Niks? Dat kan niet.'

'Vul het type wapen anders in, misschien dat-ie hem dan pakt.'

Kevin vult een aantal velden in.

'Ik probeer wel even alle combinaties.'

Kevin tikt ongeduldig met zijn hak op de vloer.

'Wat raar. Ook niks.'

'Op deze Walther staat ook een serienummer. Kan je dat lezen? Wie weet is het gewoon een foutje.'

Kevin zoomt in op de Walther, net zolang tot het serienummer helder verschijnt. Hij plakt de nummers in het systeem en drukt op enter. Maar ook nu weer verschijnt er niets.

Jonathan bijt op zijn lip. 'Dat kán gewoon niet. Wapens zijn altijd te traceren. Ze konden zelfs die van Volkert van der Graaf toen vinden in het systeem.'

Kevin trekt zijn bureaula open, waarin een doos Celebrations is ontploft. Uit een wirwar van wikkels pakt hij een Bounty en steekt hem in zijn mond.

'Tja. Deze niet.'

Jonathan sluit de deur van Kevins kantoor. Het is onmogelijk dat de wapens niet opduiken in de database. In de onderwereld worden serienummers soms van wapens afgevijld, zodat ze niet meer gelinkt kunnen worden aan misdaden. Maar deze serienummers zijn duidelijk leesbaar. Normaal gesproken is dan alles te vinden in het systeem. Aankoop- en registratiedatum, vorige eigenaren, overdrachten, strafrechtelijke geschiedenis.

Hij kijkt op zijn horloge: vanavond heeft hij eindelijk weer eens afgesproken met zijn zus. Hij hoopt dat ze het hele gedoe met de Pegida-demonstratie inmiddels vergeten is en de boel heeft laten rusten. Maar zijn zus kennende is dat allesbehalve het geval.

'Binnen.' Jonathan steekt zijn hoofd om de hoek van de deur. Victor zit gebogen over zijn bureau, op het puntje van zijn neus wiebelt een bril.

'Jonathan, ga zitten.' Hij werpt een laatste blik op het dossier dat voor hem ligt en slaat het dan dicht. Hij wrijft even mijmerend met zijn handpalm over de kaft, waar STAATSGEHEIM op staat.

'Hoe gaat het met het rapport voor de minister?'

'Prima. Het is af.'

'Fijn, heb je het bij je?'

'Ik wilde eerst nog iets met je bespreken. Ik heb wat veldonderzoek gedaan.'

Victor kijkt hem met gefronste wenkbrauwen aan.

'Veldonderzoek? Ik kan me niet herinneren dat ik je daarom heb gevraagd. Open bronnen checken, researchen en daarover rapporteren, dat is je rol nu. Ik dacht dat ik daar duidelijk over was geweest.'

'Dat weet ik, maar ik ben op iets gestuit.'

Hij pakt zijn mobiel uit zijn zak en overhandigt deze aan Victor. Victor zet zijn bril iets hoger op zijn neus en staart een tel naar de foto op zijn scherm.

'Wat is dit?'

'Deze foto kreeg ik. Er zijn vermoedens dat er een groep bezig is een aanslag voor te bereiden.'

Victor zoomt met zijn vingers in op de foto.

'Hoe serieus is het?'

'Serieus genoeg om er verder in te duiken.'

Victor kijkt nogmaals naar de foto; hij tikt met een vinger op het scherm om de datum te zien waarop Jonathan de foto opgeslagen heeft.

'Hoe kom je hieraan? Dit is recent.'

'Ik kreeg een tip.'

‘En nu ga je me vertellen dat deze foto zomaar in je inbox zat?’

Jonathan zwijgt. Victor zet zijn bril op zijn voorhoofd.

‘Je weet dat we de BVA op onze hals hebben. En nu ook nog de minister erbij. Ik hoop dat je deze informatie rechtmatig hebt gekregen, Jonathan. We kunnen ons geen enkele overtreding veroorloven op dit moment.’ Victor kijkt hem streng aan. ‘Ik heb het al eerder gezegd: er is nu geen grijs gebied. Maar ik heb het idee dat dat bij jou niet helemaal binnen is gekomen.’

Hij neemt Jonathan van top tot teen op. ‘Ik had je niet voor niets op dat rapport gezet. Dus ik stel voor dat jij deze zaak overdraagt aan Nina. Het is in niemands belang als jij nu weer op eigen houtje gaat opereren.’

‘Dat weet ik, maar ik denk echt dat ik hier iets te pakken heb.’

‘Prima, als je Nina brieft dan kan zij er verder in duiken en de dreiging onderzoeken. Dan houden we hopelijk buiten het zicht dat jij hier weer bij betrokken was.’

Victor kijkt hem even onderzoekend aan. ‘Of was jij het niet alleen? Zit Kevin hier ook weer bij?’

Jonathan schuift op zijn stoel.

‘Victor, dit is niet zomaar een groep.’

‘Want?’

‘Om te beginnen is er iets vreemds aan de hand met die wapens.’

‘Wat dan?’

‘Als je de serienummers door het systeem haalt, dan bestaan ze niet. Ze zijn spoorloos.’

‘Al deze wapens zijn spoorloos? Zijn de serienummers weggevijld?’

‘Nee, die zijn leesbaar. Maar ze verschijnen niet in het systeem.’

Victor leunt achterover in zijn stoel. Hij kijkt nogmaals naar de foto van de wapens. De hoeveelheid ervan. ‘Ook niet in de database beneden?’

‘Daar kan ik niet in. Daar heb ik geen machtiging voor.’

Victor neemt hem even van top tot teen op. Dan draait hij zich naar zijn computer.

'Goed, ik mail dat je nummers mag checken. Maar ik wil dat je me van elke stap op de hoogte houdt, begrepen? Daarna draag je het over aan Nina.'

Jonathan knikt. 'Natuurlijk, doe ik.'

De afdeling databasebeheer wordt gerund door Sonja. Als Jonathan de deur openduwt ziet hij haar grijze knotje boven het bureau uit piepen, de rug gebogen over een toetsenbord.

'Als het goed is heeft Victor een mail gestuurd voor autorisatie.'

Hij tikt met zijn vingers ongeduldig op de balie, maar Sonja lijkt hem niet op te merken.

'Kan ik alvast doorlopen?'

'Nee.'

Jonathan kijkt om zich heen. De afdeling bevindt zich onder in het gebouw en elke keer als hij hierbeneden komt moet hij even knipperen met zijn ogen. De metalen kasten vol dossiers, de bedompte sfeer – alsof je een filmset van een archief binnenloopt. Jonathan tikt met zijn hak op de vloer. De computers met aansluiting op speciale vertrouwelijke netwerken staan achter in de ruimte. Hij kan ze zien staan, maar zolang Sonja geen groen licht geeft zal hij hier moeten blijven staan.

Eindelijk, Sonja is opgehouden met typen. Ze draait zich naar een tweede scherm, waar blijkbaar haar e-mails op binnenkomen. Zonder Jonathan aan te kijken klikt ze een aantal keer met haar muis.

'Goed, Jonathan Berghout. Computer...' Ze pauzeert even, alsof ze heel lang moet nadenken over wat ze op het scherm ziet. 'Twee.'

Met een paar stappen is Jonathan bij de computer. Hij schuift de stoel naar achter en gaat zitten. Hij trekt het briefje met de serienummers uit zijn zak en klikt het systeem open. Verderop is Sonja weer bezig een hernia te kweken, te zien aan haar kromme rug.

Jonathan tikt secuur de nummers in, checkt ze driemaal en drukt dan op enter. Het systeem doet er iets langer over deze keer. Het zijn de enige computers in het gebouw die autorisatie hebben om decennia terug te gaan in de tijd. Niet alleen alles van de AIVD en MIVD moet hierin naar boven komen, ook van de meeste geheime operaties. Hij trommelt nerveus met zijn vingers op het bureaublad. Eindelijk verschijnen de resultaten.

Jonathan staart beduusd naar het scherm, dan loopt hij op een drafje naar Sonja.

'Zou je die resultaten voor me willen printen? Stuur ze maar naar die printer boven.'

Als Sonja opkijkt is Jonathan alweer verdwenen.

'Dit geloof je nooit.' Jonathan hijgt na van de trappen die hij genomen heeft. De lift was blijven hangen op de achtste verdieping en hij had geen tijd te verliezen. 'Ik heb die serienummers door de database van beneden gehaald.'

Kevin gooit met een boogje een Twix-papiertje in de prullenbak.

'En? Linkje met De Neus? Taghi?'

'Nope. Ze komen uit een depot dat allang opgeruimd had moeten zijn. In 1992 al.'

'Opgeruimd door wie?'

'De marechaussee moest destijds alle oude wapendepots leegruimen en alles onderbrengen in hun eigen kazernes, maar op een of andere manier is dat bij deze niet gebeurd.'

'Depots uit de oorlog?'

'Nee, van Stay Behind.'

Kevin kijkt hem aan. Zijn linkerooglid trilt even – wat altijd gebeurt als hij verrast is. 'Stay Behind? Dus die club heeft wapens die van onszelf zijn geweest?'

'Niet direct van ons, maar wel van de Nederlandse overheid, ja.'

Jonathan kijkt Kevin aan. 'En als ze deze wapens hebben… God weet wat ze dan allemaal nog meer hebben uit die tijd.'

'Ga jij naar Victor of doe ik het?'

'Ik ben al onderweg.'

Jonathan had de deur van Victors kantoor achter zich dichtgedaan. Victor had hem verrast aangekeken; blijkbaar was hij ervan uitgegaan dat zijn zoektocht niets op zou leveren. Jonathan had een stoel gepakt en was bij het bureau aangeschoven. Hij zou open kaart moeten spelen, dat was de enige manier om Victor aan boord te krijgen. En daarnaast had hij Kevin beloofd om niet alleen over de demonstratie te vertellen, maar ook over het hacken van het ziekenhuis.

Hoe verder hij kwam in zijn verhaal, hoe roder Victors hoofd was geworden. Jonathan verdiende een zware berisping. Wist hij wel hoeveel regels hij had overtreden met zijn acties? Hoe had hij het in zijn hoofd gehaald om naar die demonstratie te gaan, zonder dekking van wie dan ook? Jonathan had zijn hoofd gebogen en had de stortvloed over zich heen laten komen.

'En dat heb je allemaal op eigen houtje gedaan? Je hebt geen idee in hoeveel shit je de dienst en ons allemaal had kunnen werken. Heb je daarover nagedacht?'

Hij had Jonathan de deur willen wijzen. Maar Jonathan had hem het A4'tje met de resultaten uit de database overhandigd. Victors ogen waren over de bladzij gevlogen, toen was hij stilgevallen.

'Een link met Stay Behind, dus.' Victor had diep gezucht. Jonathan wist dat Victor hem uiteindelijk zou vragen om verder te gaan. Een link met Stay Behind was te gevaarlijk om niet tot op de bodem uit te zoeken. Met samengeknepen ogen had Victor hem aangekeken. 'Dit verandert de zaak. Je hebt het slim gespeeld.'

Het briefje had hij op tafel gegooid. 'Als ik het goed begrijp heb je die groep dus ook al ontmoet?'

Jonathan had geknikt.

'Dus Nina erop afsturen kan niet meer?' Toen Jonathan zijn hoofd had geschud was Victor met een ruk opgestaan en naar de deur gelopen.

'Vanaf nu wil ik dat je elke ochtend en avond aan mij komt rapporteren, Jonathan. En als ik erachter kom dat je nog één ding voor me verborgen hebt gehouden, vlieg je eruit. Ik meen het.'

Zodra Jonathan de squashhal binnenloopt wordt hij overvallen door een muur van geluid. Hij loopt langs de banen. Verderop staat zijn zus ongeduldig met haar racket in haar handpalm te slaan.

'Lekker op tijd. Waar blééf je nou?'

'Werk liep uit, sorry.'

'Dan kan je toch even appen?'

Jonathan gooit zijn tas neer en checkt zijn telefoon.

'Oké, wat is er met jou? Ik ben letterlijk zeven minuten te laat.'

Babs zucht.

'Sorry, ik ben een beetje gestrest. Dat hele ding met die demonstratie blijft maar door mijn hoofd spoken. Die klootzak! Je gooit toch geen molotovcocktail naar journalisten, dan ben je echt niet goed bij je hoofd.' Woest slaat ze de squashbal tegen de muur; de bal weerkaatst tegen de muur achter haar en landt met een boogje weer voor haar voeten.

'Ik zei toch dat je het aan de politie over moet laten.'

Babs pakt de bal op en slaat weer tegen de muur.

'Babs, hoor je me? Je moet niet sollen met dit soort gasten.'

'Ik sol niet met ze. Ik ga ze ontmaskeren.'

'Hoe bedoel je?'

'Ik ben iets op het spoor.'

'Wat dan?'

Babs kijkt hem besmuikt aan. 'Alsof ik jou dat aan je neus ga hangen. Jij bent niet de enige met geheime bronnen.'

Jonathan ritst zijn sportvest open. 'Wat jij wil. Als je maar voorzichtig doet.'

Hij werpt een blik op de klok. 'Oké, gaan we nog ballen of hoe zit het?' Hij grijnst. 'Ik heb wel zin om m'n zusje in te maken.'

Jonathan staart naar het plafond. De gordijnen van zijn slaapkamer wapperen in de wind. Het is koud in de kamer, hij kruipt wat dieper weg onder de warme deken. Het was onmogelijk dat Babs dezelfde groep op het spoor was als hij. Hij had nota bene alle hulp van Kevin nodig gehad om ze te ontmoeten. Aan de andere kant had hij geen idee hoe Babs normaal gesproken te werk ging. Wie weet had ze bij de krant ingangen bij dit soort groepen, het zou hem niets verbazen. Je las regelmatig in de krant over extremistische appgroepen waar journalisten vrijuit in aan het rondneuzen waren.

Hij moet iets verzinnen om Babs weg te houden van de zaak, mocht ze echt dichtbij komen. Misschien werkt het om het koel te spelen, alsof hij zich enkel druk maakt om háár veiligheid. De kans is groot dat ze dan het meeste zal vertellen. Dan zou hij haar voor kunnen blijven, en wie weet lukt het dan om haar met een kluitje in het riet te sturen.

Zijn telefoon trilt. Jonathan reikt naar zijn nachtkastje, waar ergens tussen de glazen water en boeken zijn mobiel moet liggen. Als zijn vingers op het koele scherm stuiten en hij de telefoon naar zich toe draait glimlacht hij. Reina wil hen allemaal weer zien. Hij draait zich op zijn zij en klikt zijn mobiel dicht. Hij moet gewoon vol zien te houden en zo snel mogelijk erachter zien te komen wat Reina van plan is. Dan is het allemaal zó voorbij.

Hij doet zijn ogen dicht en ademt diep uit. Maar net als hij voelt hoe zijn oogleden zwaarder worden en hij dieper wegzakt in het kussen schiet hij overeind. Flitsen van wapperende vlaggen. Een metershoge vlam. Gegil dat nasuist in zijn oren. Zijn hart bonst in zijn keel.

Jonathan kijkt om zich heen. Niks aan de hand. Hij ligt gewoon in bed. Hij is alleen, de kamer is hetzelfde als net. Kijk maar, de gordijnen vangen nog steeds wind. Hij legt zijn hand op zijn borst, waar zijn hart nog steeds bonst achter zijn ribben.

Hij is veilig. Babs zal er nooit achter komen. Maar waarom verdween dat jagende gevoel uit zijn borst dan niet?

24

4 dagen tot de aanslag

Reina had hem gesommeerd langs te komen 'op dezelfde plek'. Het begon bijna routine te worden, de tripjes naar de voetbalkantine. Zoals beloofd had hij Victor ingelicht over de afspraak en verteld dat hij weer langs zou gaan bij de groep. Victor had hem gedwongen zijn telefoon aan te houden, zodat ze hem zouden kunnen tracken via gps. 'Als je geen back-up mee wil is dit het minste wat je kunt doen. Vergeet niet dat ik verantwoordelijk ben,' had hij gezegd. Ook had Victor hem een gps-tracker meegegeven, wie weet kon hij die onder de auto van Cas plakken? De tracker lag nu als een molensteen in zijn tas.

Jonathan duwt het piepende metalen hek bij de ingang open. Ook nu zijn de velden om het gebouwtje heen verlaten.

'We zijn compleet.' Reina kijkt de groep rond. 'Ida, Cas – jullie zijn al wat langer hierbij betrokken, maar ik zal voor Nathan nog het een en ander toelichten.' Reina staat op en loopt door de ruimte.

'Wanneer het gaat gebeuren kan ik niet vertellen, maar ik kan jullie wel zeggen dat de voorbereidingen goed gaan. Zeker nu we Nathan erbij hebben kunnen we sneller handelen dan gedacht.'

Reina is voor hen gaan staan. Voor het eerst kan hij haar gezicht goed zien. Het is het soort gezicht waaraan je onmogelijk een duidelijke signatuur aan kon ontlenen. Alsof haar gezicht gemaakt was om het snel weer te vergeten. Jonathan haalt zijn schouders op. Sommige mensen hebben nu eenmaal geen scherpe gelaatstrekken, of slikken niet genoeg anabolen om die te krijgen. Hij kijkt naar Cas, die aan tafel een eiwitshake naar binnen giet. Hij had zijn auto nergens zien staan, hij hoopte maar dat hij de tracker niet voor niets meegesleept had, het hol van de leeuw in.

Reina loopt heen en weer door de ruimte, het petje op haar hoofd is iets naar achter geschoven. Jonathan kijkt naar haar gezicht, als ze het woord neemt verandert ze. Haar gelaatstrekken worden scherper, de blik in haar ogen harder.

'Zoals we allemaal weten is Nederland de afgelopen jaren veranderd. De overheid werpt zich op als belangenbehartiger, als beschermer van het volk, maar wij weten allemaal hoe het echt zit. Corona bewees het, de toeslagenaffaire bewees het: als het erop aan komt, denken ze alleen aan zichzelf. Aan hun eigen baantjes, aan hun eigen portemonnee.' Reina's ogen schieten vuur. Naast hem knikken Cas en Ida.

'Nederland is een land van schapen geworden. Schapen die niet willen zien wat er gaande is. Kijk naar Groningen. Al decennialang pompen ze daar de bodem leeg, terwijl ze wísten wat voor leed het veroorzaakte. Ze wísten dat het levens kapotmaakte. Maar zijn ze gestopt? Nee, ze hebben zelfs de gaswinning omhooggegooid. Omdat dat hún goed uitkwam.' Reina laat even een pauze vallen en kijkt hen een voor een aan. 'Nederlanders denken dat als je je fatsoenlijk gedraagt, dat het allemaal wel goed komt. Maar het komt niet goed. De overheid is er niet voor ons. Nu niet en al heel lang niet.' Ze zet haar handen in haar zij. 'En het gaat niet alleen om nu, het gaat ook om iedereen hierna. Leed werkt door, generaties lang.'

Ida knikt geestdriftig.

'Nederland is in slaap gesust, gepamperd door het kapitalisme, blind voor het feit dat het systeem waarop het gebouwd is allang op instorten staat. Uiteindelijk heeft een klein clubje de touwtjes in handen. Wat denk je dat er besproken wordt bij het World Economic Forum? Al die leiders bij elkaar, al die bedrijven. Het enige wat ze doen is hun eigen huid redden. Ze blijven zeggen dat wij wat te vertellen hebben, maar ze liegen. En daarom zullen wij Nederland wakker moeten maken. Dat is het enige wat werkt. We hebben het geprobeerd door anders te stemmen, we hebben het geprobeerd door te protesteren, maar wordt er naar ons geluisterd? Nee. We mogen niet meedoen, omdat ze zich superieur voelen. Omdat ze denken dat wij ze toch wel als makke schapen blijven volgen. Dat we nooit écht in opstand zullen komen. Omdat ze beter zijn dan wij.' Cas klapt in zijn handen.

'Het is tijd voor een reset. We hebben lang genoeg gewacht en gehoopt dat het beter zou worden. Nu zijn we aan onszelf overgeleverd, wíj zullen het moeten doen. En dat het niet zachtzinnig kan, dat is dan maar zo. 'Het is makkelijker om iemand die slaapt wakker te maken, dan iemand te wekken die doet alsof hij slaapt'. En zo is het precies. Wij zullen hen de ogen moeten openen. Wíj zullen het moeten doen. De tijd van afwachten en hopen dat het goed komt is voorbij. Het kan allang niet meer op een vreedzame manier, dat is een gepasseerd station. Wie niet luisteren wil moet maar voelen.'

Reina kijkt hen beurtelings aan.

'De tijd van koffiedrinken op het Museumplein is voorbij. Wij gaan de échte revolutie ontketenen. Wij gaan van Nederland in één klap een ander land maken.'

Jonathan kijkt naar Reina. Haar geestdrift en manier van spreken zijn anders dan hij had gedacht. De woede en de pijn die doorklinken in haar woorden zijn niet gespeeld, zoals bij politici. Niet opgeblazen, zoals in kranten of op tv. Hij merkt hoe haar woorden onder zijn huid kruipen.

Reina houdt nu halt voor de groep. 'Jullie merken vanzelf wanneer het zover is, maar tot die tijd wil ik jullie vragen mij te vertrouwen. Focus je op je eigen onderdeel, zorg dat het feilloos gaat. Samen kunnen én zullen we de wereld laten zien waar we toe in staat zijn.'

'Wat verwacht je van mij?' Jonathan is naar Reina toe gelopen. Het vuur is uit haar ogen verdwenen, ze is weer de onopvallende vrouw van vóór haar toespraak. Verderop hangen Cas en Ida aan de bar. Reina leidt hem naar een hoek van de kantine.

'Ik wil dat je je verdiept in besturingssystemen.'

Ze overhandigt hem een briefje waarop een aantal namen staan. 'Het zijn er drie. Ik wil dat we in allemaal kunnen.'

'Je bedoelt platleggen, zoals bij het ziekenhuis?'

'Nee. De hele boel overnemen.'

'Je bedoelt het hele systeem besturen?'

'Precies. En dat ze het zo laat mogelijk doorhebben.' Reina kijkt hem van onder haar petje aan. Hij ziet nu pas dat haar haar grijzend is bij de slapen.

Als hij buiten komt zit Ida met een sigaret tussen haar lippen op een stenen muurtje. Jonathan trekt een pakje sigaretten uit zijn binnenzak en loopt naar Ida toe.

'Hoe is het met je dochter?'

'Wat?'

'Met je dochter. Die was toch ziek?'

Ida neemt een laatste hijs van haar sigaret en gooit de filter dan in het gras voor de deur.

'O, dat. Ja, beter. Nu hopen dat ze niet weer ziek wordt, ik kan niet nog meer vrij nemen van werk. M'n baas ziet me aankomen.'

'Ziek is ziek.'

'Ja, zeg dat maar tegen hem. Die gozer roostert me nu al bijna nooit in.'

Jonathan steekt zijn sigaret aan en houdt Ida het pakje voor. 'Wil je er ook één?'

Ida kijkt naar de sigaretten. 'Wow, echte Marlboro.' Ze pakt er eentje uit het pakje. 'Beter dan die goedkope zooi van mij.'

'Neem er maar een paar, voor de terugreis.' Ida kijkt hem dankbaar aan, de sigaretten die ze uit het pakje haalt stopt ze zorgvuldig in haar jaszak. Het valt even stil, alleen de puntjes van hun sigaretten maken een schroeiend geluid in de nacht.

Jonathan kijkt naar de donkere voetbalvelden om hem heen. 'Wel afgelegen hier, hè? Echt the middle of nowhere.'

Ida haalt haar schouders op. 'Hier om de hoek heb je tenminste nog een supermarkt en een paar winkels. Bij mij in de buurt is pas echt niks. Ja, één café en een azc.'

'Jippie.'

Ida grijnst. Ze kijkt Jonathan aan.

'Jij komt niet bij ons uit de buurt, hè?'

'Hoe bedoel je?'

'Je accent. Bij Cas en Reina hoor je zo dat ze uit het noorden komen. Maar bij jou…' Ze neemt hem even van top tot teen op. 'Eerder Randstad. Utrecht? Den Haag? Je hebt een beetje een kak-r.'

Jonathan grijnst. 'Wow, een halve Zuid-Afrikaan met een kak-r. Die hoor je niet vaak.'

Ida lacht, haar schorre stem is aanstekelijk. 'Iemand moet de eerste zijn, niet dan?'

Plotseling gaat de deur open. In de opening verschijnt Cas.

'O, is hier het feestje?'

Hij kijkt naar Ida, die soepel van het muurtje af springt. Ze klopt voorzichtig op haar jaszak.

'Thanks voor de sigaretten, tot snel.'

Jonathan kijkt ze na, hoe ze samen het hek uit lopen richting de bushalte. De grote gestalte van Cas, het kleinere silhouet van Ida ernaast. De gps-tracker brandt nog altijd in zijn tas.

25

3 dagen tot de aanslag

Victor heeft twee stoelen neergezet voor zijn bureau: één voor hem en één voor Kevin. Als brave schooljongetjes nemen ze plaats.

'Goed, nu we eindelijk samen lijken te werken in plaats van ieder voor zich, leek het me wel handig om deze meetings vanaf nu gezamenlijk te doen.' Hij kijkt Jonathan aan. 'Jij bent gister weer op pad geweest?'

'Ja, de infiltratie gaat goed. De groep is klein en iedereen lijkt een eigen rol te hebben binnen het geheel. Voor zover ik weet zijn er drie leden: Ida en Cas, en Reina, die de boel leidt. Ze laat alleen weinig los over het grotere plan. Maar ze wil Nederland in één klap wakker schudden, zegt ze. Ik vermoed dat ze behoorlijk gevaarlijk is.'

'Het laatste wat we weten is dus dat ze wil dat jij je verdiept in een aantal besturingssystemen. Is er een verband tussen de drie te vinden?'

'Nee, tot dusver lijken ze nogal random. Hoeveel, daar zijn we achter gekomen. Alle drie zijn het systemen die vaak worden gebruikt bij grote fabrieken en installaties.' Hij kijkt even naar Kevin, die aan een velletje op zijn lip pulkt.

'Zoals?'

'Chemiebedrijven, raffinaderijen. Vooral om het transport te regelen van vloeibare producten.'

'Kortom: het kan van alles zijn.'

Jonathan zucht. 'Precies.'

Victor staat op en begint door de ruimte te lopen. 'Goed, laten we even logisch nadenken. Óf Reina wil drie systemen platleggen, óf ze wil niet dat je ontdekt welke van de drie haar doelwit is. Daarom de opdracht om je te verdiepen in allemaal.'

'Het hacken lijkt een belangrijk onderdeel van het grote plan te zijn.' Jonathan kijkt naar Victor, die nu uit het raam staart. 'Wat betekent dat we de boel kunnen rekken als we willen. Zonder mij kan ze niet aan de slag.'

Victor draait zich om. 'Je moet er nooit van uitgaan dat je onmisbaar bent, Jonathan.' Hij kijkt Kevin aan. 'Goed, ik stel voor dat Kevin zich verder verdiept in de softwaresystemen en dat jij, Jonathan, achter de archieven van Stay Behind aan gaat. Als die wapens daaruit kwamen, dan is er wellicht nog meer te vinden. Hoe sneller we weten wat ze van plan zijn, hoe eerder we dit hoofdstuk kunnen afsluiten.'

Als Victor de deur achter hen heeft dichtgedaan trekt Jonathan Kevin aan zijn mouw. 'Waarom was je zo stil?'

Kevin schopt met zijn schoen tegen de muur. 'Ik ben ook opgeroepen. Voor de BVA.'

'Shit. Wanneer?'

'Volgende week donderdag, na jou.'

Wat ga je ze vertellen?'

'Ik ga niet liegen, Jonathan. Wat voor deal jij met Liv gesloten hebt weet ik niet, hoef ik ook niet te weten, maar ik ga mijn vingers hier niet meer aan branden.'

Als Jonathan achter zijn bureau plaatsneemt en zijn Binnenlandse Zaken-mailbox opent ziet hij dat Babs hem gemaild heeft. Snel scant hij het bericht.

Hé broertje,

Ik wist niet zeker of je je telefoon kan checken op werk, dus ik mail maar even.

Jonathans ogen vliegen over het scherm. Het zal toch niet waar zijn, ze zal toch niet écht doorgegaan zijn met haar onderzoek? Hij schuift onrustig op zijn stoel.

Je hoeft je niet ongerust te maken, maar ik zit op een spoor na de demonstratie. Ik heb zo afgesproken met iemand die me misschien meer kan vertellen. Omdat het allemaal toch een beetje spooky is, dacht ik: misschien slim om mijn broertje te laten weten waar ik ben. Mocht er dan iets zijn, dan weet tenminste iemand waarvandaan ik gekidnapt ben.

Komt-ie: ik heb zo om 17.00 uur afgesproken in Café de Gruyter in Emmen.

Dan weet je dat! xx Babs

Jonathan leest het bericht nogmaals. Het staat er echt. Café de Gruyter in Emmen. Hetzelfde café dat op de aansteker van Ida had gestaan. Hoe is het mogelijk. Het is al bijna 17.00 uur, dat betekent dat Babs er elk moment kan zijn. Snel pakt hij zijn mobiel. Babs' mobiel gaat even over, dan wordt hij weggedrukt.

Hij wist dat zijn zus een goede journalist was, maar dat ze zó snel op het spoor van de groep zou zitten had hij niet gedacht. Jonathan ademt een paar keer diep in en uit. Hij moet zijn hoofd helder zien te krijgen. Logisch nadenken. Ten eerste was het niet zeker dat Babs inderdaad met Ida afgesproken had. Misschien was het toeval dat zij precies een aansteker van dat café had. En mocht het tóch Ida zijn, dan was de kans klein dat ze Babs veel zou vertellen. Tot nu toe had ze bij hem ook nauwelijks iets losgelaten. Hoe dan ook, het was nu toch al te laat om er iets aan te doen. Hij zou Babs niet kunnen bereiken en ze was al onderweg. Ida zou hij nog een berichtje kunnen sturen, maar dat zou waarschijnlijk te veel opvallen. Het belangrijkste was om nu zelf haast te maken. Hopelijk zou hij Babs vóór kunnen blijven.

Jonathan neemt de lift naar de onderste verdieping. Sonja zit op haar vaste plek achter haar desk, haar grijze knotje wiebelt bij elke beweging die ze maakt.

'Als het goed is heeft Victor autorisa...'

'Jaja.' Zonder hem aan te kijken staat Sonja op. Ze loopt naar de kluis die achter haar bureau staat; het enorme ding strekt zich uit over de hele ruimte. Geroutineerd typt ze een aantal codes in en trekt de kluisdeur open.

Jonathan kan een glimlach niet onderdrukken. Hij heeft altijd over Stay Behind gehoord, maar de hele organisatie is nog altijd één groot mysterie – zelfs voor mensen die al jaren bij de dienst werken. Hij kent niemand die in de archieven heeft mogen kijken. Jonathan kijkt naar de rug van Sonja, hoe ze zich vooroverbuigt. In zijn buik fladderen vlinders, als op een eerste schooldag.

Als Sonja zich omdraait heeft ze een flinterdunne stapel dossiers in handen. Sonja kijkt naar Jonathans verbouwereerde gezicht.

'Ja, niemand had gezegd dat het een goudmijn was.'

Jonathan gaat aan een van de tafels zitten die verderop in de ruimte staat. De bovenste map dateert uit 1947, de laatste map uit de jaren negentig. Hij kijkt naar het dunne stapeltje op tafel. Is dit echt alles wat er bewaard is gebleven? Hij opent het elastiek van de bovenste map. Een aantal microfiches ter grootte van een briefkaart vallen op tafel. Hij glimlacht. Natuurlijk, ze hebben het allemaal op microfilm gezet. Die werden destijds gebruikt om grote hoeveelheden data op te slaan. Je moet iets als je geen harddrives of USB-sticks hebt. Jonathan loopt naar de hoek van de ruimte, waar nog een oude microfilmlezer staat en schuift een van de fiches onder de lens.

Zijn hart slaat een tel over als hij de lens naar de eerste pagina beweegt. Jonathan zucht, dit kan niet waar zijn. Hij beweegt de lens verder, over de andere pagina's. Hij sluit even zijn ogen en verbijt zich. De pagina's zijn voor meer dan de helft zwart. Alles wat belangrijk is, is weggelakt.

'Is dit alles wat we hebben?' Jonathan staat voor de desk van Sonja.

'Wat dacht je? Dat we de belangrijkste dossiers buiten de kluis bewaren?'

'Nee, ik ben alleen verbaasd dat de stapel zo klein is. En dat wat erop staat ook nog eens bijna allemaal weggelakt is.'

Sonja tilt haar hoofd op. Voor het eerst ziet hij hoe groen haar ogen zijn.

'Na 1990 is alles "kwijtgeraakt". Dit is alles wat we weten.'

Jonathan zucht. Hij loopt terug naar de filmlezer en schuift de volgende fiche in de lens. Het zou een lange nacht worden. Gelukkig was er niemand die op hem wachtte.

Jonathan kijkt om zich heen. Het is inmiddels bijna halftwaalf en op de kleine bureaulamp na die op de tafel staat is het donker om hem heen. Sonja is allang naar huis, ze had iets gemompeld wat op een groet had geleken en was toen verdwenen, op weg naar de lift. De eerste paar uur had hij zich gefocust op de wapens. Als hij met hulp van de serienummers erachter kon komen waar de wapens vandaan kwamen, dan kon hij hopelijk Reina traceren. Maar hoe goed hij ook had gezocht, het had niks opgeleverd. Serienummers van wapens werden niet gedocumenteerd per agent, en zo wel, dan was het weggelakt. Hij had besloten zich nu op Groningen te concentreren. Nu hij wist dat Reina een band had met de regio, zou dat misschien een aanknopingspunt zijn.

Hij scant de districten waar Nederland destijds in onderverdeeld was. District Zuid, West, Oost, Noord. Noord, daar zou Groningen onder moeten vallen. Hij laat de lens over de pagina's dwalen. Hij heeft geluk: op een van de fiches lijkt meer te staan. Snel scant hij de bladzijdes.

Op het scherm verschijnt een lijst met namen van agenten die actief waren in dit gebied. Jonathan loopt de namen af. Ene Titus Meijer, schuilnaam voor Titus Densink, was een van de langstzittende agenten in District Noord geweest. Dominee in een klein dorp in Noord-Groningen vlak bij de Waddenzee. Jarenlang voorganger geweest, trouwe dienst. Verzetsverleden, technisch onderlegd, aangenomen in de rol van saboteur. Jonathan scrolt verder, klinkt logisch allemaal.

Plotseling bevriezen zijn vingers. Titus was in 1951 getrouwd met ene Marthe Schouwenaar. Samen hadden ze één dochter gekregen. Om zijn mond krult een glimlach.

Het staat er echt. Geboren in 't Hoogeland op 5 november 1958, dochter van Titus Densink en Marthe Schouwenaar: Reina Densink.

Met een ruk schuift hij zijn stoel naar achter. De klok wijst inmiddels 0.21 uur aan. Kevin zou nog wel wakker zijn, toch? En anders was dit wel de moeite waard om er wakker voor te worden. Snel tikt hij Kevins nummer in. De telefoon gaat over.

'Yo.' Kevin klinkt verrassend helder voor dit uur. Op de achtergrond wordt snel een televisie zachter gezet.

'Sorry, man, dat ik zo laat bel.' Jonathan hoort hoe gehaast zijn stem klinkt.

'Geeft niet. *What's up?*'

'Ik heb iets ontdekt.'

Kevin had onmiddellijk zijn computer erbij gepakt. De naam Reina Densink had weinig opgeleverd. Een middelbare school waar ze heen was gegaan. Een voetbalwedstrijd die ze gefloten had. Niets bruikbaars. De afgelopen jaren leek ze van de aardbodem verdwenen.

Hij hoort hoe Kevin verder tikt.

'Wacht even. Hoe zei je ook alweer dat haar vader heet?'

'Titus. Titus Densink.'

Op de achtergrond zet Kevin nu de televisie uit. Hij gaat verzitten, het leer van zijn bank kraakt hoorbaar. Even valt het stil, dan klinkt Kevins stem triomfantelijk in zijn oor.

'Holy shit, we hebben geluk. Hij leeft nog.'

'Echt? Titus Densink?'

'Yep. En hij woont in een verpleegtehuis, in Noord-Groningen.'

Jonathan voelt hoe zijn mobiel trilt. Op het scherm staat de naam van zijn zus. Eindelijk.

'Kev, ik heb een wissel. Ik bel je zo terug.' Snel drukt hij Kevin weg.

'En, hoe is het gegaan?'

'Goed. M'n lead klopte. Belde alleen even om te zeggen dat ik niet gekidnapt ben.'

'Gelukkig, scheelt weer een deel van m'n erfenis.'

Babs lacht, maar Jonathan voelt dat hij onrustig wordt. Haar lead klopte? Wat betekent dat? Heeft ze Ida gesproken?

'Maar weet je dan nu ook wie erachter zaten? Ik bedoel, dan moet je naar de politie. Als je wil dat ik meega...'

'Die molotovcocktail was fucked up en ik weet nog steeds niet wie dat ding gegooid heeft, maar volgens mij ben ik iets groters op het spoor. Dus de politie zal nog even moeten wachten.'

'Iets groters op het spoor? Nu ga ik me echt zorgen maken.'

'Nee, ik doe voorzichtig. Maar het is echt een sick verhaal.' Babs' stem slaat even over van enthousiasme. 'Ik moet nu ophangen voordat ik per ongeluk m'n *juice spill*.'

'Wanneer staat het in de krant?'

'Ik ben nog niet klaar, maar... O, ik moet eruit. Dit is mijn halte.'

'Maar morgen of volgende week?'

'Eind van de week.'

Snel belt hij Kevin terug. Zijn stem klinkt gehaast. 'Ze is iets op het spoor.'

'Wie?'

'M'n zus, Babs. Ik vermoed dat ze met een van de mensen uit de groep gepraat heeft. Waarschijnlijk Ida, maar kan ook Cas zijn.'

'Shit. Hoe krijgt ze dat nou weer voor elkaar? Hoeveel weet ze?'

'Genoeg voor een stuk in de krant. Als het verschijnt zal Reina wel van de aardbodem verdwijnen. Wie weet wat ze daarna van plan is, desnoods in haar eentje. Dan vertrouwt ze ons sowieso allemaal niet meer.' Jonathan zucht. 'Hoever ben jij met die besturingssystemen?'

'Die bleken aan de achterkant grotendeels hetzelfde te werken, op wat kleine verschillen na. Dus dat gaat lukken. Heb alleen nog geen idee waar ze voor gebruikt worden of waar Reina op zou kunnen doelen.'

'Oké. Ik ga morgen naar het verzorgingstehuis. Hopelijk levert het iets op.'

26

1990, 't Hoogeland – District Noord

Titus zette het volume van de televisie harder. Sinds hij alleen woonde had hij het toestel bijna altijd aan staan. Het zorgde ervoor dat hij zich minder alleen voelde, hoewel hij zelf wist hoe verraderlijk die gedachte was. Zodra je het toestel uitzette kwam de stilte harder terug, als een boemerang.

Marthe was nooit een voorstander geweest van een tv in huis, ze hield niet van de snelle flitsen, de Sterreclames, het drukke gepraat. 'Al die prikkels, doe mij maar gewoon de krant,' zei ze altijd. Maar Titus had al snel begrepen dat de televisie de toekomst was, en ze waren destijds een van de eersten in 't Hoogeland geweest die er eentje hadden gehad. Toen het toestel bezorgd werd en de antenne geïnstalleerd, was Reina hem om de hals gevlogen.

De nieuwslezer had grijs haar dat in een geforceerde scheiding uiteenviel langs zijn slapen. Zijn staalblauwe ogen verrieden niets van de rampen die hij aankondigde. De man zou een goede geheim agent zijn geweest, dacht Titus bij zichzelf. Hij glimlachte bij de gedachte.

De nieuwslezer rommelde even met zijn papieren die voor hem op tafel lagen, voor hij weer de camera in keek. 'En dan nu een groot politiek schandaal in Italië. "Operatie Gladio", een geheim netwerk, opgericht vlak na de Tweede Wereldoorlog, is aan het licht gekomen. In een getuigenverklaring bevestigde premier Giulio Andreotti vandaag het bestaan van de uiterst geheime organisatie.'

Titus schoof zijn stoel dichter bij het televisietoestel. Had hij het goed gehoord? Hij voelde hoe zijn hart een tel oversloeg.

Had de man dit zojuist daadwerkelijk gezegd of was het een dagdroom geweest? Een van zijn hersenspinsels, waar hij tegenwoordig steeds vaker last van leek te hebben?

Op het scherm verscheen nu het gezicht van de Italiaanse premier, gekleed in een onberispelijk blauw maatpak. Van achter zijn hoornen bril keek de premier de camera in.

'Uit angst voor een Sovjetinvasie is met hulp van de CIA en de NAVO besloten om ons te wapenen tegen de vijand. Een uiterst precaire missie die met veel zorg en precisie uitgevoerd is gedurende de afgelopen decennia, onder de naam "Operatie Gladio".' Hij pauzeerde even. 'Na de Tweede Wereldoorlog zijn er in heel Europa soortgelijke Stay Behind-organisaties opgericht, en Italië is daarop geen uitzondering geweest.'

Het geluid van de televisie snerpte plotseling in Titus' oren. Hij knipperde met zijn ogen en keek om zich heen. De kamer lag er nog hetzelfde bij. De krant voor hem op tafel. De bank met de gebreide kussens in de hoek. De open haard met het metalen scherm ervoor.

Hij keek weer naar de televisie, waar de premier nu een spervuur aan vragen van journalisten probeerde te pareren.

Plotseling werd Titus een ander geluid in de ruimte gewaar. De telefoon? Ja, hij rinkelde nu al een tijdje. Titus zette de televisie zachter en snelde naar het toestel dat in de hal stond.

Karel was vervangen door Bertrand, en Bertrand door Marius. Zijn handlers waren al die jaren gekomen en gegaan, maar Titus was gebleven. Standvastig als een hoeksteen waarop gebouwd kon worden. Het maakte hem trots dat hij zo lang al de organisatie diende. Waarom een handler stopte werd hem nooit verteld. Of hij overleden was, een andere post had gekregen of niet meer bij machte was de taak op zich te nemen – dat waren geen zaken waar je naar vroeg. Je kreeg alleen te horen wat nodig was, zoveel was nooit veranderd in al die jaren.

De donkere stem van Marius klonk door de hoorn. Hij wilde hem zien, zo snel mogelijk. Nee, het gesprek zou niet plaatsvinden op hun vaste plek. Titus zou zelf wel merken hoe het in zijn werk zou gaan. Als hij maar thuis zou zijn morgenochtend om zeven uur. 'Ik zal zorgen dat ik paraat sta,' had Titus gezegd.

Hij was die avond extra vroeg naar bed gegaan. Hij had nog een extra glas whisky genomen als slaapmutsje, daar sliep hij altijd goed op. In haar laatste jaren zei Marthe regelmatig dat hij te veel dronk. Maar Titus had het altijd weggewuifd. Het was allemaal relatief. Als je zelf nooit dronk leek elk glas veel.

Hij kroop in het koude bed, nog altijd aan dezelfde kant waar hij al die jaren met Marthe had gelegen. Hij zou ook in het midden kunnen liggen, of aan haar kant, maar het voelde als heiligschennis om dat te doen.

'Morgen moet ik er vroeg uit, lieveling.' Hij keek naar het lege kussen naast zich.

'Je gaat er toch altijd vroeg uit?' De stem van Marthe klonk zo vertrouwd. Als hij door zijn wimpers keek dan kon hij haar zien liggen, een boek in de hand.

'Dat is ook zo.' Hij legde zijn hand op het lege kussen.

Een geblindeerd busje hield klokslag zeven uur halt voor de pastorie. Titus opende de voordeur en liep naar het voertuig toe. Ze hadden hem nodig, en Titus voelde hoe zijn tred op slag veerkrachtiger werd.

Zodra hij in was gestapt werd de deur dichtgedaan en reden ze via de zijweg de terp af, het dorp uit. Op de erven waren boeren bezig hun vee naar de weilanden te brengen, hij hoorde het geblaf van de honden die hielpen met het hoeden van de schapen.

'Meijer, goedemorgen.' Titus nam plaats op een van de bankjes achter in het busje, Marius knikte hem toe. Voorin reed een chauffeur met gepaste gang het dorp uit. Niet opvallen, normaal doen: al die tijd was er niets veranderd.

Het was al een tijd geleden dat Marius contact met hem opgenomen had en Titus voelde hoe een fijne spanning zich in zijn buik nestelde.

'Je zult het nieuws ook wel gezien hebben.' Marius keek hem aan. 'We zijn allemaal flink geschrokken.'

Titus knikte. Buiten schoot het landschap voorbij. Aardappelvelden, bietenvelden, rijen met kool – de ziltige klei was weer genadig geweest dit jaar.

'We kunnen nu geen enkel risico nemen.' Marius wees even naar het busje waar ze in zaten. 'Vandaar ook deze locatie, het is beter om geen van onze vaste adressen te gebruiken nu.' Hij klikte een zwart koffertje open dat naast hem op de stoel lag en haalde daar een aantal papieren uit.

'Goed, Meijer. In het licht van de recente ontwikkelingen is mij gevraagd je dit document voor te lezen.'

Titus keek naar de chauffeur; die had nog geen blik op hen geworpen sinds Titus in was gestapt.

Marius schraapte even zijn keel en ging verzitten op zijn stoel. Het papier in zijn hand kraakte. Even nog keek hij Titus aan, toen zette hij een bril op zijn neus en begon hardop voor te lezen:

> 'Geachte agent, gezien de veranderde politieke ontwikkelingen in Europa, deel ik u hierbij mede dat de organisatie Stay Behind, ook wel bekend als Operatiën en Inlichtingen, niet langer van kracht zal zijn. Met het vallen van de Berlijnse Muur is Europa in een nieuw en vredig tijdperk aanbeland. Wij zijn zeer verheugd u te kunnen melden dat het communistisch gevaar geweken is en dat een bezetting van Nederland door de vijand niet langer reëel is. Wij weten hoe groot uw inzet en opoffering geweest zijn. Ik wil u dan ook van harte danken voor uw trouwe dienst en bereidheid Nederland te dienen al deze jaren.
>
> Getekend, minister-president Ruud Lubbers.'

Marius vouwde de brief dubbel en stak deze terug in het koffertje. Hij probeerde Titus aan te kijken, maar die wendde zijn blik af. Hij had verwacht dat hij gebrieft zou worden over hoe Stay Behind nu verder moest, na de ontmaskering in Italië. Titus voelde hoe zijn maag samentrok.

Hij schudde zijn hoofd. 'Dus dit is het? Alles wordt opgedoekt? Zomaar ineens?'

'De officiële afhandeling zal uiteraard nog plaatsvinden, maar dit is voor nu het belangrijkste wat je moet weten.'

Titus voelde hoe de schok langzaam plaatsmaakte voor woede. Na al die jaren was dit hoe ze hem behandelden? Hij keek om zich heen. Het geblindeerde busje, de anonieme chauffeur – de kilheid van dit alles.

Titus balde zijn vuisten. Was dit het dan? Ging hierna het boek dicht en mocht hij het verder allemaal zelf maar uitzoeken?

'Binnenkort kom ik langs om de laatste spullen op te halen.' Marius pauzeerde even voor hij verderging. 'Je kunt dan alles aan mij meegeven: zendapparatuur, documenten, wapens. Wij zorgen dat alles netjes afgerond wordt. Dat alles zal wel enige tijd in beslag nemen, maar je actieve dienst zit er in ieder geval op.'

Marius legde kort zijn hand op Titus' schouder. 'Ik begrijp dat dit nogal rauw op je dak valt. Maar er zal goed voor je gezorgd worden de komende jaren.'

'Alsof het mij daarom ging.'

Marius trok zijn hand terug, Titus staarde naar buiten. Het busje reed nog altijd door het Groninger landschap, dat er donker en stil bij lag op dit uur.

'In Italië is de organisatie in verband gebracht met een reeks bommeldingen en onderwereldpraktijken. En met de afgenomen dreiging van de Russen zou het ons in een heel lastig pakket brengen als we op de oude voet doorgingen. Politiek gezien is dit een zeer precaire kwestie. Dat zul jij ook begrijpen, Meijer.'

Meijer. Die naam die hem inmiddels net zo vertrouwd voorkwam als zijn eigen achternaam – hoe vaak zou hij die nog horen?

'Maar wij hebben niets van doen met die operatie in Italië.'

'Nee, maar dat neemt niet weg dat de ontdekking van het bestaan van Stay Behind al zeer veel stof zal doen opwaaien. Voor ons is het de normaalste zaak van de wereld, maar vergeet niet dat heel Nederland hier nu pas voor het eerst van zal horen. Na al die tijd. Niet alleen het publiek, maar ook de politiek. We zijn je heel dankbaar voor alles.'

Titus knikte afgemeten. Hij vroeg of ze hem af wilden zetten aan de rand van het dorp. 'Ik wil nog een stukje lopen.' Marius gaf de chauffeur een seintje en het busje hield halt vlak achter het kleine treinstation, waar de weilanden het land nog plat hielden. Nu liep Titus het dorp in, de terp op, richting de pastorie. De hele zaak had al met al nog geen uur geduurd.

In het dorp waren de inwoners inmiddels wakker geworden.

'Moi dominee, ochtendwandeling?' Lieneke passeerde hem toen hij langs de bakker liep. 'Prachtige dag, is het niet?' Zijn buurvrouw keek hem aan. 'Ik hoorde dat die kleine van Jansma ziek is, ach wat sneu hè? Misschien kunt u in uw gebeden...'

Titus liep door. Lieneke was wel de laatste die hij nu wilde zien. Hij liep zo snel als zijn benen hem konden dragen naar de pastorie, het hoofd gebogen.

Thuisgekomen liep Titus meteen door naar zijn werkkamer. Hij deed de deur naar de gang dicht, een gewoonte die hij nooit had afgeleerd, hoe onzinnig het ook was nu hij al jaren alleen woonde. Zijn hart bonsde in zijn keel.

In de hoek van de kamer stond nog altijd de kluis. Titus haalde de sleutel uit zijn bureaula en opende de zware brandkast. Hij had het slot onlangs nog gesmeerd en de oude sleutel draaide moeiteloos rond. De statenbijbel met zijn beslag en bladgoud lag op zijn vaste plaats, voorin. Titus haalde de bijbel eruit en ging met zijn handen over de vertrouwde spullen. De communicatieapparatuur, de handleidingen, het wapen, de blikken met geld die hij elke keer als De Nederlandsche Bank nieuwe biljetten ingevoerd had trouw had ververst: 25.000 gulden, in nette stapeltjes bijeengebonden.

Titus opende het mapje met documenten dat achter in de kluis lag. Hij glimlachte wrang bij het zien van de groene pas die erin zat. De pas die de agent die hen destijds had willen tegenhouden bij die communistische demonstratie, had doen omslaan als een blad aan een boom. *Koninklijke Marechaussee, Rijks- en Gemeente Politie wordt opgedragen de houder dezes bij de uitoefening van zijn/haar taak ongemoeid te laten en hem/haar desgevraagd bij te staan. Aan andere autoriteiten wordt eveneens verzocht hem/haar zo nodig alle medewerking te verlenen. Houder dezes is toegestaan bij de uitoefening van zijn/haar functie burgerkleding te dragen en te allen tijde gebruik te maken van een dienst- of burgerauto.* De pas was ondertekend door de minister van Justitie.

Titus deed de spullen voorzichtig weer achter in de kluis en sloot hem. Met zijn hand streek hij even over de zware kast. Marius had hem laten weten dat hij begin volgende week de spullen op zou halen. Nog een paar dagen, dan had hij geen enkel tastbaar bewijs meer van dit alles. Zijn halve leven lag hier, tussen deze vier stalen wanden. Vermoeid wreef hij met zijn handen over zijn gezicht.

Buiten liep de postbode het grindpad op. Titus hoorde hoe de brievenbus kletterde en hoe de krant met een plofje op de mat viel. Op een draf liep hij naar de deur. Chocoladeletters prijkten op de voorpagina: DE GLADIO-AFFAIRE: HET SKELET IN DE KAST VAN EUROPA.

Titus' ogen vlogen over de bladzijdes. 'Niet alleen Italië, maar ook België, Duitsland, Nederland, Griekenland, Luxemburg, Frankrijk, Turkije, Groot-Brittannië en zelfs Zwitserland blijken er anticommunistische commando's op na te houden. Ook deze parlementen werden nooit geïnformeerd. Sinds de onthulling worden regeringen met vragen bestookt en worden er onderzoeken ingelast.'

Hij bladerde verder in de krant. Een nieuwe kop: BRUSSEL WIL SNEL VAN STAY BEHIND AF.

'Iedereen is het erover eens dat het om achterhaalde commando's gaat; in België sprak men afgelopen week van "een anachronisme". De Fransen zeggen de organisatie allang te hebben opgeheven, terwijl de Belgen hebben beloofd dat zo snel mogelijk te doen. En gisteren kondigden de Duitsers hetzelfde aan.'

Titus voelde hoe zijn bloed begon te koken. Achterhaalde commando's? Een anachronisme? Hoe durfden ze!

'Daarmee zijn echter nog lang niet alle vragen beantwoord,' ging de krant verder. 'In Italië en België wordt momenteel onderzocht of de organisaties betrokken waren bij aanslagen, respectievelijk de bloedige overvallen van de beruchte Bende van Nijvel. Als dat het geval blijkt te zijn, rijst de vraag: heeft de Nederlandse Stay Behind zich ook weleens met iets anders beziggehouden dan met het Rode Gevaar?'

Titus schudde verwoed zijn hoofd. Die link met criminele praktijken mocht dan in Italië wellicht kloppen, in Nederland was het je reinste onzin.

'Vooruitlopend op het debat dat volgende week woensdag in de Tweede Kamer wordt gehouden over de Nederlandse Stay Behind-tak, bevestigde minister-president Lubbers de Kamer het bestaan van de organisatie, maar voegde daaraan toe dat het netwerk inmiddels allang ontmanteld is of hooguit "in afgeslankte vorm" zijn voortbestaan kent.'

Titus legde de krant weg. Zijn hoofd duizelde. Hij liet zich zakken in zijn bureaustoel. In de tuin wiegde de grote eik in de wind.

27

Zoals afgesproken kwam Marius de spullen ophalen. Titus deed de deur open, nog voor de man goed en wel had aangebeld. Onwennig liep Marius door de hal van de pastorie. De weinige keren dat hij in de afgelopen jaren aan de deur was verschenen, hadden ze de zaken snel afgehandeld – bang als ze waren dat Marthe vragen zou gaan stellen, of Reina.

'Ik hoop dat je je niets aantrekt van alle aantijgingen over criminele praktijken.' Marius' nette schoenen maakten een tikkend geluid op het marmer in de hal. 'De indianenverhalen zullen nog wel even welig tieren.'

'Plotseling zijn we "onbetrouwbaar" en "duister".' Titus hoorde hoe verongelijkt hij klonk, hij kon er niets aan doen. Marius knikte.

'Er wordt in Den Haag gepraat over de positie van Lubbers. Die zou onhoudbaar zijn geworden nu gebleken is dat hij de regering al die jaren niet ingelicht heeft over het bestaan van de organisatie. De beschuldigingen komen uit verwachte hoek.'

Marius rechtte zijn rug. 'Men beseft niet dat dit een contradictio in terminis is. Hoe kan een organisatie decennialang in het geheim de nodige voorbereidingen treffen als iedereen van haar bestaan afweet?' Hij keek Titus aan. 'Het is een heksenjacht. Ze hebben geen idee waar ze het over hebben.'

Titus knikte en overhandigde hem de spullen uit de kluis. Marius ging de voorwerpen na.

'Is dit alles?'

'De spullen uit de caches liggen in de schuur, die zal ik je zo wijzen.' Marius knikte.

'Wat gaat ermee gebeuren?'

Marius liet zijn blik door de hal dwalen voor hij hem op Titus liet rusten.

'De contanten gaan terug naar de Nederlandsche Bank. De wapens worden ondergebracht bij de marechaussee. Alle documenten gaan naar Defensie of Algemene Zaken.'

Titus fronste zijn wenkbrauwen. 'Kan erin rondgeneusd worden? Moet ik mijn naam in de krant verwachten?'

'Nee, ze worden geclassificeerd als hoogste staatsgeheim. Tot 2069 zit de boel achter slot en grendel.'

Hij gaf Titus een stevige hand en liep naar de deur.

'Veel dank, Meijer.'

'Het was me een eer.' Titus voelde hoe hij een brok in zijn keel kreeg. 'Zien we elkaar nog?' Hij keek Marius aan, die licht zijn hoofd schudde.

'Er zal af en toe iemand aan de deur verschijnen met een envelop. Zie het als een pensioen. Maar verder...' Hij pauzeerde even en keek Titus aan. 'Laat ik het zo zeggen: er komt geen reünie.'

Marius had hem de opdracht gegeven de kluis leeg te ruimen en de caches die in zijn district verstopt lagen op te graven. De spullen in zijn kluis waren slechts een fractie van wat er nodig zou zijn in geval van nood. In de caches lag de grote buit: explosieven, wapens, dat soort dingen. De depots werden om de zoveel tijd netjes door agenten gecontroleerd en ververst waar nodig. Titus had er nooit veel mee van doen gehad, maar nu de organisatie plotseling haast moest maken met het opdoeken ervan had Marius hem gevraagd deze taak op zich te nemen. 'Je bent een van onze langstlopende agenten geweest. Aan jou de eer, Meijer.' Hij had de metalen kisten op een mistige avond opgegraven en achter in de schuur verstopt.

Titus liep naar de keuken en schonk zichzelf een glas whisky in. De gouden vloeistof gleed vertrouwd door zijn keel. Hoewel de klok pas elf uur aangaf schonk Titus een tweede glas in. Hij had het verdiend, na alles. Hij keek naar buiten, waar een klein zonnetje de klinkers deed gloeien in het ochtendlicht.

Hij moest Reina weer eens bellen. Hoelang hadden ze elkaar nu alweer niet gesproken? Het moest zeker twee maanden zijn. Sinds Marthe overleden was kwam ze een stuk minder vaak over de vloer. Hun communicatie was nooit makkelijk geweest, maar sinds ze met z'n tweeën over waren gebleven was de natuurlijke buffer tussen hen verdwenen. Hun gesprekken vielen vaak genoeg dood, en meestal stapte Reina na een klein halfuur alweer op. Misschien wilde ze wel weer eens komen eten, het was het proberen waard.

Over Marthes dood hadden ze nooit kunnen praten. Hoewel hij als dominee gewend was om te gaan met rouw en verlies, was het heel anders als die op je eigen deur klopten. De afgelopen jaren waren voorbijgevlogen zonder dat een van hen ooit haar naam in de mond had genomen. Wat dat betreft was deze streek in hem gaan zitten. De stugheid en geslotenheid van de Groningers pasten hem inmiddels als een jas. Als Reina binnenkort langs zou komen zou hij opener zijn, eerlijker.

Titus schonk een nieuw glas whisky voor zichzelf in en nam de hoorn van de haak. Hij voelde hoe hij aarzelde, maar hij probeerde zichzelf moed in te spreken. In het ergste geval zou ze zeggen dat ze te druk was, dan had hij het in ieder geval geprobeerd. De telefoon ging een paar keer over voor er opgenomen werd.

'Met je vader.'

Het viel even stil.

'Heb je gedronken?' Reina's stem klonk scherp door de hoorn. 'Je klinkt raar.' Het viel Titus op dat ze hem tutoyeerde, voor het eerst. Maar het drukte geen vertrouwelijkheid uit.

'Wat bedoel je? Ik wilde vragen of je binnenkort weer eens komt eten.'

Aan de andere kant van de lijn zuchtte Reina. 'Als jij dat wil. Ik kan dit weekend. Oké?'

'Prima.'

Maar Reina had al opgehangen.

Tweeëndertig was ze nu, zijn dochter. Alhoewel ze ruimschoots volwassen was, dacht hij nog altijd aan haar als zijn klein meisje. Titus zette de borden op tafel en pakte twee wijnglazen uit de kast. Reina dronk nooit veel, maar wie weet zou ze wel één glas willen. Het zou het ijs wat kunnen breken tussen hen.

Titus keek op de klok, ze moest er nu elk ogenblik zijn. Hoewel hij geen sterkok was, had hij zijn best gedaan om iets fatsoenlijks op tafel te zetten. Meestal kookte hij een pan met aardappels voor de hele week, waar hij dan afwisselend vlees en vis bij at. Nu had hij zich gewaagd aan een ovenschotel; het zag er niet onverdienstelijk uit. Hopelijk smaakte het ook nog.

Gerommel aan de voordeur. Titus liep naar de gang, waar Reina net de voordeur achter zich dichtdeed.

'Hé, pap.'

'Zal ik je jas aannemen?'

'Ik weet nog wel waar de kapstok is.'

Ze liep naar de gangkast waar de jassen hingen, ook die van Marthe hingen er nog altijd. Hij had de rust niet om ze op te bergen en het lef niet om ze weg te doen, en dus hingen ze daar maar. Hij zag hoe Reina de jassen registreerde en bruusk opzijschoof. Ze draaide zich om en liep naar de keuken. Titus volgde haar.

'Wil je wat drinken? Ik heb wijn gehaald. Of iets anders, wat je wil.'

'Water is prima.' Reina bukte zich en wierp een blik in de oven.

'Hoe is het?' Titus schonk voor zichzelf een glas wijn in, niet te vol, anders zou hij daar weer commentaar op krijgen. Voor Reina pakte hij een glas en vulde het met water.

'Druk, de school houdt ons wel bezig.'

'Veel nieuwe aanwas?'

'Genoeg.' Ze kwam overeind en nam een slok van het water dat hij haar aanreikte. Ze had hem nog altijd niet in de ogen gekeken. Maar dat ze antwoord gaf op zijn vragen was al heel wat.

'Ze hebben wat praktische vakken toegevoegd aan het curriculum. Nieuwe zelfverdedigingstechnieken, verhoortactieken – dat soort dingen.'

'En die geef jij?'

'Meestal wel, ja.'

Het viel stil. Titus boog zich voorover naar de oven en trok het deurtje open.

'We kunnen zo aan tafel.'

'Gelukkig.'

'Je ziet er slecht uit.' Reina nam een hap en liet haar blik over Titus gaan. 'Je moet minder drinken.'

'Zoveel is het niet.'

'Als jij het zegt.'

Titus voelde hoe zijn kaken zich aanspanden. Ze moest eens weten hoe het was om hier alleen te wonen, in dit huis, na de ziekte van Marthe. En dan nu ook nog de organisatie. Het leek wel alsof alles door zijn vingers glipte. Alles wat jarenlang een zekerheid was geweest, vaste grond onder zijn voeten, was gaan schuiven. Titus probeerde een hap door zijn keel te krijgen, maar de ovenschotel was droog en lag als een hap zand in zijn mond.

'Als ik jou was zou ik hier zo snel mogelijk weggaan. Misschien kun je nog een nieuwe start maken ergens. Voordat je straks met pensioen gaat.'

Titus schudde zijn hoofd. Hoe moest hij haar uitleggen dat hij 't Hoogeland nooit verlaten kon? Alle herinneringen hier, de geboorte van Reina, hoe gelukkig hij was geweest met Marthe, hoe hij verankerd was geraakt in het landschap, de klei, de weidse luchten, zijn rol als dominee, zijn werk als geheim agent.

'Voor de herinnering aan mama hoef je niet te blijven. Ze heeft het hier altijd gehaat.'

De opmerking kwam aan als een mokerslag. Titus voelde hoe hij even naar adem moest happen. Hij schoof zijn stoel achteruit en liep naar de keuken. Snel sloeg hij een glas wijn achterover. Wat was er gebeurd dat Reina hem zo aansprak? Hij voelde hoe zijn vuisten zich balden. Hij moest proberen rustig te blijven.

'Dacht je dat ze het niet doorhad? Al die nachten dat je weg was, al die smoesjes die je verzon. Ze was niet gek.' Reina was achter hem aan gekomen, de keuken in. Titus draaide zich om.

'Wat doorhad?'

Reina lachte schamper, het klonk hol en cynisch.

'Reina, ik...'

'Laat maar, het is allemaal toch te laat.' Ze schoof met haar laars over de vloer, alsof ze vuil probeerde los te wrikken van de tegels.

'Waarom denk je dat ze altijd bij Lieneke zat? Omdat ze dat zo'n leuk mens vond?' Reina snoof. 'Natuurlijk niet, ze kon dat mens niet uitstaan. Maar het was nog altijd beter dan het hier uit te moeten houden met jou. Al dat geheimzinnige gedoe, dat we nooit op je werkkamer mochten komen, die nachten weg. Waarom mama niet gewoon weggegaan is...'

'Je moeder en ik hadden een goed huwelijk.'

'O ja? Is dat wat je jezelf vertelt?'

Titus probeerde zijn hoofd helder te krijgen, maar de wijn had hem wazig gemaakt.

'Ze is een keer achter je aan gereden toen je weer eens "ziekenhuisdienst" had. Toen je voorbij het hospitaal reed is ze omgekeerd. Ze wist genoeg. Ze heeft altijd geweten dat je een ander had, maar ze kon het simpelweg niet opbrengen om bij je weg te gaan.'

Titus voelde hoe zijn bloed begon te koken. 'Nee, Reina. Dat is niet hoe het zit. Als ze het me had gevraagd, dan had ik...'

'Alsof je geluisterd had. Je zat altijd verstopt op je werkkamer. En als we er iets van zeiden, zei je dat wíj het waren die jóú buitensloten.'

'Reina, ik kan het uitleggen.'

Reina had haar handen in haar zij gezet. Haar ogen spuwden vuur.

'Mama deed alles voor jou. Maar jij was nooit met ons bezig. Nooit! Je deed altijd alsof je werk zo belangrijk was. Maar wat écht belangrijk was, wij, je gezin, heb je nooit kunnen zien. Wat ben je dan voor dominee? Anderen vertellen hoe ze moeten leven, terwijl je geen idee hebt dat je een vreemde bent voor je eigen gezin.' Ze stond nu recht voor hem. 'Waarom ben je niet gewoon bij ons weggegaan, als dat is wat je wilde? Nu moest mama jarenlang met iemand leven die niet eens het lef had om eerlijk te zijn tegen haar. Vind je het gek dat ze ziek is geworden.

Al die stress en zorgen, daar krijgen mensen kanker van.'

Titus voelde hoe er iets knapte in hem. Hoe durfde ze de ziekte van Marthe bij hem te leggen. De woorden sneden door zijn ziel. Met drie stappen was hij bij haar. 'Jij hebt geen idee waar je het over hebt.'

Reina deinsde achteruit en hield zich vast aan de tafel. Het glas in haar hand viel aan scherven op de grond. Ze greep naar haar wang, waar zijn vlakke hand haar geraakt had. Met een ruk draaide ze zich om. Achter haar viel de voordeur met een harde klap dicht.

28

2022, Groningen

'Mevrouw Densink?' Reina had haar rinkelende telefoon al weken genegeerd. Ze hield er niet van om door onbekende nummers gebeld te worden. Een voicemail had ze al heel lang niet, ze haatte het pedante toontje dat mensen aansloegen als ze wisten dat hun bericht teruggeluisterd zou worden. En daarbij had ze weleens gelezen dat voicemails gehackt konden worden. Ze nam liever het zekere voor het onzekere. Maar nu ze voor de zoveelste keer werd gebeld door hetzelfde nummer had ze toch maar opgenomen.

'U spreekt met Laila van Poelgeest.' Reina keek om zich heen: er was niemand in de buurt. Alhoewel? Wat deed die vrouw daar verderop? Ze friemelde wat onder haar jas, wie weet activeerde ze een opnameapparaatje. Reina kneep haar ogen samen. De vrouw kon haar onmogelijk horen, en nu ze beter keek zag ze dat de vrouw een baby tegen haar borst hield. Waarschijnlijk probeerde ze het kind gewoon eten te geven. Reina ging zitten op een van de bankjes in het park.

'Ik ben de huisarts van uw vader en ik probeer u al een tijdje te pakken te krijgen. Ik heb uw nummer gevonden in het systeem.' Ze pauzeerde even. 'Ik wilde het met u hebben over de gezondheid van meneer Densink. Zoals u weet is hij niet wel.'

Reina had haar vader al jaren niet gezien, al meer dan vijftien jaar niet, nu ze er langer over nadacht. De eerste tijd na hun ruzie had hij nog weleens contact geprobeerd te zoeken, maar na verloop van tijd was ook dat opgehouden.

'We hebben een plek voor hem kunnen vinden in verzorgingstehuis De Adelaar, aan de rand van het dorp. Een gelukje, om eerlijk te zijn.'

'De Adelaar in 't Hoogeland?'

'Ja, vlak bij het huis waar uw vader nu woont.'

Reina had geen idee dat haar vader al die tijd in het dorp was blijven wonen. Ze had gedacht dat hij na zijn pensioen wel vertrokken zou zijn, terug naar Utrecht misschien, of in ieder geval het dorp uit. Hij kwam tenslotte helemaal niet uit die streek.

'En nu?'

'U zult wat papierwerk moeten ondertekenen en zijn huis zal leeggehaald moeten worden.'

'Is er niet iemand anders die dat kan doen?'

'U bent zijn directe familie, mevrouw Densink. Verhuizen is op deze leeftijd een hele overgang. Hij zal blij zijn om een bekend gezicht te zien.'

Reina zuchtte.

'Goed. Waar is het precies?'

Reina parkeerde haar auto op de oprit van een kleine jarendertigwoning. Het huis zag er slecht uit. De dakgoot hing scheef en verf bladderde van de kozijnen. Jarenlang was ze door deze straat gefietst, op weg naar school, naar vrienden, naar een wereld buiten de benauwde muren van het dorp. Ze had nooit veel acht geslagen op het kleine huis. Ze probeerde zich te herinneren wie er had gewoond maar het schoot haar niet te binnen.

Het knerpende grind van de oprit verried haar komst en Reina zag hoe achter het raam een kanten gordijn even bewoog. Ze sloeg het portier dicht en liep naar de voordeur, die openging voor haar hand de bel had bereikt.

'Wat ontzettend fijn dat u er bent.' Een jonge vrouw in een witte zorgjas stak haar hand uit. 'Ik ben Loe, ik werk voor De Adelaar.'

De vrouw deed een stap opzij en wees naar een kapstok, waar Reina haar jas ophing.

'U hebt uw vader net gemist. Ze hebben hem opgehaald en alvast naar zijn nieuwe kamer gebracht.'

Reina knikte.

Achter in de hal stond een deur open naar een kleine keuken. Reina zag hoe stapels vaat op het aanrecht stonden. Dat verklaarde de geur die in het huis hing. De vrouw wees om zich heen.

'Ik hoop dat het u lukt om dit niet als laatste herinnering te hebben. Je hoort weleens dat mensen blijven zitten met dat beeld, van een ouder die niet goed meer voor zichzelf kon zorgen op het eind en het allemaal maar een beetje heeft laten gaan. Maar los van zijn kortetermijngeheugen is hij nog een heel baasje, hoor. Hij wilde ook koste wat kost zelf het huis leegruimen, maar we hebben hem op het hart gedrukt dat dat echt niet nodig was.'

Ze glimlachte en legde even een hand op Reina's arm. 'Ik kan u verzekeren dat als uw vader eenmaal bij ons is, hij een heel eind op zal knappen. Dat zie je vaker bij korsakovpatiënten. Rust, reinheid en regelmaat doen wonderen. Vooralsnog is het alleen zijn kortetermijngeheugen, maar we willen natuurlijk niet dat de boel verslechtert.'

Reina knikte afwezig en knipte het licht aan in de keuken. De koelkast stond op een kier, op een van de plankjes lagen een met schimmel bedekt stuk kaas, een vergane komkommer en wat groen uitgeslagen brood. Met haar voet duwde Reina de deur dicht. De vrouw verscheen in de deuropening.

'Zodra u klaar bent met het huis kunt u ons een seintje geven. De kamer waar uw vader nu verblijft is door ons ingericht, maar hij zal blij zijn als hij straks weer omringd zal zijn door zijn eigen spulletjes.' Reina reageerde niet. De vrouw glimlachte.

'Nou, dan ga ik maar. Als u ons nodig hebt dan kunt u ons bereiken op het nummer dat op tafel ligt. Schroom niet te bellen.' Ze stak haar hand uit. 'We hopen u vaak te zien in De Adelaar, mevrouw Densink. Het is een eer uw vader bij ons te hebben wonen, mijn ouders kennen hem nog uit de kerk. Hij kon prachtig preken, daar heeft mijn familie het nog steeds weleens over.'

De vrouw liep naar de deur. Een laatste groetend gebaar, toen deed ze hem achter zich dicht.

Na het geratel van de vrouw was de stilte weldadig. Reina opende het kleine raam in de keuken; de stroom frisse lucht kietelde haar gezicht. Ze keek naar buiten. Het betegelde achtertuintje was overwoekerd door onkruid. Achter de heg piepte de kerktoren uit boven de huizen. Wat had de vrouw gezegd? Korsakov? Reina had er weleens van gehoord, maar wat het precies was? Een soort alzheimer, dacht ze. Ze pakte haar telefoon. *Het syndroom van Korsakov is officieel geen dementie. Het wordt veroorzaakt door een ernstig tekort aan vitamine B1. Het komt vooral voor bij mensen met alcoholproblemen die zichzelf ernstig verwaarlozen. Iemand met korsakov heeft geheugenverlies en vertelt fantasieverhalen.*

Reina schudde haar hoofd. Haar vader was altijd al een zwakkeling geweest, het verbaasde haar niets dat dat hiertoe geleid had.

Ze liep weg van het raam en stapte een kleine woonkamer binnen. Ook hier lag vuile vaat verspreid over de kamer. Op de houten tafel stonden borden met etensresten en ook naast de televisie, en onder de bank stonden halflege glazen en aangekoekte borden. Reina herkende meubels uit de pastorie, de salontafel met de stenen tegeltjes erop, de grote houten lamp met beige lampenkap, de kussens met gebreide hoezen, het oude notenhouten bureau dat altijd in zijn werkkamer had gestaan.

Ze liep de kamer rond, voorzichtig om niet te struikelen over lege flessen en vergeelde kranten. De boekenkast vol oude romans, christelijke boeken en naslagwerken. Een kleine vitrinekast met snuisterijen die haar moeder nog had gespaard. Vingerhoedjes, theelepeltjes.

Het viel haar nu pas op dat overal kleine briefjes lagen. *Om 17.15 tafel dekken. Om 9.00 ontbijten met boterham met kaas.* Wat had die vrouw van het tehuis ook alweer gezegd? Alleen zijn kortetermijngeheugen werkte slecht? Ze kon het nauwelijks geloven als ze naar de briefjes en de rotzooi om zich heen keek.

Reina liep naar het grote bureau dat in de hoek van de kamer stond. Haar vader had er een aantal fotolijstjes op gezet. Zij drieën, staande voor de kerk, het moest Kerstmis zijn geweest. Reina was een jaar of drie en had kleurige strikken in haar haar. Haar moeder droeg een wollen mantelpakje met een broche erop. Haar vader stond achter hen, zijn arm trots om zijn vrouw en dochter heen geslagen. Achter op het bureau stond een oude zwart-witfoto. Reina pakte het lijstje op. Een jonge man met een gitaar keek glimlachend de lens in. Dit moest haar oom Dirk zijn. Hoewel haar vader nooit over zijn oudere broer sprak, had haar moeder weleens verteld dat hij prachtig kon spelen.

Voor op het bureau stond de meest recente foto. Reina pakte het lijstje op. Ze kon zich de dag nog goed herinneren. Ze had zojuist haar diploma gehaald en stond in uniform voor de school van de Rijkspolitie. De rode bakstenen van het gebouw staken scherp af tegen het blauw van haar uniform. Ze glimlachte.

Reina trok de la van het oude bureau open. Dat haar vader het oude ding meegesleept had verbaasde haar. Het bureau was loeizwaar en minstens drie verhuizers hadden er waarschijnlijk hun rug op gebroken. Ze ging met haar hand door de la. Pennen, vergeelde enveloppen, paperclips, rollen plakband, een aantal sleutels. Wat een zooi allemaal. Reina schoof de la dicht en keek de woonkamer rond. In de hoek, half verscholen achter het gordijn, stond een houten kastje op ijzeren pootjes. Reina herkende het uit de pastorie. Had het ding niet ook in haar vaders werkkamer gestaan? Ze bukte en trok aan het deurtje, maar het gaf niet mee. Blijkbaar had haar vader het op slot gedaan.

Ze liep terug naar het bureau en pakte de sleutels die in de la lagen. Wie weet. Ze rommelde even met het bosje, tot ze bij de derde sleutel beet had. Het slot piepte kort en gaf toen mee.

Het kastje bleek metalen wanden aan de binnenkant te hebben. Was het een soort kluis? Reina stak haar hand naar binnen en haalde een oude bijbel eruit. Het bladgoud aan de zijkant glinsterde in het schaarse licht. Ze bladerde even door het boek; de flinterdunne pagina's voelden vertrouwd aan in haar handen.

Reina reikte met haar hand opnieuw in de kluis. Achterin lag een leren koffertje dat ze er met enige moeite uit kon halen. Ze duwde een paar vieze borden en glazen die op het bureau lagen opzij en legde het koffertje neer. Er zat een klein slot op, maar zodra ze op de metalen pinnetjes drukte gaf het mechanisme mee.

Reina kon haar ogen niet geloven. Gewikkeld in een kleine stoffen lap zat een pistool. Ze haalde de lap weg en woog het pistool in haar hand. Het moest een Walther P5 zijn, een oud dienstwapen van de politie. Hoewel het een oud model was herkende ze het van de opleiding. Hoe kwam haar vader hieraan? Snel liep ze terug naar de kluis. Achterin zaten een notitieboekje, een mapje met documenten en een dikke bruine envelop, waar *Titus Meijer* op stond.

Titus Meijer? Ze begreep er niets van. Niemand in de familie heette Meijer, haar vaders moeder niet, diens moeder niet – ze had zelfs nog nooit van de naam Titus Meijer gehoord. In de envelop die ze opende zaten briefjes van honderd gulden, netjes bijeengebonden in kleine stapeltjes. De briefjes knisperden in haar hand, alsof ze rechtstreeks van de pers kwamen. In het mapje zaten nog wat andere documenten waar Reina geen wijs uit kon worden. Losse documenten met schema's, een aantal tekeningen. Reina bladerde erdoorheen. Waren het gebruiksaanwijzingen? In tegenstelling tot de bankbiljetten zagen de documenten er gedateerd uit, oud en vergeeld.

Reina had de deur achter zich dichtgetrokken. Binnen was het een nog even grote rotzooi als toen ze aan was gekomen. Waarschijnlijk zou het tehuis een kringloop bellen om de boel leeg te trekken. Dat was hun probleem. Ze had lang genoeg met haar vader gedeald.

Nu stond ze voor het verzorgingstehuis. Ze keek omhoog naar de gevel: gespikkelde jarenzestigmuren, kleine ramen met kanten gordijnen, bloempotten met geraniums. Dus dit was waar haar vader zijn laatste dagen zou slijten.

De vrouw achter de receptie groette haar en wees naar een kleine kamer achterin. Reina liep met grote passen de gang door. Ze wierp een blik op de eetzaal, die naast de receptie lag. De hangende bejaarden in hun stoelen, de linoleumvloeren en de geur van doorgekookte sperziebonen deden haar maag samenknijpen. Zonder te kloppen stapte ze de kamer binnen.

Een man met grijs haar zat in een leunstoel bij het raam. Voor hem op tafel lag een dichtgevouwen krant, ernaast stond een onaangeroerd glas melk. Hij keek niet op toen ze binnenkwam. Zonder te aarzelen liep Reina naar hem toe en kieperde haar tas leeg boven de tafel. Het mapje met de documenten en de bruine envelop met de vreemde naam erop vielen met een plof neer op het tafelkleed.

'En? Wat heb je me te zeggen?'

Roodomrande ogen keken haar aan. Reina deed van schrik een kleine stap naar achter. Haar vader was in die jaren niet alleen oud geworden, het leek alsof hij bijna verdwenen was. De blouse om zijn armen slobberde en zijn huid was zo dun geworden dat de aderen als een rivierlandschap over zijn handen en slapen liepen.

29

'Reina?' Titus' ogen schoten over haar gezicht. 'Wat doe jij hier?'

'Ze belden. Ik ben nog steeds je enige dochter.'

Het kostte haar moeite het woord over haar lippen te krijgen. In al die jaren was ze Titus steeds meer als een vreemde gaan beschouwen. Als iemand die ooit haar vader was geweest. Alsof ze tegenwoordig wees was.

Beneden in de tuin liep een medewerker achter een rolstoel. In de stoel zat een vrouw, ineengedoken, haar kin bijna op haar knieën. Reina tikte met haar vinger op het mapje documenten.

'Wie is Titus Meijer?'

Titus wees naar de vrouw die de rolstoel duwde. Hij glimlachte.

'Dat is Loe. Aardige meid is dat.'

'Pap. Wie is Titus Meijer?'

Haar vader trommelde even met zijn vingers op het tafelblad voor hij haar aankeek.

'Dat ben ik.'

'Titus Densink bedoel je.'

'Dat ook.'

Reina schudde haar hoofd. Als ze de papieren niet gevonden had, zou ze denken dat haar vader gek geworden was. Maar het bewijs lag voor haar: er was een link tussen haar vader en deze Titus Meijer. Alleen had ze geen idee wie het was en waarom haar vader spullen van hem had bewaard.

Reina opende haar tas en haalde er het leren koffertje uit. Ze klikte het open en sloeg de stoffen lap weg waarmee het pistool afgedekt was.

'Hoe kom je hieraan?'

Titus' ogen werden groot. Verschrikt keek hij naar de deur,

die nog op een kiertje stond. Reina volgde zijn blik en liep naar de deur. Toen ze hem dichtgedaan had en zich omdraaide had Titus het wapen gepakt. Hij woog het in zijn handen.

'Fijn hè? Past precies.'

Ze had precies hetzelfde gedacht toen ze het wapen uit de kluis in haar handen had genomen. Het metaal van het wapen was als een handschoen die je aantrok en niet meer uit wilde trekken.

'Weet je wat het is, Reina? Ik heb altijd mijn best gedaan.' Titus keek haar nog altijd niet aan. 'Voor jullie, voor Nederland. Maar blijkbaar niet genoeg. Blijkbaar was het niet genoeg.'

Voor Nederland? Waar had hij het over? Reina boog zich voorover naar haar vader.

'Wat heb je gedaan voor Nederland? Waar heb je het over?'

'Je gaat me toch niet geloven.'

'Probeer maar.'

Titus schudde zijn hoofd.

'We hebben het recht vergeten te worden.'

'Wie? Waar heb je het over?'

'Wij allemaal. Van Stay Behind. We hebben het recht vergeten te worden.' Hij legde het pistool terug in de koffer. 'Alleen wat erkenning. Maar zelfs dat was blijkbaar te veel gevraagd.'

Beetje bij beetje had ze hem informatie weten te ontfutselen. Blijkbaar was haar vader na de oorlog gerekruteerd voor een geheime verzetsorganisatie, tegen de Russen. Maar wat hij precies had moeten doen en waarom hij juist deze spullen bewaard had was haar niet duidelijk geworden. Langzaam had haar verbazing plaatsgemaakt voor woede. Als zij de spullen niet gevonden had, had hij dan voor altijd zijn mond gehouden? Waarom had hij haar nooit eerder in vertrouwen genomen? Haar hele jeugd had hij haar voorgelogen. Met zijn schijnheilige gepreek over 'goedheid' en 'vertrouwen'. Waarom had hij hén niet vertrouwd? Ze zou juist trots zijn geweest op hem. Maar Titus was zijn hoofd blijven schudden. Niemand had het mogen weten, alles diende in het grootste geheim te gebeuren. In de oorlog was gebleken hoe kwetsbaar het verzet was geweest. Hoe meer mensen ervan wisten, hoe groter de kans was dat alles als een kaartenhuis ineen zou vallen.

Reina had hem woedend aangekeken. Zij waren toch niet iederéén?

'En mama?'

Titus had zijn hoofd geschud. 'Niemand mocht iets weten.'

Na een halfuur had er iemand op de deur geklopt. Reina had snel de spullen terug in haar tas gedaan.

'Gaat het allemaal goed hier? Ik stel voor dat uw vader even uitrust nu, het is nogal een overgang allemaal.' Loe stond in de deuropening. 'Maar u mag natuurlijk morgen terugkomen. Zo vaak u wilt.'

Ze was naar Titus toe gelopen en had een hand op zijn arm gelegd. 'Dat zal uw vader alleen maar fijn vinden. Toch, meneer Densink?' Ze had naar het glas melk gekeken dat nog altijd op tafel stond.

'U moet wel even wat drinken, dat hadden we afgesproken.' Ze keek hem streng aan. Titus had het glas gepakt en een paar slokken genomen. Reina had haar blik afgewend, ze kon het niet aanzien. De schijnheiligheid, de hypocrisie. Ze was opgestaan, had haar tas gepakt en was de deur uit gelopen.

Thuis had ze niet kunnen slapen. Haar hele jeugd, al die jaren dat ze samen in één huis hadden gewoond – het bleek allemaal één grote leugen. In flitsen kwam het allemaal terug. De geheimzinnigheid, de spanning thuis, zijn werkkamer, het drinken. Al die jaren dat ze had gedacht dat haar vader een ander had gehad, dat haar moeder had gedacht dat hij een ander had gehad. Haar woede om zijn afwezigheid, om zijn hypocrisie, om de fles waar hij telkens naar had gegrepen. Niet dat ze hem vergaf, absoluut niet, maar het voelde alsof er een puzzelstukje op zijn plek was gevallen.

Ze draaide zich op haar zij en staarde naar de muur. En dat alles in dienst van de overheid. Ze kon er niet bij met haar gedachten. Ze merkte dat ze steeds kwader werd, op haar vader. Dat hij zijn leven zo had laten bepalen door mensen die als het erop aankwam hem als een baksteen hadden laten vallen. Maar ook op de overheid zelf – hadden ze enig idee wat het had gedaan met haar? En met hen als gezin? Ze had haar vader vijftien jaar niet gezien. Vijftien jaar! En dat alles omdat zíj hem hadden geronseld voor een of andere organisatie en opgedragen hadden zijn mond erover te houden. Om hem vervolgens aan zijn lot over te laten toen hij niet meer nodig was.

In haar buik nestelde zich een bal van woede. Hoe durfde de overheid zó met haar eigen mensen om te gaan. Mensen die zich met ziel en zaligheid ingezet hadden voor Nederland. Die bereid waren om te liegen tegen hun naasten, jaren- en jarenlang. Reina probeerde na te gaan of ze ooit iets over Stay Behind had gelezen in de krant. Ze pakte haar telefoon erbij en googelde. Een aantal publicaties, maar niets officieels. Geen erkenning, excuses of rechtzetting. Ze wist niet wat ze had verwacht, maar helemaal niets? Dat kon toch niet.

Ze beet op haar nagel, die zachtjes begon te bloeden. De spullen uit de kluis, waarom zou hij juist die bewaard hebben? Had hij ze mogen houden of had hij ze stiekem nooit teruggegeven? Het leek haar sterk dat ze waren vergeten zijn wapen in te nemen. En al die stapels geld, hoe kwam haar vader dáároan? Ook de documenten bleven een raadsel.

Plotseling herinnerde ze zich het notitieboekje dat ook in de kluis had gezeten. Ze knipte het lichtje naast haar bed aan en liep naar de woonkamer, waar haar tas stond. Ze ging aan tafel zitten en sloeg het boekje open. Het priegelige handschrift was onmiskenbaar van haar vader. Het boekje ging terug tot de jaren zeventig. De notities gingen over ene Karel.

Ze bladerde verder door het boekje. Opmerkingen over morse, en iets wat ervoor in de plaats was gekomen. Ze kon er geen touw aan vastknopen. Dat was waarschijnlijk ook de bedoeling: haar vader zou nooit zo onzorgvuldig zijn om staatsgeheimen neer te pennen. Zeker nu ze wist dat hij al die jaren zijn mond had gehouden verwachtte ze geen grote onthullingen.

Ze bladerde naar het eind van het boekje. De notities hielden op in de jaren negentig. Ene Marius werd nog genoemd, daarna stopte het ineens.

Ze bladerde terug naar het begin. De eerste notitie was uit 1962, ze moest toen vier jaar zijn geweest. Een opdracht van Karel om een lijst samen te stellen. Ze kon er geen wijs uit worden. Ze bladerde verder. Notities over Cuba, ene Peter. Blijkbaar had haar vader zich ernstig zorgen gemaakt over de Cubacrisis. Er stond iets over een evacuatieroute, koffers die gepakt zouden zijn, jerrycans die gevuld zouden zijn. Ze was te klein geweest om het zich te herinneren, maar nu ze er langer over nadacht begon er wel iets te dagen. Had haar moeder later niet verteld dat ze met de auto een reis zouden maken, die plotseling niet door was gegaan? Ze had vaak grappen gemaakt over de onvoorspelbaarheid van Titus, hoe hij plotseling kon roepen dat ze op reis zouden gaan, en het volgende moment dat het toch beter was om thuis te blijven. Haar moeder had er altijd om gelachen.

Plotseling viel Reina's blik op een naam die ze kende. Koen Verstek. Haar eerste vriendje. Wat deed híj in dit boekje? Ze bladerde verder. Vergaderingen van de CPN die plaats hadden gevonden in de buurt, de tijden en data netjes genoteerd onder elkaar. Maar ook wie lid waren geweest van de partij; een aantal namen kwam haar bekend voor, het waren gemeenteleden uit de kerk geweest. Reina sloeg een bladzij om. Weer de naam van Koen, nu zelfs met het adres en telefoonnummer erbij. Ook de ouders van Koen stonden genoteerd. Reina herinnerde zich dat ze haar vader ooit had verteld dat zij lid waren van de Communistische Partij. Blijkbaar had hij het er niet bij laten zitten, want hij had ook genoteerd bij welke vergaderingen ze aanwezig waren geweest, hoe vaak en wat er in grote lijnen die avond gezegd was.

Wat gebeurde hier? Reina herinnerde zich hoe boos haar vader was geworden toen ze zelf bij de CPN was geweest. De ruzie die ze hadden gehad over de poster die ze voor het raam van haar kamer had gehangen. Het geschreeuw dat hij niet wilde dat ze nog langer met Koen om zou gaan. Maar ook hoe hij haar plotseling had laten begaan. Ze had altijd gedacht dat hij haar vanaf toen serieus was gaan nemen. Dat hij in was gaan zien dat Reina een persoon van vlees en bloed was: iemand met haar eigen mening, een eigen wereld.

Maar nu ze in het boekje bladerde bekroop haar een ander gevoel. Hij had haar niet vrijgelaten, hij had haar gebruikt.

Reina gooide het notitieboekje voor Titus op tafel. Net als gister zat hij aan de tafel bij het raam. Met zijn ogen volgde hij een mus die van prullenbak naar prullenbak vloog op het piepkleine pleintje tussen de kamers in.

'Dit gaat over de CPN. Dingen die ík jou heb verteld.' Haar vader keek haar niet aan. Reina bladerde woest door het boekje en wees naar de notities.

'Hier, Koen Verstek. Dat was míjn vriendje. Wat doet hij hier?'

Haar vader antwoordde nog altijd niet. Deed hij alsof hij haar niet hoorde?

'Je hebt me gewoon gebruikt, alsof ik een handige bron was die je in kon zetten.'

'Dat is niet waar, Reina.' Plotseling keek hij haar aan. 'De CPN was gevaarlijk. Ik deed wat ik moest doen.'

'O ja? En die lijst met al die namen? Hoe zit het daarmee? Betekent dat dat als de Russen zouden komen, dat er een agent met jouw boekje in de hand langs de huizen zou gaan? Alle vermeende communisten een kopje kleiner zou maken, alleen omdat ze geloofden in een ander systeem dan het kapitalistische?' Reina snoof. 'Dáárom waren het allemaal verraders?'

Haar vader zweeg. Reina tikte met haar hand op het notitieboekje.

'Dat jij zo nodig de held wilde uithangen bij Stay Behind was jouw keus. En dat ze jou daarvoor hebben misbruikt, is iets waar je zelf mee in het reine moet komen. Maar dat je mij voor je vieze zaakjes gebruikt hebt vergeef ik je nooit.'

Haar vader staarde voor zich uit. Reina voelde hoe de bal in haar buik verhardde.

'Waarom heb je dit bewaard?'

'Omdat, omdat...' Haar vader zuchtte hoorbaar. 'Omdat het niet goed is, Reina.'

'Nee, dat kun je wel zeggen.'

'Stay Behind had nooit mogen stoppen.'

Reina keek haar vader vol ongeloof aan. 'Je bedoelt dat je ermee dóór had willen gaan?'

Titus keek langs haar heen. Ze schudde hem ruw aan zijn schouder.

'Wat zeg je nou eigenlijk? Wat bedoel je?'

'Wat ik zeg: Stay Behind had nooit mogen stoppen.'

Titus schudde gefrustreerd zijn hoofd. 'Ik heb Marius nog gewaarschuwd, maar hij zei dat het goed was. Dat het gevaar geweken was. Maar het wás niet goed.'

Ze begreep er niets van. Marius, was dat iemand van de organisatie geweest? Ze had zijn naam in het boekje zien staan, maar dat was dan ook alles.

'En nu is Nederland zwak. We hebben niets meer. Geen defensie, geen verzet, niets.' Hij keek Reina fel aan. 'Russen zijn klootzakken, het zijn gevaarlijke gekken. Je moet ze nooit vertrouwen. Nu niet, nooit niet. Ik heb het altijd gezegd.' Hij staarde uit het raam. 'Het is allemaal voor niets geweest. Al die jaren. En nu is bijna alles weg. Het netwerk, de routes, bijna alle wapens. En waarom? Voor goedkoop gas. Daarom hebben we ons schild laten zakken. De overheid heeft ons in de steek gelaten.'

Reina knikte. Plotseling kneep ze haar ogen samen.

'Hoe bedoel je, "bijna" alles is weg?'

Haar vader antwoordde niet.

'"Bijna alles is weg", dat zei je net. Wat bedoel je daarmee? Wat is er dan nog over?'

Titus staarde uit het raam. De handen in zijn schoot waren gebald tot vuisten.

'Pap?'

Toen ze in de auto stapte, lagen de documenten, het leren koffertje en het notitieboekje van haar vader naast haar op de stoel. Terwijl ze het parkeerterrein van het verzorgingstehuis af reed, wierp ze er een steelse blik op. Op het communisme was ze allang uitgekeken. De CPN was langzaam maar zeker veranderd in een marginale partij. En toen ze fuseerden met een stelletje klimaathippies en christenen was het helemaal einde verhaal geweest. Jarenlang had ze zich niet met politiek bemoeid. Totdat Nederland Vooruit opgekomen was. Daar herkende ze voor het eerst het vuur weer, de woede tegen de gevestigde orde, tegen de elite die zich verheven voelde boven de gewone man. En toen politici bleven liegen over Groningen, over de gaswinning, de afhandeling, was er iets geknapt in haar. Maar wat ze had kunnen doen was haar een raadsel gebleven. Tot nu.

Reina draaide de weg op, in haar achteruitkijkspiegel zag ze het tehuis van haar vader steeds kleiner worden. Weer wierp ze een blik op de spullen van haar vader. Plotseling vielen alle puzzelstukjes op zijn plek. Ze zou haar vader vragen wat hij allemaal nog wist van Stay Behind. Hij had het over wapens gehad, over een netwerk, over routes. Ze zou hem uithoren, stukje voor stukje. En daarna zou ze Nederland een lesje leren. Hoe, dat wist ze nog niet, maar dat het gebeuren moest, was zeker.

30

1 dag tot de aanslag

Hoewel hij het adres ingevoerd had op zijn navigatie was hij het dorp bijna weer uit gereden – zo klein was het. Jonathan kijkt omhoog naar de gevel van het verzorgingstehuis. In zwierige letters staat het er: *DE ADELAAR*. Achter de ramen hangen kanten gordijntjes, er staan een paar potten geraniums met geelgerande bladeren, een enkele kandelaar. Verderop is een klein koepeltje te zien, vermoedelijk een kapel die bij het gebouw hoort.

Als Jonathan door de schuifdeuren loopt ziet hij achter de receptie een jonge vrouw zitten. Jonathan leunt met zijn armen even op de balie en kijkt haar glimlachend aan. 'Goedemorgen. Ik kom voor meneer Densink.' Hij kijkt naar haar naambordje, waar LOE LEMSTRA op staat.

'Bezoek voor meneer Densink, wat leuk.' Ze neemt hem even op. 'Ik heb u hier niet eerder gezien, klopt dat?'

Jonathan schudt zijn hoofd. 'Nee, dat klopt. Ik bezoek hem voor het eerst. Mooie plek hier.' Hij kijkt even om zich heen.

'We zien niet vaak nieuw bezoek. Mag ik vragen hoe u meneer Densink kent?'

'Natuurlijk mag dat, Loe.' Jonathan laat zijn blik over haar heen gaan. Onder het kraagje van haar jas piept een klein zilveren kruisje uit. 'Ik schrijf voor het *Dagblad van het Noorden*. Meneer Densink heeft een buitengewoon interessant leven geleid, en ik zou hem daar graag wat vragen over stellen. Misschien dat ik een stuk over hem ga schrijven.'

Loe aarzelt even, alsof ze moet nadenken waar hij op doelt. Dan verschijnt er een glimlach op haar gezicht. 'Ja, meneer Densink was een geweldige dominee. Daar hoor ik mijn familie ook vaak genoeg over. Weet hij dat u komt?'

'Ik hoop het wel. De afspraak is al een tijdje geleden gemaakt.'

Loe knikt. Ze wijst naar een lange gang achter de receptie. 'Hij zit op nummer 19. Als u even klopt dan weet hij dat er iemand aankomt, dat vindt hij altijd fijn. Leuk hoor, dat hij bezoek krijgt. Ik ben benieuwd naar uw artikel straks.'

De kamer ligt aan de voorkant van het gebouw. Jonathan klopt op de deur. Als er geen reactie komt klopt hij nogmaals. Wat harder deze keer.

'Meneer Densink?'

Achter de gesloten deur hoort hij hoe iemand zijn keel schraapt.

'Meneer Densink?'

'Binnen.'

Jonathan duwt de deur open. Bij het raam zit een man met grijs haar in een grote leunstoel. Voor hem op tafel ligt een krant, en ook op de grond liggen kranten.

'Jou ken ik niet. Ben je nieuw?'

'Ik ben David. Vindt u het goed als ik binnenkom?'

De man haalt zijn schouders op en wijst naar een stoel.

'Ik studeer Geschiedenis en ik zou u graag wat vragen willen stellen, als dat mag. Over Stay Behind.'

De ogen van de man glijden over zijn gezicht.

'Vragen mag altijd. Of ik antwoord geef is een tweede.'

Jonathan schuift zijn stoel iets dichterbij, zodat hij vlak bij Titus zit.

'Ik kwam erachter dat u ontzettend lang de organisatie hebt gediend. Uw naam dook op bij zoveel prachtige operaties. En dan te bedenken dat ik nu gewoon tegenover u zit. Ik voel me vereerd.'

Op Titus' gezicht is een kleine glimlach verschenen. Hij knikt voorzichtig.

'Zou u mij iets meer willen vertellen over wat u al die jaren gedaan heeft? Wat de belangrijkste dingen waren die u moest doen? Ik neem aan dat het allemaal in het grootste geheim was.'

Titus kijkt naar buiten; de boomtoppen zijn nog kaal. Binnenkort zullen er groene uitlopers verschijnen. 'Ach. Het belangrijkste was om nooit de Russen te vertrouwen.'

'Toen niet, bedoelt u?'

'Nooit niet.'

Jonathan kijkt naar de kranten op de vloer. De koppen over Oekraïne, over Poetin, de wapens die Zelensky hoopt te krijgen.

'Wij zouden het verzet leiden, alles op poten zetten als de Russen hier voor de poort zouden staan.'

Titus gaat even verzitten. Het leer van de stoel kraakt in de stille kamer.

'En ik begreep dat alle Stay Behind-agenten ook wapens hadden?'

'We hadden een heel arsenaal, ja. We moesten onszelf kunnen verdedigen. Maar toen het opgedoekt werd is alles opgehaald. Ik heb zelf nog een cache geruimd voor ze.'

'Alles werd opgehaald?'

'Ja.'

'En wisten veel mensen af van uw rol bij de organisatie? Uw naaste familie?'

'Niemand. Behalve degenen die het moesten weten.' Titus schudt verwoed zijn hoofd. 'Ik heb altijd mijn mond gehouden, zoals ze vroegen. Zelfs mijn vrouw en dochter wisten van niets.' Titus zucht verbeten. 'Niet dat ik niet trots was. We hadden het geweldig voor elkaar. Alles was tot in de puntjes uitgedacht.'

'Dat lijkt me behoorlijk moeilijk. Al die tijd een dubbelleven leiden.' Jonathan kijkt Titus aan. Op tafel ligt een notitieblok. Hij ziet nu pas dat Titus er dingen op gekrabbeld heeft. *Krant uit de bus halen. Naar beneden om te eten.*

Titus legt zijn hand beschermend op het papier. 'De kleine dingen zijn moeilijk, op een dag. Maar alles van vroeger werkt nog prima.'

Jonathan knikt begripvol. 'Is er nog veel bewaard gebleven van toen?'

'Nee. Zoals ik al zei kwamen ze langs om alles mee te nemen. Maar de meeste dingen stonden niet op papier, die lagen hier opgeslagen.' Hij tikt even met zijn vinger op zijn slaap. 'Dat was het veiligst.'

'Dat kan ik me voorstellen. En wat voor dingen waren dat?'

'Namen van contactpersonen, routes voor evacuatie, hoe de belangrijkste leidingen liepen, dat soort dingen.'

'Leidingen?' Jonathan schuift iets naar voren. 'Wat voor leidingen bedoelt u?'

Titus pakt het notitieblok dat op tafel ligt. Met grote halen trekt hij een aantal lijnen over de bladzijde. Hij tikt op de bladzijde.

'Voor brandstof. Bij bezetting heb je een constante aanvoer van brandstof nodig. Anders ben je nergens.'

Jonathan buigt zich naar voren en bestudeert de tekening. 'En die leidingen lopen nog steeds door Nederland?'

'Zeker. Ze zijn toen aangelegd met hulp van de NAVO. Die dingen zijn niet stuk te krijgen.'

'En u weet zeker niet meer toevallig hoe die leidingen precies liepen?'

Titus trekt het papier naar zich toe. 'Van het midden naar het oosten richting Duitsland, en naar het zuiden richting België.' Titus wijst naar een punt midden op het papier. 'Het werd allemaal verdeeld vanuit hier.'

Jonathan probeert het priegelige handschrift te ontcijferen. 'Portugal?'

'Poortugaal. Daar was de controlekamer. Vanuit die kamer kon je alles bedienen.'

Jonathan voelt hoe zijn hart sneller begint te kloppen.

'Er was één controlekamer die alle leidingen aan kon sturen?'

'Ja. Die werd goed bewaakt, hoor. Maar in geval van nood zouden we vanuit daar alles kunnen regelen.'

Jonathan staat op. Hij moet Kevin spreken, zo snel mogelijk.

'Het spijt me, meneer Densink, ik moet gaan. Het was ontzettend fijn u te zien.'

'Heb je genoeg voor je studie, David?'

Jonathan knikt. 'Voor nu wel. Maar ik kom graag snel terug.'

'Je bent altijd welkom. Zoveel bezoek krijg ik niet.'

Bij de deur draait Jonathan zich om.

'Uw dochter komt niet vaak?'

Titus schudt zijn hoofd. Zijn mond is vertrokken tot een wrange streep.

'Ik heb haar al jaren niet gezien.'

Als Jonathan de deur achter zich dichttrekt ziet hij hoe Loe verderop in de gang bezig is een vrouw in een rolstoel terug naar haar kamer te brengen.

'Hoe was het met meneer Densink?'

'Goed, hij was heel helder.' Jonathan knikt de mevrouw toe. Ze lijkt in slaap, haar kin hangt op haar borst.

'Wat fijn. Het verschilt enorm per dag hoe goed hij is. Dat zie je vaker bij korsakovpatiënten, hoor, dat is heel normaal.' Loe legt even haar hand op de schouder van de vrouw.

'Korsakov?'

'Ja, nogal vaak diep in het glaasje gekeken, als u begrijpt wat ik bedoel. Zijn geheugen is niet meer wat het geweest is, maar het verschilt enorm per dag. Meestal werkt vooral het kortetermijngeheugen slecht, maar soms beginnen ze ook gewoon van alles te fantaseren. Ach, ze bedoelen het goed, hoor. Maar je moet hiet niet te serieus nemen allemaal.'

De vrouw in de rolstoel richt even haar hoofd op, dan zakt het weer op haar kin.

'Als je het met een een korrel zout neemt, dan is er niets aan de hand.' Loe trekt de hendel van de rolstoel af en duwt de vrouw de drempel over.

'Hij vindt het vast heerlijk dat u er was. Komt u snel weer?'

'Ik ga mijn best doen.'

'Mooi. Meestal zien we alleen zijn dochter hier namelijk, dus wat afwisseling is altijd goed.'

'Zijn dochter? Reina?'

'Ja, Reina inderdaad.'

'Ik begreep dat die al jaren niet geweest is.'

'Zei hij dat?' Loe plukt een pluisje van haar uniform. 'Nou, zo zie je maar wat een grapjas het is.'

Jonathan kijkt haar niet-begrijpend aan.

'Ze was hier twee weken geleden nog.'

'En, was de oude baas nog een beetje helder?' Kevins stem schalt door zijn telefoon. Jonathan slaat het portier van zijn auto dicht.

'Ik hoop het. Hij heeft korsakov.' Gehaast drukt hij de startknop in.

'O, shit. Dus zijn geheugen is aan gort?'

'Daar gaan we nu achter komen.' Jonathan draait de auto de oprit uit, weg van het tehuis, weg van het dorp. 'Je moet iets voor me opzoeken. Titus vertelde over oude leidingen die nog door Nederland schijnen te lopen.'

'Wat voor leidingen? Gas? Water?'

'Brandstof. Kerosine.'

Kevin tikt op de achtergrond iets in op zijn computer.

'Oké. En dan hebben we het over de jaren vijftig toch?'

'Eind jaren vijftig vermoed ik. Hartje Koude Oorlog.'

De auto zoeft over de weg. Hij moet zo snel mogelijk terug naar de dienst zien te komen. Er is geen tijd te verliezen. Zijn navigatie geeft aan dat het nog meer dan 200 kilometer is. 'Ik ben onderweg, maar het is echt een takke-eind.'

'Ik heb hier een oud pijpleidingstelsel van defensie, wordt nu beheerd door de Defensie Pijpleiding Organisatie. Aangelegd rond 1957, transport: kerosine. "Leidingen liepen onder andere naar militaire vliegbases in Nederland en Europa, en civiele vliegvelden zoals Schiphol", staat hier.'

'Oké, en worden die pijpleidingen nog gebruikt?'

'Zo te zien delen ervan wel, maar niet alles.'

'Dat zal het zijn.'

Jonathan neemt de oprit naar de snelweg. Zijn teller begint op te lopen, 100 – 120. Nog even en hij tikt de 150 aan.

'Hij had het ook nog over Poortugaal. Dubbel oo, dubbel aa.'

'Je kan zo meedoen aan *Lingo*.' Kevin grinnikt. Op de achtergrond hoort hij hoe Kevins vingers over het toetsenbord gaan. 'Poortugaal. Ja, daar zit nog steeds de centrale controlekamer. Vanaf daar wordt alles verspreid.' Kevin lacht kort. 'Ik vermoed dat ik weet welk besturingssysteem ze daar hebben.'

Jonathan kijkt naar de teller, hij rijdt inmiddels bijna 170. De boetes kunnen hem niet schelen, dat mogen ze bij de dienst oplossen.

'Oké, dus dat is het plan? Kerosine via oude leidingen laten lopen om ergens de boel te laten ontploffen?'

'Waarschijnlijk. De vraag is waar.' Buiten zoeft het landschap voorbij. 'Zit er een kaart bij, waar ze precies lopen?'

'Ja. Probleem is alleen dat die leidingen meer dan 550 kilometer lang zijn. Vanuit Poortugaal lopen ze naar Schiphol, Europoort, Eindhoven Airport, richting Duitsland, haven van Antwerpen... Alles wat belangrijk is, eigenlijk.'

Jonathan zucht. 'Dus we weten nog niks.'

'Niet genoeg, in ieder geval.'

Jonathan drukt het gaspedaal verder in.

'Dan zit er maar één ding op: hopen dat we erachter komen voordat het te laat is.'

31

Jonathan parkeert zijn auto voor het gebouw van de dienst. Hij slaat het portier dicht en rent naar binnen. Ongeduldig drukt hij op de knop van de lift. Had Titus gelogen over hoelang hij Reina al niet had gezien? Of was zijn korte termijngeheugen door zijn ziekte echt zo slecht? Wat betreft de leidingen had hij in ieder geval de waarheid gesproken. En tot dusver klopten alle puzzelstukjes met de controlekamer ook.

Jonathan ademt diep in en uit. Waar blijft die rotlift?! Hij moet zo snel mogelijk Victor aan boord zien te krijgen. Wie weet wat Reina allemaal van plan is, ook zonder hem.

'Kan ik binnenkomen?'

Victor wenkt hem en Jonathan neemt plaats tegenover het bureau.

'Reina blijkt de dochter van Titus Densink, oud-Stay Behind-agent. Dienstnaam Meijer.'

Victor schuift zijn bril op zijn voorhoofd. 'En dat weet je zeker?'

'Ik heb hem gesproken.'

Victor knikt goedkeurend.

Jonathan buigt zich naar voren en pakt een glas water dat op tafel staat. 'Mag ik? Sorry, ik heb de trap op gerend. Die lift...' Victor aarzelt even, dan knikt hij zuinig.

'Hebben we een profiel van haar?'

'We weten vrij weinig. Ze heeft zich de afgelopen jaren gedeisd gehouden.'

'Hm.' Victor wrijft met zijn hand over zijn gezicht. 'Weet je wat ze wil? Wat haar plan is?'

'"Nederland een lesje leren." Haar woorden.' Jonathan zet het glas terug op het bureau. 'Ik ben net bij Titus geweest en vermoed dat ze via hem nog toegang tot informatie heeft uit die tijd. De wapens die Cas liet zien matchen, dus god weet wat ze allemaal nog meer heeft. Stay Behind-agenten hadden destijds nogal de vrije hand, zeker saboteurs.'

Jonathan gaat even verzitten op zijn stoel. 'Wat we nu denken is dat ze via een oude kerosinepijpleiding een aanslag wil plegen.'

Victor staat op van zijn stoel en begint door de kamer te lopen. 'Een aanslag? Op wat?'

'Het lijkt erop dat ze zich richt op een vliegveld. Schiphol, Rotterdam, Eindhoven, misschien zelfs Antwerpen of Duitsland. Die leidingen lopen ook daarheen. We zijn het nu in kaart aan het brengen. Maar het lijkt me verstandig om het dreigingsniveau alvast op te schroeven.'

'Dat lijkt jou verstandig?' Victor kijkt hem geringschattend aan. 'Voor zover ik weet ben ik nog altijd degene die adviseert wanneer de NCTV dat doet.'

Victor ijsbeert verder door het kantoor. 'Dus als ik het goed begrijp hebben we het hier over een geradicaliseerde groep met aan het hoofd een lone wolf die niet alleen toegang heeft tot wapens maar ook tot uiterst geheime informatie. Maar we hebben geen weet van haar plan, alleen een vaag omlijnd idee.'

'Ja, hoewel...'

'Motivatie?'

'Wraak. Blijkbaar heeft Titus al die jaren zijn mond gehouden over Stay Behind. Als je daar na al die jaren achter komt is dat natuurlijk behoorlijk een schok. Ik vermoed dat ze de overheid de schuld geeft van alles. Mislukte jeugd, wellicht een slechte band met haar vader. En dat in combinatie met de problemen in Groningen, waar ze opgegroeid is. De aardbevingen, de gaswinning, het "gelieg en gedraai" – zoals veel Groningers het noemen.'

Victor zucht. 'Hoe staat het met de besturingssystemen die ze wilde kraken?'

'Heeft Kevin met andere TD'ers op zich genomen, dat is gelukt. We weten dus nog steeds niet precíés wat haar target is. Maar het kan snel gaan, ze zijn al lange tijd met de voorbereiding bezig.'

'Jonathan, ik leg mijn hoofd hier op het hakblok voor je. Dus ik wil dat je zeker bent van je zaak als we hiermee doorgaan.'

'Ze heeft de wapens, toegang tot informatie en de motivatie is gegrond.'

Victor staart een tel uit het raam.

'Goed. Voor nu is het belangrijk dat jij contact met haar blijft houden. Blijven communiceren, blijven praten. Laat haar zo meteen weten dat jij klaar bent voor de volgende stap. Hopelijk krijgen we snel het beeld compleet en zijn we haar op die manier vóór.'

'En de NCTV?'

'Ik zal ze op de hoogte brengen van waar we nu staan en zorgen dat de *Ops Room* gebrieft is, ook richting België en Duitsland. Ik neem aan dat alles netjes gerapporteerd is?'

'Ja.'

Victor knikt goedkeurend. 'Is er verder nog iets wat ik moet weten?'

Jonathan haalt zijn schouders op. 'Niet dat ik weet.'

'Goed, houd me op de hoogte.'

Jonathan staat op en loopt naar de deur. Met zijn hand op de klink draait hij zich om.

'Ja, Jonathan. Wat is het?' Victor kijkt hem aan. Jonathan aarzelt even.

'Ik moet dinsdag langs bij de BVA.'

Victor staart hem even aan en laat zijn blik over Jonathans gezicht dwalen. Dan knikt hij.

'Goed. Richt jij je op deze zaak, dan zal ik Denise een mailtje sturen dat ze anderen eerst moet laten gaan.'

Hij draalt even bij de deur, Victor trekt een wenkbrauw op.

'Zeg het maar.'

'Kevin is ook opgeroepen.'

Victor wrijft vermoeid over zijn gezicht. 'Goed, ik mail voor jullie alle twee. En nu aan de slag.'

'Ik ga vanavond bij Babs langs.' Jonathan kijkt naar Kevin, die met zijn vuist op het koffieapparaat in het keukentje beukt.

'Je moet hier slaan, dat is d'r *weak spot.*' Hij wijst naar een deuk in het aluminium aan de zijkant van het apparaat.

'Om het te hebben over dat artikel?' Kevin verplaatst zijn vuist en slaat opnieuw op de machine. Tot zijn verbazing begint het apparaat te sissen en drupt er koffie in zijn bekertje.

'Als ik haar een paar dagen kan vertragen is het genoeg.'

Jonathan leunt tegen de hoge tafel in het keukentje. Hij pakt zijn telefoon uit zijn zak en stuurt Reina een bericht.

Het is gelukt. Wanneer zien we elkaar?

Hij scrolt door het platform. Het is rustig, zowel Ida als Cas heeft niets gepost.

Goed werk. Morgen zelfde plek. We zijn er klaar voor.

Jonathan draait de mobiel naar Kevin toe en toont hem het bericht dat zojuist op zijn scherm is verschenen.

'Blijkbaar heeft ze haast, ze reageert meteen.'

'"We zijn er klaar voor?"' Wat betekent dat?'

Jonathan staart naar het bericht.

'Dat weten we morgen. Als we geluk hebben komen we er dan achter wat haar target is en kunnen we het nog voorkomen.'

'En als we pech hebben?'

'Dan is morgen de dag. En werken we er zelf aan mee.'

Het huis van zijn zus ligt in een buurtje vol rommelige kleine supermarkten, hun waar uitgestald in dozen op straat, afgewisseld met koffietentjes waar een latte macchiato hetzelfde kost als dertien aubergines bij de Turkse supermarkt. Jonathan kijkt omhoog naar het balkon van het kleine appartement. Aan de rand hangen bakken met bloemen, de kopjes ervan wiegen bruin en lusteloos in de wind. Hij drukt op de bel. Waar vroeger een naambordje hing prijkt nu een leeg vakje. In een linnen tasje aan zijn hand rinkelen flessen.

'Hallo?' De stem van Babs klinkt aarzelend door de intercom.

'Ik ben het. Je lievelingsbroertje.'

'O, hé!' Hij hoort hoe haar stem een octaaf omhooggaat, wat altijd gebeurt als ze verbaasd is.

'Ik dacht, ik kom even langs. Kijken of m'n zus nog een cocktail lust.'

'Heel grappig.'

'Of ben je druk?'

'Ik ben bezig met dat stuk voor de krant, het moet zo de deur uit.'

'Eén drankje. *I make a mean martini.*'

Even valt het stil, dan vliegt de deur met een zoem en een klik open.

'Oké, eentje dan.'

Jonathan legt zijn tas op het aanrecht neer en stalt de flessen een voor een uit. Ook de cocktailglazen haalt hij voorzichtig uit zijn tas. In de twee glazen zit een klein barstje; Jonathan wrijft er even over met zijn vinger. Aan de keukentafel zit Babs. Ze tikt als een bezetene op haar laptop die opengeklapt op tafel staat.

'Lukt het?'

'Bijna klaar. Tegenwoordig willen ze al supervroeg alle nieuwe stukken hebben. Ik word helemaal lijp van die deadlines.'

Jonathan mixt de gin met de vermout. Op de rand van de glazen prikt hij twee olijven, voorzichtig de barstjes bedekkend. Met de twee glazen in zijn hand gaat hij naast Babs aan tafel zitten.

'Op je stuk. En op een goede afloop.'

'Thanks. Leuk dat je er bent.'

Hij reikt Babs de cocktail aan.

'Proost.'

Babs was eerst opgesprongen door het geluid van het brekende glas. Daarna pas had ze de druipende laptop van tafel gegrist. Nu hield ze de computer boven de wasbak – de doorzichtige vloeistof liep in straaltjes uit alle kieren.

'Fuck, fuck, fuck.'

'Shit, hoe kan dat nou? Kan ik iets doen?'

'Een handdoek! Pak een handdoek!'

Jonathan loopt naar de badkamer en pakt op zijn gemak een handdoek. Hij telt. Eenentwintig, tweeëntwintig, drieëntwintig.

'Is deze goed?'

'Fuck, wat maakt dat nou uit. Geef hier!' Babs grist de handdoek uit zijn hand en dept haar computer. Het toetsenbord is nat en het scherm is op zwart gegaan.

'Doet-ie het nog?'

'Hij is meteen uitgevallen. Gatver, het hele toetsenbord plakt.'

Jonathan opent een keukenkastje. 'Ik heb weleens gelezen dat je 'm een dag in rijst moet leggen, heel vaak doen ze het daarna gewoon weer.'

'Een dag? Ik moet zo dat stuk inleveren. Fuck!'

'Heb je het niet ergens anders opgeslagen? Dropbox? Of een back-up?'

Babs schudt haar hoofd.

'Nee. Daar ben ik veel te chaotisch voor, dat weet je toch.' Ze kijkt naar haar computer, waar nog altijd gin uit drupt.

'Shit. Hoe kan dit nou?'

'Volgens mij proostten we te hard, die cocktailglazen zijn superdun.' Jonathan slaat zijn arm om zijn zus heen. 'Als je wil mag je mijn computer lenen. Dan breng ik 'm morgen langs.'

Babs slaat met haar hand op tafel.

'Laat maar. Ik ga het toch nooit meer redden. Ik ga volgende week wel verder op de redactie.' Tranen prikken in haar ogen. 'Ik moet nu toch helemaal opnieuw beginnen.'

32

De dag van de aanslag

Reina staat bij de deur van de voetbalkantine. Ze houdt haar hand uitgestoken voor zich.

'Je telefoon.'

Jonathan kijkt haar vragend aan.

'Ik kan 'm uitzetten als je wil, dat is geen probleem.'

'Ik neem geen enkel risico vandaag. De anderen hebben 'm ook ingeleverd.'

Jonathan haalt zijn schouders op en laat zijn telefoon in Reina's handpalm vallen. Hij kijkt om zich heen. Ook vandaag wordt er niet gespeeld op de velden buiten. Blijkbaar is de club failliet, hij heeft nog nooit iemand een bal zien trappen hier.

Als hij de deur naar de kantine opendoet wachten Cas en Ida hem op.

'Spannend, man.' Cas geeft hem een klap op zijn schouder.

'Ja, mega.' Jonathan zet zijn tas neer op een tafel in de hoek van de ruimte en kijkt naar Cas en Ida. Beiden zijn in het zwart gestoken en dragen hoge kaplaarzen.

'Wat gaan jullie doen? Vissen?'

Ida grinnikt. Cas legt zijn vinger op zijn lippen.

'Geheimhoudingsplicht. Hebben we Reina beloofd.'

Jonathan knikt. 'Is ook zo.'

Ook Reina loopt nu de kantine binnen. Hun telefoons zijn nergens meer te bekennen. Waarschijnlijk heeft ze ze buiten ergens verstopt. Of weggegooid. Het zou Jonathan niets verbazen.

'We zijn compleet.' Reina kijkt de groep rond.

'Ik wil jullie bedanken dat jullie hier zijn en dat we dit gaan doen. We gaan Nederland de ogen openen vandaag. Jullie rol is stuk voor stuk cruciaal daarin.'

Ze loopt naar een rugzak die op een van de tafels staat en haalt er drie burners uit.

'Hier gaan we vandaag mee communiceren. Er is een Telegram-groep waarin we contact kunnen houden.'

Burners, natuurlijk. Telefoons waar de halve onderwereld haar zaken mee regelt. Anonieme nummers, eenmalig te gebruiken, weg te gooien wanneer je ze niet meer nodig had.

'Dit is de enige manier waarop we vandaag elkaar zullen bereiken. Is dat duidelijk?' Reina kijkt hen een voor een aan. Jonathan knikt, en ook Ida en Cas schudden gedwee hun hoofd. Jonathan pakt de telefoon van Reina aan en opent nonchalant de burner. Hij scrolt even met zijn vinger door het menu. De nummers van Cas, Reina en Ida staan voorgeprogrammeerd onder de sneltoetsen. Het is een eenvoudig toestel, met weinig opties en een ouderwets wieltje in het midden om in het menu te komen. Hij stopt de telefoon in de zak van zijn hoody.

Reina wijst naar Cas en Ida.

'Jullie weten wat jullie moeten doen?'

Ida knikt.

'Mooi. Alles ligt klaar in het busje.' Reina kijkt op haar horloge. 'Jullie kunnen zo vertrekken. Tenzij jullie nog vragen hebben?'

'Nee.' Cas slaat met zijn vuist in zijn handpalm. 'We gaan ze pakken.'

'Goed, en in geval van nood ben ik bereikbaar.' Reina wijst naar de burner.

Jonathan kijkt naar Cas. De blik in zijn ogen verraadt niet veel goeds. Die gast zit duidelijk aan de coke. De opgefokte bewegingen, de gehaaste manier van praten. Ida is lastiger te lezen. Jonathan speurt haar gezicht af. Heeft ze echt met Babs afgesproken? En zo ja, wat heeft ze haar verteld? En waarom? Het frustreert hem dat hij haar nog steeds niet goed kan peilen.

Nu draait Reina zich om naar hem.

'Nathan, wij blijven hier. Je kan je spullen in de hoek opzetten.' Ze wijst naar een tafel, waar een aantal kabels klaarliggen. Cas en Ida lopen richting de deur. 'Succes en tot straks.'

Jonathan kijkt naar Cas, die van oor tot oor grijnst.

Jonathan kijkt om zich heen. Alleen Reina en hij zijn er nog. Nu Reina zijn telefoon heeft moet hij een manier verzinnen om contact met de dienst te leggen. Hen op de hoogte te houden van wat Reina van plan is. En tegelijkertijd te weten wat ze bij de dienst achter de schermen aan het doen zijn. Maar hoe? Zonder zijn eigen telefoon wordt dat lastig. Hij zou de burner kunnen gebruiken, het nummer van Kevin weet hij uit zijn hoofd. Als hij daarna zijn belgeschiedenis wist zal Reina er nooit achter komen.

'Kan ik even roken?' Jonathan haalt het pakje sigaretten uit zijn tas en loopt naar de deur. Reina laat haar blik over hem glijden. Ze neemt hem op, van top tot teen.

'Nee.' Haar stem is afgemeten.

'Oké, dan niet.' Jonathan loopt terug naar de tafel. Hij laat het pakje terug in zijn tas vallen.

Hij pakt zijn laptop uit zijn tas en klapt hem open. Reina komt naast hem staan, ze wijst naar een kabel die klaarligt. 'Die is voor internet. De verbinding is veilig.'

Jonathan steekt de kabel in zijn laptop. Reina neemt plaats op de stoel naast hem. Opzichtig vult Jonathan het wachtwoord van zijn computer in. Hij hoopt Reina zo te laten zien dat hij haar volledig vertrouwt. En dat zij dat op haar beurt dus ook kan doen. Wie weet laat ze hem dan even roken. Of laat ze hem even alleen met zijn laptop. Een halve minuut, meer heeft hij niet nodig om Kevin te bereiken.

Reina schuift haar stoel iets dichter bij de zijne. Ze spreidt een kaart uit op tafel. Jonathan voelt hoe zijn handpalmen zweterig worden. Hij moet iets verzinnen.

De burner. Als Reina gebeld wordt is de kans groot dat ze niet naast hem het telefoongesprek gaat voeren, daarvoor heeft ze hem niet genoeg ingelicht over het plan. Jonathan werpt een blik op Reina. Het is het proberen waard. Al draait ze zich even om, dat zou al genoeg zijn. Met zijn linkerhand haalt hij onopvallend de telefoon uit de zak van zijn hoody en legt hem onder tafel op zijn bovenbeen.

Naast hem strijkt Reina met haar hand de kaart glad. Snel

werpt Jonathan een blik op het simpele mobieltje. Menu, instellingen. Zijn duim vliegt door de opties.

'Goed, het gaat hierom.' Reina wijst naar een punt midden op de kaart. Vlug kijkt Jonathan op, de telefoon balanceert nog altijd op zijn been. Reina tikt op de kaart.

'Dit is een controlekamer, bij Poortugaal. Ook wel het depot Pernis genoemd. Het besturingssysteem ken je.'

Jonathan probeert zich het menu van de telefoon voor de geest te halen. Binnen een paar klikken zou hij zijn nummerherkenning uit moeten kunnen zetten. Het zou niet moeilijk moeten zijn. Terwijl hij zijn blik op de kaart gericht houdt legt hij zijn duim op het wieltje in het midden van het toestel. Hij zat al in het menu, als het goed is moet hij nog twee opties naar beneden, dan klikken, een optie omhoog en dan weer klikken. Hij memoriseert de beweging. Twee keer naar beneden, klik, één omhoog, klik. Met zijn rechterhand wijst Jonathan naar zijn laptop.

'Ik heb het systeem gecheckt. Het is goed bewaakt.' Op zijn computer loopt inmiddels een script over het scherm, dat Kevin voorgeprogrammeerd heeft. 'Maar niet goed genoeg.' Hij grijnst.

Reina tuurt naar het script. De letters en cijfers dansen voor hun ogen.

Onder tafel rust Jonathans linkerduim nog altijd op het wieltje van de mobiel. Nog even en het gaat opvallen dat hij maar één hand boven tafel heeft. Het is nu of nooit. Hij beweegt zijn duim naar beneden. Eén keer. Twee keer. Hij klikt. Nu naar boven. Hij duwt het wieltje omhoog. Dan klikt hij weer.

Op zijn laptop loopt het script verder. Kevin heeft hem stap voor stap laten zien hoe het moet. Codes uit zijn hoofd laten leren, zich de juiste terminologie in laten prenten. Reina wijst naar zijn scherm.

'Wat gebeurt er straks op hun computers, als je het script runt?'

'Hun schermen bevriezen. Dus als ze ergens op proberen te klikken, een file, een instelling, dan lukt dat niet. Ze zullen eerst denken dat er iets mis is met hun computers voordat ze echt alarm slaan.'

Jonathan werpt een snelle blik onder tafel. Het is gelukt. Zijn nummerherkenning staat uit. Nu moet hij nog Reina zien te bellen. Opschieten nu. Als hij pech heeft zijn Cas en Ida zo alweer terug en is zijn kans helemaal verkeken. Nog meer ogen, nog minder ruimte.

'Meestal als hackers dit soort systemen aanvallen, verschijnt er een melding op hun scherm. Dat ze geld of bitcoin over moeten maken, dat soort dingen.' Jonathan scant Reina's gezicht. Ze lijkt het tot nu toe allemaal te slikken wat hij haar voorschotelt.

'Maar omdat dat nu niet gebeurt zullen ze eerst denken dat hun systeem vastloopt.'

'Hoelang hebben we dan?'

'Eén, twee minuten. Daarna starten ze de noodprocedure. Dat is protocol bij dit soort bedrijven.'

Met zijn linkerhand tast Jonathan opnieuw naar de mobiel. Hij drukt op de *home*-knop. Onder de sneltoetsen hadden hun nummers gestaan. Jonathan graaft in zijn geheugen. Had Reina de nummers op alfabetische volgorde opgeslagen? Of had zij bovenaan gestaan? Hij weet het niet meer. Reina draait zich nu naar hem toe.

'Ik wil dat je een instelling aanpast in het systeem, zo meteen.'

'Aan het begin bij de reiniging, of bij de afvoer? Als je me alvast iets meer vertelt gaat het straks sneller.' Hij kijkt Reina aan. Haar ogen vliegen over zijn gezicht. Jonathans linkerhand ligt nog altijd op de mobiel. Hij ziet hoe Reina's blik nu afdwaalt naar de tafel. Hoewel hij niet zeker is, zal het maar moeten. Op hoop van zegen.

Plotseling staat Reina op. Ze tast met haar hand in haar broekzak en haalt een trillende telefoon eruit. Een paar stappen zet ze van hem weg, haar rug naar hem toe gedraaid. Ze kijkt een tel verbaasd naar het schermpje, dan drukt ze op opnemen.

'Hallo?' Reina zet nog een paar stappen van hem weg, ze is nu bijna bij de bar. Jonathan kijkt naar zijn laptop. Dit is zijn kans. Zo snel hij kan opent hij zijn browser, vult het webadres Chess.com in en drukt op enter.

'Hallo, wie is dit?' Reina kijkt naar de mobiel. Het blijft stil aan de andere kant van de lijn. Ze drukt het toestel opnieuw tegen haar oor. Razendsnel logt Jonathan in op de site en klikt op 'nieuw spel'. De site is simpel, bijna kinderlijk in zijn opzet. Daarom werkt het ook zo goed. Binnen een seconde ontvangt de ander een uitnodiging en kun je beginnen met spelen én chatten. Reina werpt een blik over haar schouder. Checkt ze hem?

Jonathan glimlacht. Alles onder controle. Op zijn scherm verschijnt een groen met wit schaakbord, maar Kevins gebruikersnaam ziet hij niet. Jonathan staart ongeduldig naar zijn laptop. Kom op, kom op! Kevin weet dat dit een noodlijn is, dat hij snel moet handelen. Nog even en zijn kans is verkeken.

'Vreemd.' Reina klikt de mobiel dicht en stopt hem terug in haar zak. Ze draait zich om. Nog even en ze zal weer naast hem zitten. Jonathan richt zijn blik weer op het scherm. Eindelijk, boven in het scherm ziet hij Kevins gebruikersnaam verschijnen. Snel opent hij de chatfunctie.

Geen telefoon. Contact via hier. Onderling met burner.

Hij drukt op enter. Binnen een seconde krijgt hij antwoord.

Copy that.

Jonathan kijkt op, Reina is nu echt bijna bij hem. Nog een paar stappen en ze ziet het schaakbord op zijn scherm. Terwijl hij met zijn rechterhand de browser wegklikt kijkt hij haar in de ogen.

'Zo, waar waren we?'

33

Niets verslavender dan de adrenaline die door je lichaam giert als je voelt dat je in control bent. Nu hij contact met Kevin heeft kunnen leggen voelt Jonathan zich een stuk beter.

'Wanneer zijn Ida en Cas hier?'

'Elk moment.'

'Oké. En dan gaan we van start?'

'We zijn al van start.' Naast hem heeft Reina weer plaatsgenomen.

Jonathan sluit even zijn ogen. Hij kan zichzelf wel voor zijn kop slaan. Hij heeft Kevin kunnen laten weten dat zijn eigen telefoon niet werkt, maar als Reina zo op zijn huid blijft zitten kan hij het wel vergeten om Kevin nog verder te bereiken via het schaakspel. Hij moet een manier vinden om contact te houden met de dienst. Hij heeft het Victor beloofd.

Hij tast met zijn vingers in de zak van zijn hoody. Zijn sigaretten. Natuurlijk.

Jonathan rekt zich uit en knakt met zijn vingers.

'Kan ik nu dan even roken?'

Reina aarzelt. Ze kijkt op haar mobiel. Dan knikt ze. 'Kort dan.'

Jonathan loopt het gebouw uit, in de zak van zijn hoody brandt de burner. Hij steekt nonchalant de sigaret op en sloft voorbij de ramen van de kantine. Zodra hij uit het zicht van Reina is gooit hij de sigaret weg en typt zo snel als hij kan Kevins nummer in. Er wordt meteen opgenomen.

'Hallo?' Kevins stem klinkt vertrouwd in zijn oor.

'Met mij. Contact moet via dit nummer, op m'n computer kijken ze mee.'

'Dit is de burner die zij jou gegeven heeft?'

'Ja.' Hij zucht. 'Er zit niets anders op.'

'Weet je al wat ze wil?'

'Nee. Cas en Ida zijn weg en moeten eerst terugkomen, meer weet ik niet.'

Hij voelt hoe zijn mobiel trilt. In de Telegram-app is een bericht geplaatst, een link.

'Wacht.' Jonathan klikt erop. Als hij ziet wat op zijn scherm verschijnt slaat zijn hart een tel over.

'Kev, er zit ergens een tracker op.'

'Waarop?'

'Op iets in de leidingen die ik net open heb gezet.'

'Hoe weet je dat?'

'Ik zit in een Telegram-groep. Ik kan 'm live volgen.'

'Is de link deelbaar?'

Jonathan klikt een aantal keer op de link in de groep, maar de URL weigert.

'Nee, ze heeft hem beveiligd. Ik kan 'm alleen tracken met m'n burner.'

'Shit. Wat denk je dat het is?'

'Ik weet het niet. Het kan van alles zijn. Maar niet veel goeds, lijkt me.'

'Oké. Ik ga kijken of ik in je telefoon kan. Als ik de link niet kan tracken levert het misschien nog iets anders op.'

'Ik moet terug.'

Aan de andere kant van de lijn wordt even gerommeld; iemand lijkt iets tegen Kevin te zeggen. Kevins stem verdwijnt naar de achtergrond.

'Jonathan? We hebben net wat binnengekregen.' Kevin klinkt weer in zijn oor, gehaaster deze keer. 'Een politiemelding. Er is een overval geweest.'

'Wat voor overval?'

'Bij een controlepost van de leidingen, blijkbaar een plek die slecht bewaakt werd. Matcht met de route van het stelsel.' Kevins stem verdwijnt weer even naar de achtergrond.

'Fuck!'

'Wat?'

'Er zijn wapens gebruikt. Meer weet ik niet, alleen dat er geschoten is.'

Jonathan sloft weer naar binnen en neemt plaats achter zijn laptop. Reina wijst naar haar telefoon. 'We kunnen zo van start.'

Jonathan knikt. 'Mooi. Alles staat klaar.'

Reina knikt goedkeurend.

Plotseling vliegt de kantinedeur open. Met een ruk draait Reina zich om. In de deuropening staat Cas. Er zitten zwarte vegen op zijn gezicht en met één hand houdt hij zijn schouder vast. Jonathan ziet nu pas dat er bloed tussen zijn vingers door sijpelt. Snel staat hij op en rent naar de bar. Hij trekt de kastjes open, maar op een paar stapels bierglazen na is alles leeg. Alleen onder in het gootsteenkastje ligt nog een oude handdoek. Jonathan trekt de handdoek er met een ruk uit. Hij stinkt naar bier.

'Hier, druk dit erop.' Hij overhandigt Cas de handdoek.

'Wat is er gebeurd? Waar is Ida?'

Cas antwoordt niet.

'Nathan.' Reina's stem schalt door de kantine. 'Hier hebben we geen tijd voor.' Ze wijst naar het scherm. 'We moeten door.' In de hoek van de kantine is Cas op een stoel gaan zitten.

Jonathan kruipt achter zijn laptop. Hij voelt hoe zijn hart bonkt achter zijn ribbenkast. Reina zit nog altijd naast hem. 'Ik wil dat je nu naar binnen gaat.' Ze wijst naar het script dat over zijn scherm loopt. Jonathan vult een aantal codes in. Als het goed is kan hij zo via de achteringang de controlekamer in. Zodra hij straks hun systeem overgenomen heeft zou hij de instellingen aan moeten kunnen passen. Kevin heeft het hem allemaal van tevoren laten zien.

'Goed. Zodra we binnen zijn wil ik dat je de richting verandert.'

'De richting?' Jonathan kijkt naar Reina. In de hoek zit Cas nog altijd met de handdoek stevig tegen zijn schouder gedrukt. Reina slaat geen acht op hem.

'De richting van de kerosine, waar die naartoe stroomt.'

'Oké. Moet lukken.' Reina kijkt hoe Jonathans cursor over

het scherm beweegt. Nog een paar stappen, dan zit hij in het systeem. Naast hem knikt Reina goedkeurend. Jonathan vult nog een aantal codes in en drukt dan op enter.

Jonathan knippert even met zijn ogen. Op het scherm verschijnen files, mappen en instellingen. Het is gelukt. Het is gelukt om de computer over te nemen. 'Ik zit erin. We hebben niet lang, over een paar minuten gaan ze alarm slaan.'

Reina wijst naar het scherm. 'De instellingen van het stelsel.'

Jonathan laat zijn cursor over de mappen gaan. Het systeem is zo ingesteld dat je met één druk op de knop alle operationele handelingen kan aanpassen. De motoren en pompen starten, de afsluiters openen en sluiten – en dat alles op afstand.

Drukbewaking, verpompingsproces, transportinstellingen. Jonathan scrolt door de instellingen. Hij klikt op transport, waarna een plattegrond van de leidingen verschijnt. Met een simpele beweging kan hij hier de stromingsrichting veranderen, kerosine naar leidingen laten stromen die nu nog droogstaan.

'Daar, die moet je hebben.' Reina kijkt even op haar mobiel en wijst dan naar zijn scherm. Links onderin staat een buizenstelsel met een rood kruis erdoorheen. Jonathan gaat met zijn cursor over de plattegrond.

'Zeker weten?'

'Ja.'

Jonathans cursor blijft even hangen boven de plattegrond. Reina kijkt hem aan, hij voelt haar ogen branden. 'Zet het open, Nathan. Nú.'

Haar stem is dwingend. Jonathans cursor hangt nog altijd boven de plattegrond. Dan klikt hij op de leidingen. De rode kruizen veranderen in groene vinkjes. Naast hem leunt Reina voldaan achterover.

Jonathan staart naar het scherm. Hij heeft zojuist honderden liters kerosine door oude leidingen laten stromen en hij heeft geen idee waarheen.

34

'Jonathan? Dit is Victor. Je staat op speaker.'

Jonathan zit op de wc, hij praat op gedempte toon in de telefoon. Het is riskant om binnen te bellen, maar het moet. Nog een keer gaan roken zou te veel opvallen.

'De hack is gelukt, ik heb de leidingen opengezet. En nu stroomt er iets die kant op. Ik zie het hier op mijn scherm.' Hij heeft de kraan van de wasbak opengezet. Het geluid is hard genoeg om hem te overstemmen.

'Zie je waar het heen stroomt?'

Jonathan klikt op de *live tracker*. Waar net het pakketje nog helemaal rechts op de kaart had gestaan, is het nu al een stuk opgeschoten.

'Het lijkt naar het westen te gaan, zuidwest. Ik vermoed richting Rotterdam. Misschien Rotterdam Airport of de haven.'

'We moeten het zeker weten, Jonathan.'

'Staat de DSI klaar?'

'De Dienst Speciale Interventies wordt pas ingeschakeld als we weten om wat voor dreiging het gaat, dat weet jij zelf ook. De minister en de Landelijke Officier van Justitie stemmen er nu niet mee in, niet met zo weinig informatie.'

'Victor, als...'

'We hebben meer nodig dan dit. We weten nog steeds niet precies wat ze van plan is, of hoe gevaarlijk het is. We moeten eerst het beeld helder krijgen.' Zijn stem is stellig. 'Ik ga niet op eigen houtje opereren, ik heet niet Jonathan Berghout. We bewandelen de paden zoals die er liggen.'

Jonathan balt zijn vuisten.

'Victor, er stroomt een pakketje door buizen vol met kerosine, richting Rotterdam, we móéten...'

'We briefen de betrokken ministers en zorgen dat iedereen paraat staat. Dat is wat we nu kunnen doen. Hoor je wat ik zeg?'

'Hoe langer we wachten, hoe gevaarlijker het wordt. Straks zijn we te laat.'

Een korte zucht ontsnapt Victor.

'Je hebt gehoord wat ik zeg. Zodra we weten hoe groot de dreiging is schakelen we de DSI in. Meer kan ik nu niet doen. Tot die tijd hebben we constante updates nodig van waar het pakket zich bevindt. Jij bent de enige die de locatie live kan tracken. Probeer nog zo veel mogelijk te weten te komen.' Victor pauzeert even. 'En zorg dan dat je als de sodemieter wegkomt.'

Het verbaast hem niets dat Victor alles volgens het boekje wil doen. Die man is de bureaucratie zelve. Maar begrijpt hij dan niet dat je daarmee soms júíst alles op het spel zet?

Hoezeer Jonathan Liv ook haatte om wat ze gedaan had, ze had in ieder geval begrepen dat je soms ongeoorloofd actie moest ondernemen om erger te voorkomen. De Dienst Speciale Interventies was de enige in Nederland met bevoegdheid om op te schalen naar het hoogste geweldsspectrum. Natuurlijk wist Jonathan dat daarvoor wettelijke bevoegdheden nodig waren. Maar hij had gedacht dat Victor inmiddels wel zou begrijpen dat het menens was. Reina had informatie over alles wat Stay Behind zo succesvol had gemaakt, ze had wapens en ze had hem zojuist leidingen vol kerosine open laten zetten. En nu was Victor te schijterig om de DSI in te schakelen?

Jonathan schudt zijn hoofd.

Waar defensie de laatste jaren uitgekleed was, had de DSI nog altijd gepantserde auto's, granaatwerpers, onderwaterscooters, drones, bazooka's en precisieschutters paraat. De teams bestonden uit de hardste jongens, geplukt uit alle lagen van defensie: commando's, agenten, mariniers. Zwaar getraind, voorbereid op levensbedreigend geweld. Jonathan had ze aan het werk gezien bij de tramaanslag in Utrecht, bij de gijzeling in de Apple-store.

Met hun *Rapid Response Teams* reden ze continu door het land, klaar om in actie te komen.

Maar niet zonder toestemming. Of zonder wat lef van Victor.

Jonathan loopt terug naar de kantine. Achter de bar hangt Cas met zijn hoofd onder de kraan. De bebloede handdoek hangt nonchalant om zijn schouder. In de verte klinkt nog het geluid van de doorspoelende wc.

'Gaat het?'

'Niks aan de hand.' Cas' stem is afgemeten, zijn ogen zijn hard. Jonathan gaat weer achter zijn computer zitten. Reina zit nog altijd op de stoel naast hem. Tevreden kijkt ze naar de tracker die over de kaart beweegt. 'Goed werk, Nathan.' Ze kijkt Jonathan aan. 'Je hebt het uitstekend gedaan.'

Jonathan knikt naar de knipperende stip op het scherm.

'Wat is dat?'

De blik op Reina's gezicht is grimmig.

'Dat merk je vanzelf. Alles komt goed. Jouw deel zit erop.'

'Waar stroomt het heen?'

Reina antwoordt niet. 'Alles gaat volgens plan.'

'Oké.' Jonathan zakt onderuit. Alles moet casual lijken, hij mag geen enkele argwaan wekken.

'En Ida? Komt zij nog hierheen?'

Reina antwoordt niet. Haar ogen zijn gefixeerd op het stipje dat verder westwaarts beweegt.

'Reina? Komt Ida nog?'

'Ida kende de risico's.' Reina kijkt hem nog altijd niet aan. 'Ze wist dat het gevaarlijk was.'

Jonathan kijkt de kantine rond. Wat betekende dat? Was Ida gewond geraakt? Hoe dan ook moet hij hier zo snel mogelijk weg zien te komen. Als hij niet terugkomt zal zijn cover *blown* zijn, maar er zit niets anders op. Zijn auto staat voor de metalen poort, erachter begint de verlaten weg. Hij moet bij zijn auto zien te komen, dat is de enige manier om weg te komen.

Jonathan werpt een blik op Cas. Of hij gewapend is weet hij niet.

Jonathan voelt in de zak van zijn hoody. De burner, zijn autosleutels, sigaretten, een aansteker. Hij laat de aansteker zachtjes in zijn tas vallen. Hij staat op. 'Ik ga even roken.' Voordat Reina heeft kunnen reageren laat Jonathan de deur van de kantine achter zich dichtvallen.

Jonathan kijkt om zich heen. Op de voetbalvelden is niemand te bekennen, en ook de trailers die naast het gebouw staan lijken verlaten. Hij trekt een sigaret uit het pakje en steekt hem in zijn mond. Op zijn gemak sjokt hij naar de zijkant van het gebouw.

Zodra hij uit het zicht is van Reina en Cas zal hij het op een lopen zetten. Het metalen hek is twintig, misschien dertig meter verderop. De autosleutels rammelen zachtjes in de zak van zijn trui.

'Mag ik er eentje bietsen?'

Als Jonathan zich omdraait staat Cas voor hem. Jonathan glimlacht verrast. Heeft Reina Cas achter hem aan gestuurd?

'Tuurlijk.' Hij houdt het pakje voor zich uit. 'Ik wist niet dat je rookte.'

'Soms.' Cas haalt er een sigaret uit en klemt hem tussen zijn vingers.

'Wat zat er in dat pakketje?' Jonathan laat zijn stem achteloos klinken. 'Weet jij dat?'

'Wat is het met al die vragen?' Cas kijkt Jonathan onderzoekend aan. 'Je moet gewoon vertrouwen hebben. We zijn met iets moois bezig.'

'*I know.* Maar ik ben gewoon benieuwd. Reina laat niks los en ik zit alleen maar als een nerd achter die computer.' Hij glimlacht even naar Cas. 'Jij doet tenminste het echte werk.'

'Wel werk waar je verrot van raakt.' Cas rolt even met zijn nek, de spieren bollen op onder zijn shirt.

'Was het het waard?'

Even valt het stil, dan kijkt Cas hem samenzweerderig aan. Zijn ogen glinsteren. 'Ja, man. Het was C-4.'

'Echt?' Jonathan kijkt Cas vol bewondering aan. 'Sick.'

C-4. Dus toch, een explosief. Een bom. In een leiding vol

kerosine. Jonathan voelt hoe zijn maag samenknijpt.

'En Ida?'

De spieren in Cas' kaken verstrakken.

'Zonder haar hadden we 'm er nooit in gekregen. Zij wist waar we moesten zijn, zij kende die controlepost.'

'Wat is er gebeurd?'

Cas tuurt even naar beneden, de sigaret bungelt nog altijd tussen zijn vingers.

'Je had haar moeten zien, ze raakte helemaal over de rooie toen die gast ineens z'n pistool trok. Ze gaf 'm eerst een klap, zo hard, ik denk dat ze z'n kaak verbrijzelde. Toen hij op de grond lag schoot ze haar hele magazijn op 'm leeg. Als gatenkaas lag-ie aan onze voeten.' Cas lacht kort.

'Wow. En toen?'

'Toen ze zich omdraaide heb ik de trekker overgehaald.' Cas kijkt hem aan, zijn ogen zijn hard.

'Wát heb je gedaan?' Jonathans ogen vernauwen zich tot spleetjes.

'Orders zijn orders.'

'Wat bedoel je?' Verbouwereerd kijkt Jonathan Cas aan.

'Haar taak zat erop.' Cas laat de sigaret tussen zijn vingers heen en weer rollen. 'Offers horen erbij, zegt Reina.' Cas valt even stil. Dan wijst hij naar de sigaret.

'Nou, komt er nog wat van?'

Jonathan kijkt naar Cas. Zijn enorme armen hangen imponerend langs zijn lichaam. Hij moet hier weg, en snel ook. Hij tast in de zakken van zijn hoody.

'Shit, volgens mij heb ik geen aansteker.'

'In je pakje?' Cas wijst op de sigaretten. Jonathan schudt zijn hoofd.

'Ik heb 'm denk ik in mijn auto laten liggen. Ik pak 'm wel even. Zo terug.'

Hij draait zich om en loopt richting de auto, de sigaret bungelend in zijn rechterhand. Zijn linkerhand klemt hij om de autosleutels.

Nog een paar meter, dan kan hij in de auto springen, het terrein af. Het is het beste wat hij nu kan doen, het snelste. Cas zou ongetwijfeld achter hem aan komen, maar er zat niets anders op.

Met de sleutels klikt Jonathan de auto van het slot. Achter hem hoort hij voetstappen op de tegels. Zie je wel, Cas komt nu al achter hem aan. Blijkbaar vertrouwt hij hem toch niet helemaal.

Jonathan opent het metalen hek en draait zich om. Cas is bijna bij hem, hij moet meteen achter hem aan gelopen zijn richting de auto.

Jonathan opent het portier. Hij bukt zich voorover en rommelt in de kastjes van de auto.

'Ik zweer dat ik er een had.' Bonnetjes, een leeg flesje, muntgeld. Jonathan wijst op de auto-aansteker die voor in het dashboard zit. 'Anders gebruik ik deze wel.'

Hij gaat achter het stuur zitten en draait de sleutel om. De motor van de auto begint zacht te ronken. 'Ik start even de auto, anders doet-ie het niet.'

Cas opent het portier en wil naast hem komen zitten. Een meter of tien, rechts voor hem, staat het wedstrijdbord. Nu! Jonathan trapt het gaspedaal in en laat de auto naar voren schieten, recht op het bord af. Cas laat een woedende brul horen. '*Motherfucker!*' Hij krimpt ineen van de pijn. 'Ik maak je af,' gromt Cas. Jonathan gooit zijn stuur naar rechts, recht op het wedstrijdbord af. Hij beukt met de auto tegen het bord aan. Hij hoopt dat Cas los zal laten. Maar wat er klinkt is geen doffe dreun maar een krakend geluid. Jonathan kijkt in zijn achteruitkijkspiegel en trapt op de rem.

Hij springt uit zijn auto en rent naar het lichaam van Cas. Uit zijn hoofd stroomt bloed, veel bloed. Hij voelt met zijn vingers in Cas zijn hals. Geen hartslag. Fuck, fuck, fuck. Het metaal van het wedstrijdbord moet zijn schedel geraakt hebben. Jonathan kijkt om zich heen. Er is niemand. Naast de weg staat een aantal bosjes. Jonathan sleept het lichaam van Cas erheen. Hij heeft geluk, achter de bosjes is een ondiepe greppel. Nog een paar meter, dan kan hij het lichaam van Cas erin rollen. Het zweet parelt op zijn voorhoofd terwijl hij het zware lichaam van Cas erheen sjort. Het zal wel even duren voor het gevonden wordt op deze verlaten plek, en Reina zal de politie niet bellen. Jonathan wist met zijn mouw het zweet van zijn gezicht en duwt met een laatste zucht het lichaam van Cas de greppel in. Wat verder nog? Zijn telefoon! Hij tast met zijn handen Cas' jas af. Zijn vingers stuiten op een mobiel, en op een pistool. Jonathan stopt ze beiden in zijn zak, rent terug naar zijn auto en drukt met zijn voet diep het gaspedaal in.

35

Jonathan rijdt zo hard als hij kan over de verlaten weg. Als hij op de burner de Telegram-app opent en op de tracker klikt ziet hij het stipje op de kaart oplichten. Het explosief is inmiddels een flink stuk verder. Nog even en het drijft Zuid-Holland binnen.

'Het is C-4.' Jonathan heeft de telefoon op speaker gezet. 'Victor, hoor je me? Het is C-4 dat door de leidingen stroomt. Het gaat richting Zuid-Holland. Zo te zien richting Europoort. Ik denk dat ze de haven wil raken.'

Rechts van hem doemt een bos op. Aan de andere kant van de lijn hoort hij Victor overleggen.

'Ik zit hier met de ministers van BZK, Justitie en Economische Zaken. Francien Huisman, hoofd van de DPO, die de leidingen beheert, is er ook. Ze kunnen je horen.'

Jonathan ziet voor zich hoe ze in de crisiskamer bijeen zijn gekomen. De ministers, de top van de dienst, Kevin. Hoe midden op tafel de telefoon staat, hoe aan de wand Kevin het leidingstelsel uitvergroot heeft op het scherm en alle mogelijke routes erop uitgezet heeft. Hij stuurt de auto in de richting van een bospad dat links van hem verschijnt.

'Dag Jonathan.' De stem van de minister klinkt door zijn telefoon. 'Is het explosief nog te stoppen? Ik moet weten of we het hele gebied moeten evacueren.'

'We kunnen de leiding in de instellingen weer dichtdraaien. Dat kan Kevin digitaal doen. Dat is onze enige optie.'

Jonathan slaat links af, het bospad in. De auto hobbelt over de weg.

'Alleen als het explosief nog voor een groot depot is. Anders stroomt het alweer verder door het stelsel.' Kevins stem klinkt nu door de speaker.

'Jonathan, dit is Francien Huisman van de DPO. Kun je kijken of het explosief al voorbij Klaphek is? Dat is het laatste grote depot waar het nog digitaal gestopt zou kunnen worden.'

Jonathan brengt met een ruk de auto tot stilstand. Hij drukt nogmaals op de link. Klaphek ligt in de provincie Utrecht, het explosief is er al ruimschoots voorbij.

'Het is al verder dan dat. Het stroomt een stuk sneller dan we hadden gedacht.'

'Dat betekent dat alleen in het stelsel zelf de leiding nu nog dichtgedraaid kan worden. Maar dat moet handmatig.' De gealarmeerde stem van Francien. 'In het systeem zelf kunnen we niks meer doen, het spijt me.'

Jonathan kijkt om zich heen. Het bos ligt er donker en verlaten bij. Even is er gerommel aan de andere kant van de lijn te horen, dan klinkt Victor weer duidelijk door de telefoon.

'Minister van EZK komt nu aan het woord.'

'Jonathan, het is belangrijk dat je goed luistert. Het pakket moet gestopt, of desnoods afgewend, het liefst natuurlijk met zo min mogelijk slachtoffers. Als het maar niet in de haven ontploft. Alles behalve de haven. Desnoods ontploft het maar ergens anders. De haven komen we economisch nooit meer te boven.'

Jonathan kijkt om zich heen. Het bos ligt er donker en verlaten bij. De stem van de minister verdwijnt naar de achtergrond. Ze lijkt zich tot iemand te richten. 'Ik breng ze zo naar school, daarna vertrek ik naar het ministerie.'

'Wat?'

'Niets.' Victors stem nu weer, dwingend in zijn oor. 'Jonathan, dat explosief moet gestopt worden. Desnoods brengen we het gecontroleerd tot ontploffing. Zoals de minister zegt nemen we geen enkel risico nu het richting Rotterdam gaat.' Hij zucht. 'Ik schroef het dreigingsniveau op, bel de Landelijke Officier van Justitie en zorg dat de DSI paraat staat. Maar dan moeten we wel precies weten waar dat explosief zich bevindt. En jij bent de enige die dat weet.'

Jonathan stapt uit en kijkt om zich heen.

'Waar ben je nu?'

'Een bos ten zuiden van de voetbalvereniging, inrit ter hoogte van de Prinses Irenestraat.'

'Goed. Laat de auto achter, wij pikken je op.'

'Victor? Er is nog één ding.'

Victor had hem beloofd dat het lichaam van Cas geborgen zou worden en dat de sporen zo goed mogelijk gewist zouden worden. Jonathan rent naar een open plek verderop in het bos. Hij zwaait met zijn mobiel. Een helikopter blijft boven hem hangen, het lichtje van zijn mobiel heeft zijn werk gedaan. Een paar minuten, langer had het niet geduurd voordat hij het geluid van de klapperende wieken had horen naderen.

Nu ziet hij onder zich het bos steeds kleiner worden. De auto, half verscholen onder de bomen, het metaal van het dak glinsterend in het schijnsel van de helikopter. Daarnaast de hoge bosjes en de greppel waar het lichaam van Cas lag. Natuurlijk knaagde het, een leven nam je niet zomaar. Maar het was hij of Cas geweest. Soms werd de keus voor je gemaakt.

Onder hem werpt de zon een gloed over het landschap. Middeleeuwse kerktorens, industrieterreinen waar vrachtwagens af en aan rijden. De ratelende wieken van de helikopter suizen in zijn oren.

Bij een onderhoudspunt moeten ze de leidingtunnel in. Omdat het explosief al voorbij het laatste depot is moeten ze vanuit daar de installatie bereiken waar de kerosine verdeeld wordt. Alleen dan kunnen ze de leidingen nog met de hand dichtdraaien. Het is hun enige optie, voordat het explosief verder stroomt en de haven bereikt. Bij het onderhoudspunt zou de DSI klaarstaan om de leidingen in te gaan.

De DPO had hun verteld dat ze de snelheid waarmee de kerosine door de leidingen stroomde aan konden passen in de instellingen van het systeem. 'Maar dat is ook het enige wat we kunnen doen,' hadden ze er gehaast aan toegevoegd. 'De rest zal handmatig moeten.' Het gaf hun iets tijdwinst. Hoe langzamer het explosief stroomde, hoe meer tijd ze zouden hebben. Niet veel, maar toch. Als Jonathan op de tracker klikt ziet hij hoe de stip nu inderdaad langzamer beweegt: het explosief is nog steeds bijna op hetzelfde punt als bij vertrek. Reina zou wel in alle staten zijn.

'Alles behalve de haven, desnoods ontploft het maar ergens anders.' De stem van de minister galmt door Jonathans hoofd. Ergens anders? Heeft die vrouw enig idee hoe dichtbevolkt Nederland is? En over wat voor explosie ze het hier hebben? Hoeveel schade het aan zou richten, zéker in een leidingstelsel vol kerosine? Was het onbenul of cynisme? Jonathan was bijna geneigd Reina gelijk te geven: hoe incapabel de mensen die aan de touwtjes trokken soms konden zijn. Was dit de overheid die hen moest beschermen?

Victor had zijn twijfel waargenomen. 'Onze handen zijn gebonden, Jonathan. Het enige wat we kunnen doen is erger voorkomen.'

Babs. Hij moet Babs bellen. Zeggen dat ze niet veilig is. Dat Reina misschien wist dat zíj het was met wie Ida gepraat had. Hij duwt met zijn vingers zijn oorschelp dicht en drukt de burner zo dicht mogelijk tegen zich aan. De telefoon gaat over. Drie keer, vier keer. Kom op, kom op!

'Hallo?'

'Babs? Ik ben het.'

'Jona? Waar ben je? Ik hoor je bijna niet.'

'Luister Babs, die vrouw met wie je laatst gepraat heb. In Emmen...'

'Wat? Hoe weet jij dat?'

'Doet er niet toe. Het is gevaarlijk. Babs, ik wil dat je naar huis gaat. Waar je ook bent, je moet nú naar huis.'

'Wat is er aan de hand?'

'Je blijft binnen en doet voor niemand open, oké?'

Het geraas van de helikopter is oorverdovend.

'Wat zeg je?'

'Je moet nú naar huis! Hoor je me?'

'Hoezo, wat is er aan de hand?'

'Babs, luister naar me. Je blijft binnen en doet voor niemand open. Je bent niet veilig. Je móét naar me luisteren.' Jonathan voelt hoe het zweet hem uitbreekt. Onder hem scheert de helikopter over het landschap. Weilanden hebben plaatsgemaakt voor Vinex-wijken en hoogbouw.

Babs zucht. 'Oké, Jona. Ik ga al.'

Jonathan kijkt naar buiten, de helikopter is bezig de daling in te zetten. Hij ziet de gepantserde auto's van de DSI staan, opgesteld naast een hoog metalen hek. Drones cirkelen boven de zwarte wagens. Victor en Kevin staan naast de in bivakmuts gehulde commando's, hun lichamen steken fragiel af naast de enorme spierbundels.

Zodra Jonathans voeten de grond raken snelt Kevin op hem af. 'Hoever is het nu?'

'Het is nog niet voorbij dit punt. We zitten goed.'

Kevin knikt. 'Gelukkig.'

'Jonathan, je zult mee moeten met het team.' Victor wijst naar de DSI'ers die klaarstaan bij het hek. 'Jij bent de enige met de burner. Als Reina contact zoekt moet je bereikbaar zijn.' Hij zet zijn handen in zijn zij. 'Wie weet wat er gebeurt als ze je niet kan bereiken.'

Victor wenkt een van de DSI'ers. De man snelt op hen af; hij is zo mogelijk nog groter dan de rest. Op zijn mouw prijkt een embleem. PRAEPARATUS ESTO, 'Wees voorbereid'. Op zijn hoofd heeft hij een helm met *night vision*.

'Ik ben Zef. Ik leid de operatie.' De hand die Zef hem geeft is van staal.

'Jonathan.'

Zef wenkt de anderen, op een drafje voegen vier mannen zich bij hen. De mannen gaan automatisch in groepjes van twee staan.

'Joshua en Rob, jullie zijn Oscar-1. Ben en Olivier Oscar-2. Dat zijn de teams van vandaag.' De mannen knikken en Zef wijst naar zijn oortje. 'Alle communicatie loopt via de coms.' Hij kijkt de groep rond, zijn blik blijft even hangen op Jonathan. 'Ben je er klaar voor?'

De tunnel is klein, maar net groot genoeg om in te staan. Jonathan loopt op een drafje vooraan, achter hem lopen Zef en de anderen. In zijn hand heeft Jonathan de burner. Volgens de plattegrond van het leidingstelsel moeten ze over niet al te lange tijd bij een installatie komen. Het explosief beweegt nog altijd voort op de kaart, maar langzaam genoeg voor hen om bij te houden. Naast hen loopt de buis waar de kerosine doorheen stroomt. Kilometerslang legergroen, naadloos gelast staal.

Plotseling houdt Jonathan halt. Verderop lijkt de tunnel wijder te worden. Hij kijkt nogmaals op de burner. Het klopt, ze zitten goed. Dit is waar de buizen samenkomen, waar ze worden gesplitst naar het zuiden, het westen, het oosten. De ruimte is hoger en breder hier, en op alle hoeken van de installatie zitten stalen wielen gemonteerd.

'Oscar-1, Oscar-2.' Jonathan wijst naar een hoek in de ruimte. De mannen rennen en leggen hun handen op het stalen wiel dat op de buizen gemonteerd zit. Het explosief komt nu echt dichtbij.

Plotseling bevriest Jonathan. De telefoon in zijn hand trilt. Op het scherm staat een bericht van Reina.

We zijn er klaar voor. Nederland zal nooit meer hetzelfde zijn.

Jonathan schudt zijn hoofd, dit mag niet. Dit kan niet. Zo snel hij kan rent Jonathan naar de mannen in de hoek. 'Oscar-1: NU! DICHT!' Het stalen wiel piept en stribbelt even tegen, dan glijdt het door hun handen.

Jonathan neemt een paar stappen, weg van de installatie, weg van de mannen. Even voelt hij opluchting, dan begint zijn hart in zijn keel te bonzen. De leiding is dicht, maar dat betekent slechts één ding: dat het explosief nu de andere kant op stroomt.

'We moeten hier weg. NU!' Jonathan wijst naar de uitgang. 'Zef, NU!'

Jonathan klikt op de tracker, het stipje knippert nog steeds. Reina zal elk moment ontdekken dat het explosief niet meer stroomt. Ze zal elk moment op die knop kunnen drukken. Het team zet zich in beweging; zo snel mogelijk rennen de mannen richting de uitgang. De metalen roosters onder hun voeten rammelen bij elke stap.

'Victor, hij is gestopt. Maar hij stroomt nu de andere kant op.' Jonathan houdt de burner stevig tegen zijn oor gedrukt. 'Hoor je wat ik zeg? Het explosief stroomt nu de andere kant op.'

Jonathan rent zo snel hij kan door de tunnel, naar de uitgang.

'Waar stroomt het nu heen? Wat is daar?'

'Hoeveel tijd hebben we?'

'Ik weet het niet. Niet veel.'

In de verte doemt een streep licht op. Nog even en hij is bij de uitgang. Op de achtergrond klinkt geroezemoes.

'Victor, ik moet het weten. Wát is daar? Waar stroomt het heen?'

Even valt het stil, dan klinkt de stem van Victor luid en duidelijk in zijn oor.

'Een woonwijk.'

'Een wóónwijk? Victor, ik zei het nog, we hadden veel eerder...'

'Jonathan, dit is de minister van EZK. Het belangrijkste is dat je nu jezelf in veiligheid brengt. Jouw werk zit erop, hoor je me?'

'Maar...'

'Liever een woonwijk dan de haven, Jonathan.'

'Is iedereen geëvacueerd? Iedereen die er woont?'

'Zo veel mogelijk.'

'Zo véél mogelijk?' Jonathan balt zijn vuisten.

'We hebben ons best gedaan, Jonathan.'

In de verte ziet Jonathan hoe een streep licht de tunnel binnenvalt. De mannen zijn bijna de tunnel uit, alleen Zef loopt nog voor hem.

'Dat is niet genoeg.'

Jonathan drukt de telefoon uit en stopt hem terug in zijn zak. In de verte ziet hij hoe ook Zef nu de tunnel uit rent. Hij is de enige die nog over is. Jonathan kijkt om zich heen. Naast hem loopt nog altijd de leiding, het explosief dobbert in de kerosine. Er zit maar één ding op. Hij moet het proberen. Anders vergeeft hij het zichzelf nooit.

Hij draait zich om, weg van de ingang, terug de tunnel in.

36

Met de telefoon in zijn hand rent Jonathan terug de tunnel in. Hoever was het? Een paar honderd meter? Verder? Zijn voetstappen galmen door de kleine ruimte.

Jonathan opent de tracker. Nu ze de leiding dichtgedraaid hebben dobbert het pakket nog altijd in de richting van de woonwijk. De enige plek waar geen bebouwing is, is hier. Hier, waar hij nu is.

Jonathan rent zo hard als hij kan. In de verte doemt eindelijk de installatie op. In het midden van de installatie komen alle buizen samen. Een klein kruispunt van legergroene leidingen, de naden aan elkaar gelast om de kerosine toegang te verlenen. Jonathan laat zijn blik vlug over de leidingen gaan. Hoeveel ruimte is er in het midden? Een paar meter, hoogstens. Daarna mondt elke leiding weer uit in een nieuwe buis en vervolgt de kerosine haar weg.

Het moet genoeg zijn, het móét.

Welk wiel had de DSI dichtgedraaid? Hij zoomt in op de kaart. Daar, aan de oostkant. In een paar stappen is hij bij het wiel. Het oude staal piept en steunt onder zijn aanraking. Kom op, kom op!

Onder zijn handen begint het wiel eindelijk mee te geven. Jonathan hoort het zachte geruis van vloeistof die door de buis begint te stromen. Hij moet snel zijn nu. Dit betekent dat het explosief nu weer zijn kant op stroomt.

Jonathan rent naar een andere hoek in de ruimte en legt zijn handen op een ander wiel. Zo snel hij kan draait hij de leiding dicht. De westbuis, de noordbuis, de zuidbuis. Zodra hij ze allemaal dicht heeft zal hij één kans hebben. Eén kans om het explosief vast te zetten, in het hart van de installatie.

Het pakketje op zijn scherm is nu bijna weer bij hem, hij ziet het stipje knipperen op zijn scherm. Jonathan rent terug naar het eerste wiel. Zodra het explosief onder hem door stroomt moet hij de leiding weer dichtdraaien. Alleen dan kan het pakketje vast komen te zitten in het midden. Het is het beste wat hij kan doen. Het énige wat hij kan doen.

Jonathan zoomt in op de tracker, het pakketje is er nu echt bijna. Nog tien, misschien twintig meter. Hij telt de seconden. Eén, twee, drie. Het pakketje beweegt iets sneller dan hij telt.

Hij stopt zijn mobiel in zijn zak. Hij heeft beide handen nodig om het zware wiel dicht te kunnen draaien. Vier, vijf, zes. NU! Zijn handen trekken aan het wiel, zo hard hij kan. Het ruisen van de kerosine wordt minder. Jonathan voelt hoe het metaal in zijn vlees snijdt. Zeven, acht. Bijna, bijna.

Met een laatste ruk brengt hij het wiel tot stilstand. Onder hem is het ruisen gestopt.

Zo snel hij kan rent Jonathan richting de uitgang. Hij heeft geen tijd te verliezen, elk moment kan Reina op de knop drukken. Elke seconde telt.

In de verte doemt de uitgang weer op. Jonathan rent zo hard als zijn benen hem kunnen dragen. Nog een paar meter. Hij is er nu echt bijna. Zijn hart bonst in zijn keel. Hij is er bijna.

Dan voelt hij hoe alle zuurstof uit de tunnel weggezogen wordt. Een spiraal zuigt hem naar binnen, alsof iemand de tijd terugdraait. Jonathan duikt naar de grond, zijn handen beschermend over zijn hoofd.

De klap is oorverdovend, scherven metaal vliegen langs hem heen. Hitte! De hitte! Jonathan voelt zijn huid krimpen van de pijn. Achter hem slaat het vuur om zich heen, grote zwarte rookpluimen komen in de tunnel zijn kant op. Jonathan hoest, zijn keel voelt rauw. Hij duwt zich omhoog, de uitgang van de tunnel lijkt nog altijd intact. Nog een paar meter en hij kan zich voorover laten vallen, op de grond, de tunnel uit.

Hij probeert zich op te richten, achter hem komt het vuur dichterbij. Hij hoort zijn longen piepen bij elke teug. Op zijn ellebogen beweegt hij zich naar de uitgang, de metalen roosters onder hem laten afdrukken achter in zijn vlees.

Dan, met een plof, valt hij op de grond. Vlug duwt hij de zware metalen deur dicht. In de verte klinken sirenes.

Jonathan krabbelt overeind. Zijn benen en armen zitten onder het bloed. Zo snel hij kan strompelt hij weg van de tunnel, weg van de rook, van de hitte. De grond om hem heen is zwart van het roet en her en der liggen brokstukken van de leiding. Verder is het stil. De bom heeft alleen het hart van de installatie opgeblazen, de verdelers waren sterk genoeg om de rest van de buis intact te laten en te voorkomen dat het vuur zich zou verspreiden.

Jonathan slaat zijn handen voor zijn gezicht. Het is gelukt, het is gelukt.

'Jonathan?' Victors stem klinkt gealarmeerd door zijn oortje. 'Verdomme, dit was niet het plan, Jonathan.'

Jonathan rent het terrein af, zijn been trekt, maar hij moet door. De wagens van de DSI en de dienst staan verderop, hij ziet de zwaailichten in de verte. Kevin en Victor zouden daar ook wel staan.

'Is iedereen veilig?'

'Ja.'

'Jij?' Kevins stem klinkt vertrouwd in zijn oor. Jonathan kijkt naar zijn bebloede armen, zijn benen. Het lijken alleen oppervlakkige wonden te zijn.

'*As good as new.*' Jonathan rent het terrein af, zijn been zeurt van de pijn. Misschien is hij toch meer geraakt dan hij dacht. Hij zet zijn tanden op elkaar.

'En Reina? Hebben we haar?'

'De DSI is de kantine binnengevallen.'

'En?'

'Er was niemand.'

'Dus we weten niet waar ze nu is?'

'Nee.'

'Fuck. We moeten weten waar ze is. Wie weet wat ze nog

meer van plan is.' In de verte ziet hij het busje van de dienst staan, waar Kevin en Victor zijn.

'Kunnen we haar telefoon tracken?'

'Al geprobeerd, lukt niet. Heel misschien als je haar belt. Dan kan ik proberen het signaal live op te vangen.'

'Oké.'

Jonathan rent naar het busje toe. Hij opent de deur en kijkt in het gezicht van Kevin.

'Staat het bestand klaar?'

'*Ready when you are.*'

'Reina, met Nathan.'

Jonathan is in het busje gaan zitten. Verderop drijven grote zwarte rookwolken boven de huizen. De Explosievenopruimingsdienst Defensie had al klaargestaan om het terrein af te sluiten; nu probeerden brandweerwagens de vlammen onder controle te krijgen. Kevin zit naast hem, zijn laptop op een tafeltje voor hem. Tegenover hen zitten Victor en Nina. Gespannen staren ze hem aan.

'Reina, hoor je me? Het is over, het is klaar.'

Even blijft het stil aan de andere kant van de lijn. Dan hoort hij haar stem.

'Dit is pas het begin.'

Kevin kijkt Jonathan aan, die zijn hoofd schudt. Blijkbaar heeft Reina haar locatie goed afgeschermd en is de burner niet traceerbaar. Kevin gebaart dat Jonathan door moet praten. Hoe langer hij haar aan de telefoon weet te houden, hoe meer kans ze hebben.

'Als je je nu overgeeft kunnen we het nog uitleggen.'

Reina reageert niet. Kevin schudt nog altijd zijn hoofd. Jonathan wijst op het scherm en steekt dan zijn duim op. Kevin aarzelt, hij kijkt naar Victor, die tegenover hem zit. Met een korte hoofdknik geeft Victor akkoord. Dan drukt Kevin op enter.

'Reina, ik wil dat je naar me luistert. Je hebt niks meer. Hoor je wat ik zeg? Het is klaar.' Zijn stem klinkt dwingend. 'Het staat al online, Reina. Niemand gaat je nog geloven.'

Aan de andere kant van de lijn valt het stil. Jonathan gaat even verzitten.

Kevin had de burner doorgespit en was op verkeer gestuit tussen de mobiel die Reina hem had gegeven en een ander device. Geluidsbestanden, opgenomen en automatisch verstuurd. Wat het betekende wist hij niet. Was Reina extreem voorzichtig geweest en was ze per ongeluk op het gesprek gestuit? Had ze Cas en Ida ook afgeluisterd? Of was alles georkestreerd rondom hem? Hij had ervan gebaald dat hij niet eerder aan de telefoon had gedacht, maar gelukkig waren ze op tijd geweest.

'Het had toch geen zin gehad, Reina. Misschien was de minister van EZK opgestapt, of ze had haar excuses aangeboden. Maar uiteindelijk was het allemaal weer van ze afgegleden. Het had niks veranderd. Niet echt.'

'Wat bedoel je? Wat staat online?' Hij hoort de aarzeling in haar stem.

'"*Het pakket moet gestopt, of desnoods afgewend. Het mag niet in de haven ontploffen.*" Komt dat je bekend voor? Het staat online, het gesprek met de minister. Het is allang bekend.'

'Ik geloof je niet.'

Jonathan geeft Kevin een teken. De stem van de minister klinkt door de lijn.

'*Alles behalve de haven, desnoods ontploft het maar ergens anders. Zolang we maar geen slachtoffers maken.*'

De opname stopt. Jonathan drukt de telefoon iets dichter tegen zijn oor.

'Dat is niet wat ze zei.' Reina's stem klinkt woedend.

'Nee? Volgens mij wel. Kijk maar online, je hoort het haar toch zelf zeggen? Even ging het viral, totdat mensen die laatste zin hoorden. Toen was de lol er snel van af voor iedereen. Toch jammer als een minister ineens wél menselijk blijkt.'

Buiten rijdt een brandweerwagen het terrein af, Jonathan kijkt hem na.

'Niemand gaat je geloven, Reina. Het is jouw woord tegen de rest van de wereld.'

Even was het stilgevallen. Toen had haar stem luid en duidelijk geklonken.

'Dan moet het op een andere manier. Ze gaan eraan, hoe dan ook.'

Jonathan staart naar de burner. De verbinding is verbroken.

'Heb je de locatie?' Victor buigt zich naar Kevin toe. Kevin schudt zijn hoofd.

'Ze zou overal kunnen zijn.'

'Verdomme!' Jonathan staat met een ruk op. Hij had gedacht dat het nu afgelopen zou zijn, dat het spel uit was. Maar Reina had nog steeds alles tot haar beschikking: explosieven, semiautomatische wapens, granaten. 'Ze gaan eraan, hoe dan ook.' Haar stem galmt door zijn hoofd.

'We moeten zo snel mogelijk alle betrokken ministers zien te bereiken. Zorgen dat ze veilig zijn.'

Jonathan kijkt Victor aan. Victor knikt. 'Ik ga bellen.'

Jonathan opent het busje en stapt naar buiten. De vlammen in de verte zijn geblust, maar de lucht is nog dik van de rook. Jonathan leunt tegen de achterkant van de bus. Hij steekt een sigaret op.

'We zetten het bestand zelf online, maar we voegen er iets aan toe, we tweaken het.' Hij had zich zo slim gevoeld toen hij met het voorstel was gekomen. 'We halen de angel eruit, zodat ze niks meer heeft. Je kan er iets achter plakken, toch?' Kevin had geknikt en was direct aan het werk gegaan. Moeilijk was het niet geweest. Een paar woorden knippen en plakken, klaar. Met AI kon je alles tegenwoordig. Het bestand hadden ze klaargezet om te versturen naar alle grote media. Zodra Kevin op verzenden had gedrukt was iedereen er meteen opgedoken. In een razend tempo had het overal gestaan. Jonathan trekt aan zijn sigaret, de rook diep inhalerend in zijn longen.

In no time zou de DSI op de stoep staan bij de ministers. Hun huizen omsingelen, de ministeries. Waar Reina ook naar op weg was, ze zou niet ver komen. Jonathan kijkt om zich heen. In de verte ziet hij hoe de legergroene pakken van de EOD zich buigen over de brokstukken van de leiding. Er staat nog een aantal auto's, hun zwaailichten aan. Politie, brandweer, dienstwagens.

De echte ravage had hij weten te voorkomen. Slachtoffers, natuurlijk. Maar ook de politieke afgang, het aftreden van een minister, het zoveelste politieke schandaal. De stem van de minister klonk door zijn hoofd. '*Liever een woonwijk dan de haven. De haven komen we economisch nooit meer te boven.*' Ze had het gezegd, ze had het verdomme gezégd. En ze had het nog gemeend ook. Jonathan kijkt naar de kringen rook die uit zijn mond ontsnappen.

Wat had hij gedaan? Een bom stoppen was één ding, maar de woorden van een minister opzettelijk verdraaien was een heel ander verhaal. Was dat waar de dienst voor bedoeld was? Om leugens van politici te maskeren? Het was in ieder geval niet waar hij zich voor had aangemeld. Daarin moest hij Reina gelijk geven. Het was één groot politiek spel. En de dienst had zich voor haar karretje laten spannen. Híj had zich voor hun karretje laten spannen. Hij slaat met zijn vuist hard op de zijkant van het busje.

'Gaat het?' De deur van het busje is opengegaan en Nina is naast hem komen staan.

'Fucked up. Alles is fucked up.'

'Wat denk je dat ze gaat doen?'

'Reina? Ik weet het niet. Hebben we de ANPR al gecheckt om te zien of ze onderweg is?'

'Nog niet.' Nina aarzelt even, dan kijkt ze hem aan. 'Jonathan, over laatst in het café. Ik...'

'Kan dat later? Sorry, ik moet Kevin spreken.' Nina knikt. Jonathan gooit zijn sigaret weg en loopt langs haar heen het busje in.

'We moeten alle camera's op de snelweg checken.' Jonathan opent de deur van het busje en kijkt Kevin aan. 'We weten nog steeds niet zeker wat ze van plan is. Maar als ze ergens naar op weg is moet ze vanzelf ergens gespot worden.'

'*On it.*' Kevin tikt als een razende op zijn laptop.

'Ministers zijn gebrieft. DSI is onderweg en Reina's signalering is uitgestuurd.' Victor drukt zijn telefoon uit. 'Zodra ze ergens gespot wordt pakken we haar op. En anders wordt ze opgewacht door de DSI. Die staan zó klaar bij de ministeries en alle huisadressen. Ze kan niet ver komen, zeker niet in haar eentje.'

Victor stapt de bus uit. Jonathan ziet hoe hij naast Nina gaat staan. Zijn blik is voldaan.

Jonathan staart uit het raam. Hij is de enige die Reina ontmoet heeft. De enige die weet hoe ze denkt. 'Dan moet het op een andere manier.' Reina's woorden galmen door zijn hoofd. Was ze echt op weg naar een minister?

De hele actie kwam hem voor als een wanhoopsdaad. Ergens wrong het. Tot nu toe had Reina alles zo nauwgezet uitgedacht. Was het logisch om nu in het wilde weg een minister of ministerie te gaan beschieten? In haar eentje zou Reina niet ver komen, daar had Victor gelijk in. Zeker nu Ida en Cas er niet meer waren. Aan de andere kant wás het natuurlijk ook een wanhoopsdaad. Ze had gedacht de tapes achter de hand te hebben. Die troef hadden ze haar uit handen geslagen.

Hij moest helder nadenken, haar stappen nagaan. Chaos creëren, Nederland ontwrichten: dat was haar eerste doel geweest. Dat ze een bom op een van de belangrijkste economische aders wilde gooien betekende dat ze vooral een punt wilde maken. Niet dat ze zo veel mogelijk slachtoffers had willen maken. Dan had ze wel voor Schiphol gekozen, of een drukke winkelstraat.

Jonathan laat zijn gedachten gaan over de gesprekken met Reina. Ze was niet spraakzaam geweest, alle keren dat hij haar had gezien. Behalve die ene keer. Ze had het over politiek gehad, over Nederland. Later specifieker, over Groningen. De gaswinning, de schade, het wantrouwen, het uitstel, het afstel. Hoe Den Haag hen moedwillig had laten verzuipen. Wat had ze ook alweer gezegd? 'Het gaat niet alleen om nu, het gaat ook om iedereen hierna. Leed werkt door, generaties lang.'

Plotseling voelt hij hoe het bloed opnieuw naar zijn wangen stijgt. Hij kijkt Kevin aan.

'Kev, heb je alle gesprekken nog?'

'Van de burner?'

'Ja, alles wat Reina heeft gehoord.' Hij wijst haastig naar de laptop. 'In de gesprekken met de ministers.'

Kevin klikt een paar keer met zijn muis.

'*Ik zit hier met de ministers van* BZK, *Justitie en Economische Zaken.*' De stem van Victor klinkt door de speaker. '*Francien Huisman, hoofd van de* DPO, *die de leidingen beheert, is er ook. Ze kunnen je horen.*'

De stem van de minister nu. '*Dag Jonathan. Is het explosief nog te stoppen? Ik moet weten of we het hele gebied moeten evacueren.*'

Jonathan schudt zijn hoofd. Kevin klikt verder.

'*Minister van* EZK *komt nu aan het woord.*'

'*Jonathan, het is belangrijk dat je goed luistert. Het pakket moet gestopt, of desnoods afgewend, het liefst natuurlijk met zo min mogelijk slachtoffers. Als het maar niet in de haven ontploft. Alles behalve de haven, desnoods ontploft het maar ergens anders. De haven komen we economisch nooit meer te boven. Ik breng ze zo naar school, daarna kom ik naar het ministerie.*'

Jonathan voelt hoe het bloed naar zijn hoofd stijgt. Daar, dát was het. '*Ik breng ze zo naar school, daarna kom ik naar het ministerie.*' De minister had het op de achtergrond gezegd tegen iemand. Maar toch, ze had het gezegd. En Reina had het gehoord.

37

Het was niet moeilijk geweest te achterhalen waar ze naartoe had gemoeten. Mensen hielden tegenwoordig alles bij op social media. Een paar klikken en je wist alles wat je wilde weten. Wat iemands lievelingscafé was, met wie iemand omging, waar iemand naar school ging.

Reina heeft haar handen op het stuur. Het is druk op de weg. Nederlanders op weg naar huis, in hun auto's aansluitend bij alle anderen in de rij. Reina schudt haar hoofd. Dit is wat er van Nederland geworden is. Een uitgeholde, kapitalistische samenleving waar mensen zich als makke schapen lieten voorliegen en bedriegen.

Reina doet het raam naar beneden en pakt de burner. Met een knal belandt hij op het asfalt, ze hoort hoe de auto's achter haar het toestel verbrijzelen onder hun wielen. Als ze haar al zouden kunnen tracken, was dit het laatste signaal dat ze zouden opvangen.

De rechterrijstrook op de A1. Verderop doemt afslag 11 op. Reina doet haar knipperlicht aan. Natuurlijk hielden ze via camera's de snelwegen in de gaten, dat had ze al wel bedacht. Daarom dumpt ze zo ook haar auto. Lopend zal ze een stuk minder opvallen. Een oudere vrouw, kort haar, pet op. Daar was Nederland vol van.

Voorbij de afslag is een grote parkeerplaats waar veel vrachtwagens staan. Anoniem en afgelegen: perfect. Reina parkeert tussen een Poolse oplegger en een grote vrachtwagen op weg naar Roemenië. Ze opent de achterbak en tilt met moeite de tas eruit. Hij is loodzwaar. De explosieven, een semiautomatisch wapen, een paar granaten.

De noodkreten die ze geuit hadden waren jarenlang in de

wind geslagen. Verstomd voor ze de Randstad hadden bereikt. Sinds de zware aardbeving in 2012 in Huizinge was de gaswinning in Groningen alleen maar opgeschroefd. Ze had het de minister laatst nog horen toegeven in de parlementaire enquête. Willens en wetens had de overheid hun gezondheid, hun leven op het spel gezet. De aardbevingen, de schade, het psychische leed: het was niet per ongeluk ten koste van mensen gegaan, het was allemaal ingecalculeerd. Hún leed was ingecalculeerd. Het kapitalistische sprookje van de elite, en zij waren het die achterbleven.

Reina trekt de tas wat hoger op haar schouders. Maar niet langer. Het was genoeg geweest. Het liegen en bedriegen was voorbij, het was tijd dat Nederland hun ware gezicht zou zien.

De huizen om haar heen zijn veranderd in kapitale villa's. Oprijlanen, bewakingscamera's, hier en daar een zwembad – het blauwe chloorwater schittert door de hoge heggen heen. Een auto komt haar tegemoet. PRIVATE SECURITY staat erop. Reina schudt haar hoofd. Zelfs rijke mensen vertrouwden niet op de politie, op het systeem. Waarom zou zij het dan wel doen? Het was verrot, het hele systeem was verrot. Maar deze mensen trokken duidelijk niet aan het kortste eind. Zij waren het die elkaar de baantjes toeschoven, die het systeem in stand hielden.

Meedogenloos, zo zou ze de overheid omschrijven. Zogenaamd de hoeder van het volk, maar intussen parasiteerde ze op hen als burgers. Niet alleen nu, al decennialang. Kijk naar haar vader. Willens en wetens hadden ze hem gebruikt. Hij had zijn leven voor hen gegeven, zijn gezin ervoor gegeven. En voor wat? Om bij het grofvuil gezet te worden zodra hij niet meer nodig was. Als een object, een relikwie uit het verleden.

Ze had het om haar heen zien gebeuren. Mensen die al niet verwend waren door het leven had ze kapot zien gaan. De aardbevingen, het wantrouwen, de leugens dat alles wel geregeld zou worden. Je zag hetzelfde bij de toeslagenaffaire. De overheid ging haar gang en als je niet vermorzeld wilde worden, was het aan jou om tussen de ratelende wielen uit te komen. Ze hadden geschreeuwd om hulp, gesmeekt. Maar het was niet genoeg geweest. Zelfs nu weer, alles wat ze had voorbereid, bedacht, uitgekiend. De smerige trucjes die uitgehaald werden achter de schermen...

Ze had er genoeg van. Wie niet horen wilde moest voelen. En nu het niet gelukt was met het explosief en de tapes moest het maar op deze manier.

Ze was steeds vaker bij haar vader in het verzorgingstehuis langsgegaan. 'Ik wil alles weten wat je je nog herinnert van Stay Behind,' had ze gezegd. 'Dat is het minste wat je kunt doen, na al die jaren.' Titus was schoorvoetend akkoord gegaan. Die geheimen waren tegenwoordig toch niets meer waard, moet hij gedacht hebben. Hij had haar alles uit de doeken gedaan. Haar ogen waren groot geworden toen hij vertelde over de cache in de bossen die hij verstopt had. Op een plek die alleen hij kende.

'Waarom heb je dat gedaan?' Reina had haar vader aangekeken.

'We moeten onszelf kunnen verdedigen. Je weet nooit hoe het loopt.' Hij had zijn vinger opgeheven. 'Vertrouw nooit de Russen, Reina. Voor je het weet bonzen ze weer op de poort.'

Toen hij haar had verteld over de evacuatieroutes, de communicatiemethoden, de brandstofleidingen, waren de puzzelstukjes op hun plek gevallen. Dit kon ze gebruiken. Dit was precies wat nodig was om Nederland wakker te schudden.

Verderop doemt het gebouw op. Reina trekt de rugzak wat hoger op haar rug. De hengsels van de tas snijden in haar schouders. LAURENTIUS, PARTICULIERE BASISSCHOOL, ze ziet het naambord prijken boven de ingang. Een privéschool waar je jaarlijks 25.000 euro aftikte om er überhaupt je kind een stap over de drempel te mogen laten zetten. Dat de kinderen van de minister hier op school zaten verbaasde haar niets.

Van een afstandje scant Reina de omgeving. Er is niemand op straat. Geen ouders die hun kinderen opwachten vanuit hun airconditioned SUV's, geen bakfietsen, geen rondhangende au-pairs. Ze laat haar ogen over de daken gaan. Liggen er snipers? Is het een hinderlaag?

Ze wacht even, maar er gebeurt niets. Ze ritst haar tas open en haalt de bivakmuts eruit. In één vloeiende beweging trekt ze hem over haar hoofd. Snel laadt ze het magazijn van het wapen en rent het plein over, naar de ingang. De schooldeur is niet op slot. Reina legt haar hand op de deurklink en duwt hem naar beneden.

Binnen is het stil. Aan weerszijden van de gang liggen klaslokalen. Ze werpt een snelle blik om de hoek. Niemand. Een paar passen, dan is ze bij het eerste lokaal. Ze trekt de deur open, haar wapen in de aanslag.

Het klaslokaal is leeg. Op de schooltafels liggen boeken en pennen, en ook de cursor van het Digibord aan de muur knippert nog. Woest draait Reina zich om. Waar zijn ze? Ze duwt de deur open en stapt terug de gang in. Het volgende lokaal dan. Met een ruk trekt ze de deur open. Ook hier lege tafels, etuis in vensterbanken, tassen slordig neergekwakt onder stoelen.

Terug de gang in. Reina spitst haar oren. Verderop klinkt lawaai. Wat is dat? Muziek? Ze laat haar blik over de kapstok naast het lokaal gaan. Er hangen jassen, veel jassen. Ze glimlacht. Nu heeft ze ze. Zo stil mogelijk loopt ze naar de deur, haar vinger op de trekker.

38

Jonathan legt zijn vinger op zijn lippen. Geen enkel geluid. Alleen als iedereen doodstil is kan dit gaan werken. Hij wijst naar de deur. De kinderen knikken. De gymzaal ligt helemaal achter in het gebouw, zo ver mogelijk van de ingang af. Trillend kijken de leerlingen hem nu aan, hun ogen groot van schrik. Jonathan laat zijn blik over de groep gaan. Wat zijn ze nog klein. Acht, negen jaar oud. Tranen biggelen over hun wangen.

Stuk voor stuk klimmen ze het opslaghok van de gymzaal in. Twintig meisjes en jongens, en twee leraren. Ook de kinderen van de minister zitten ertussen. Met benepen stem had Jonathan ze aan hun docent horen vragen of dit iets met hun moeder te maken had. De docent had ze geprobeerd gerust te stellen, maar hoe klein ze ook waren: de blik in hun ogen verried dat ze wereldwijzer waren dan ze leken.

Jonathan sluit de deur van het opslaghok. Er zit geen slot op, dus het hok vanbinnen of vanbuiten afsluiten is geen optie. Hij had de twee leraren de opdracht gegeven aan de binnenkant een bok onder de hendels van de deur te plaatsen. Het zou moeten voldoen, voor nu. Jonathan werpt een laatste blik over zijn schouder. Niets verraadt dat hier kinderen verstopt zitten. Zachtjes doet hij de deur naar de gymzaal dicht en loopt de gang in.

Hij had Reina op willen wachten buiten de school om de kinderen dit te besparen. Maar in zijn eentje was hij kansloos. Hij wist niet van welke kant ze zou komen en of ze daadwerkelijk alleen zou zijn of niet. Het was beter om haar binnen op te wachten, beschermd door het gebouw.

'Het is niet het huis van de minister.' Jonathan had Victor gewenkt. Hij stond nog steeds tegen het busje aan geleund, Nina had naast hem gestaan.

'Ik heb de tapes nog een keer beluisterd. Volgens mij is Reina iets anders van plan.'

'De DSI is al uitgerukt, ze kunnen er elk moment zijn. Alles is in werking gezet.' Victor had vermoeid zijn hand door zijn haar gehaald. 'Hoogste dreigingsniveau is uitgegeven, alle ministers zijn driedubbel beveiligd...'

'Het ligt te veel voor de hand. Ik denk dat ze voor iets symbolischers gaat. Iets wat meer pijn doet.'

'De lead is duidelijk, Jonathan. We hebben het haar horen zeggen. "Ze gaan eraan, hoe dan ook." Het klopt met haar profiel, met haar eerdere acties.'

'Ze doelt niet op de ministers. Ze doelt op de kinderen van de minister. Dát zijn de "ze".'

'Dat zijn de "ze"?'

Jonathan had wanhopig zijn handen in de lucht gegooid.

'Waar Reina het over had. "Ze" gaan eraan – "ze", de kinderen van de minister. De minister van EZK.'

Jonathan had zich omgedraaid naar Kevin, die nog altijd naast hem in het busje zat. Victor was tegenover hen komen zitten.

'Laat dat gesprek nog eens horen, Kev.'

Kevin had op enter gedrukt, de stem van de minister klonk door de speaker.

'*De haven komen we economisch nooit meer te boven. Ik breng ze zo naar school, daarna kom ik naar het ministerie.*'

'Hier, stop. "Ik breng ze zo naar school, daarna kom ik naar het ministerie." Dat zei de minister in een call. Reina heeft dit ook gehoord. Als ze echt de minister wil raken is het effectiever om haar kinderen te pakken dan naar haar huis te gaan.'

'Dat was een persoonlijk gesprek, op de achtergrond van een meeting. Dit is niet waterdicht, dat weet jij ook, Jonathan.' Victor had hem strak aangekeken. 'Ik ga hier niet mijn nek voor uitsteken.'

'Reina heeft niets meer te verliezen, ze gaat voor iets groters.

Dat weet ik zeker. Ze wil impact maken, op generaties hierna. Niet alleen op het nu. Ik heb het haar zelf horen zeggen, eerder.'

'Eerder?'

'Ik weet hoe ze denkt. Ze wil wraak, maar niet zomaar. Ze kiest iets symbolisch. Kinderen zijn de toekomst van Nederland. Reina is niet op weg naar een minister. Echt, het klopt niet.'

Victor had zijn hoofd geschud, maar Jonathan had doorgezet.

'Reina weet dat de kinderen van de minister op school zijn. Dat zegt de minister hier letterlijk.'

'Oké, Jonathan. Wat wil je dat ik doe? De Landelijke Officier van Justitie bellen en zeggen dat het misschien toch niet de ministeries zijn, alle persoonlijke adressen, alle andere plekken waar nu ministers zijn? Iedereen die paraat staat vertellen dat we het mis hadden, op basis van een "ze"? Straks sturen ze volgende keer helemaal niemand meer als we ergens mee komen. Dit kan niet, Jonathan. We verliezen zo alle geloofwaardigheid als dienst.'

'Maar...'

'Zolang je niet zeker bent blijven we bij het oude plan.'

'Maar er is geen tijd om nu alles uit te pluizen, ik...'

'Precies. En daarom blijven we dus bij het oude plan.' Victors blik was hard. 'Dat was het, Jonathan.'

Woedend was Jonathan uit het busje gestapt.

Verderop had een auto van de dienst gestaan. De sleutel had in het contact gezeten. Hij moest weten of zijn *gut feeling* klopte. Zo niet, dan zou Reina vanzelf tegen een muur van gewapende DSI'ers aan lopen. Als hij niet zou gaan zou hij het zichzelf nooit vergeven. Hij was achter het stuur gekropen en was stilletjes het terrein af gereden. Op het moment dat ze hem door hadden gehad was hij al de hoek om geweest.

Zodra hij uit het zicht was had Jonathan diep het gaspedaal ingedrukt. De piepende banden lieten een zwart spoor achter op het asfalt.

Hij had de auto om de hoek geparkeerd en was naar de school gerend. Achter de ramen van het klaslokaal zaten leerlingen gebogen over hun tafels. Binnen had hij iedereen bij elkaar geroepen. De kinderen hadden gezegd dat ze naar buiten wilden, weg van de school, weg van alles wat hij ze niet goed uit kon leggen maar waar ze de dreiging van voelden. Maar het was te laat geweest om iedereen te evacueren. Als hij echt gelijk had zou Reina elk moment op de stoep kunnen staan.

Het opslaghok in de gymzaal was een noodgreep geweest. De leraren hadden hun armen beschermend om de kinderen heen geslagen. Zo had hij ze achtergelaten.

Jonathan bukt en kruipt achter een hoge boekenkast. Het lokaal waar hij zit ligt halverwege de gang. Als Reina de school in loopt móét ze langs hem komen, voor ze bij de gymzaal uit komt. In de hoek van het lokaal staat een speaker. De muziek galmt door het lokaal. Hard, te hard om realistisch te zijn. Maar hij moet zeker weten dat Reina het zal horen als ze de school binnenstapt.

Jonathan spitst zijn oren. Wordt er verderop een deur opengetrokken? Hij kijkt naar het pistool in zijn handen, dat hij uit Cas' jas had gehaald.

Het is te laat om Victor te bereiken, te laat om Kevin te bereiken. Als Reina zo voor zijn neus staat zal hij het alleen moeten doen.

Jonathan checkt het pistool, het magazijn is geladen.

In de gang klinken nu duidelijk voetstappen. Jonathan gluurt langs de boeken. De voetstappen houden halt voor de deur. Hij ziet hij hoe de hendel van de deur naar beneden gaat. Hij zal één kans hebben, meer niet.

Met een ruk gaat de deur open. Reina rent het klaslokaal in, haar wapen getrokken. De blik in haar ogen is woest. Het lokaal is wéér leeg. Jonathan ziet hoe ze verstart. Haar ogen blijven hangen op de speaker in de hoek van de ruimte. De muziek galmt nog altijd. In drie passen is ze bij de box. Ze bukt zich en drukt op de uitknop.

'Leg je wapen neer.' In een fractie van een seconde is Jonathan bij haar. Hij duwt de loop van zijn pistool tegen Reina's achterhoofd. 'Het is over, Reina.'

Reina reageert niet.

'Leg dat wapen neer. Nú.' Jonathan duwt zijn pistool harder tegen haar hoofd. 'Ik meen het.'

Reina steekt haar handen in de lucht, langzaam. Té langzaam. Het wapen balanceert nu vervaarlijk boven haar hoofd.

'Ik waarschuw je, Reina. Ik schiet. Hoor je me? Ik schiet je zo neer.'

Reina bukt. Eindelijk. Met een zachte klik legt ze haar wapen op de grond. Jonathan doet een stap naar voren en schopt het wapen weg. Hij trekt een stoel naar achter.

'Zitten. Nu!'

Langzaam draait Reina zich om. Op haar gezicht prijkt een glimlach.

'Dus je hebt me. Bravo.'

'Hou je mond.'

Jonathan duwt Reina met geweld in de stoel. Met zijn pistool op Reina gericht reikt hij naar de telefoon in zijn zak. Een paar minuten, dan zal de politie er zijn. Hij kijkt naar Reina, hoe ze tegenover hem zit. De blik in haar ogen is nog altijd strijdbaar. Alsof ze niet onder schot wordt gehouden. Alsof het allemaal nog niet voorbij is.

'Hoe wist je dat ik van de dienst was?' Het petje op haar hoofd is naar achteren geschoven. Jonathan kijkt Reina in de ogen. 'Nou?'

Ze lacht. Een korte, droge lach. 'Hoeveel zwarte jongens denk je dat er langskomen bij mijn vader? Wat had je zelf gedacht? Dat het niet op zou vallen?'

Jonathan voelt hoe het bloed uit zijn wangen trekt.

'Niet dat ik het toen zeker wist. Hij vertelde alleen dat hij bezoek had gehad van jou. Maar gelukkig deed de burner de rest. De gesprekken met Kevin, met je baas, ik kon alles volgen. Je hoeft geen hacker te zijn om wat gesprekken af te luisteren, Jonathan. Gewoon een simpele afluistersoftware erop, daar kon zelfs Cas me nog wel aan helpen.'

'En Cas en Ida? Hoe kwam je daaraan?'

Reina kijkt hem smalend aan. 'Bij Nederland Vooruit zitten

genoeg lui die het niet eens zijn met wat er allemaal in Nederland gebeurt. Niet dat zij van het plan wisten, maar ze waren boos en gefrustreerd genoeg om me te volgen in alles. En toen ik eenmaal wist dat jij van de dienst was, was het niet moeilijk om ook jou te laten doen wat ik wilde. Het besturingssysteem in, de leidingen openzetten. Je deed het allemaal gewillig.'

Ze buigt zich naar voren en kijkt hem aan.

'De gesprekken met de minister heb je me zelf in de schoot geworpen.' Haar ogen boren zich diep in de zijne. 'Alleen jammer dat je je zo hebt laten gebruiken door hen. Je weet zelf ook hoe de minister het bedoelde. Dat ze liever een woonwijk liet ontploffen dan Nederland economisch ten onder laten gaan.'

Reina leunt weer achterover.

'Dit was je kans, Jonathan. Je kans om iets goeds te doen. Je hebt het zelf gezegd: alles glijdt als teflon van ze af. Ook nu weer, wacht maar af.' Ze schudt haar hoofd. 'Je bent precies hetzelfde als de rest. Een radertje in het systeem. Een hamster in een rad die door blijft rennen, al heb je geen idee waarom en wie er aan de knoppen zitten. Ik heb het tenminste geprobeerd, ik heb het geprobeerd.'

Ze had haar hoofd schuin gehouden, het geluid van naderende sirenes klonk in de verte.

Binnen een seconde was Reina bij het wapen geweest. Ze had zich op de grond laten vallen en voor hij het doorhad, had ze het op hem gericht. Hij zag hoe haar hand naar de trekker was gegaan. Geaarzeld had hij niet, toch had zijn schreeuw gegalmd tegen de wanden van het lokaal.

Nu lag ze voor hem. Haar ogen dof, het bloed sijpelend uit haar borstkas.

39

'Jonathan, ga zitten.' Victor wijst naar een stoel. Jonathan gaat naast Kevin zitten, die bezorgd een blik op hem werpt. Jonathan knikt geruststellend. Hij is oké. Onder tafel schuift Kevin hem een Twix toe. Jonathan steekt grinnikend de reep in zijn zak.

'Zonder jou was het allemaal heel anders afgelopen. Mijn complimenten. En niet alleen namens mij, namens de hele dienst.' Victor kijkt de kring rond. Tegenover hem zit Nina; ze houdt haar ogen op de tafel voor haar gericht. 'Maar voordat ik verderga is er nog iemand anders die je wil bedanken.'

Jonathan kijkt Kevin aan. Iemand anders? Kevin haalt zijn schouders op.

De minister neemt plaats aan het hoofd van de tafel. Haar armbanden rinkelen als ze gaat zitten.

Achter haar valt de deur met een klik dicht.

'Dank je wel, Victor.' Ze kijkt de ruimte rond, haar ogen blijven even hangen op Jonathan.

'Ik spreek namens de hele overheid als ik zeg dat wij heel trots kunnen zijn. Er is topklasse werk geleverd in een heel lastige en dreigende situatie. Ik was dan ook zeer verheugd te zien dat Nederland kan meedoen op het hoogste niveau als het gaat om dit soort operaties.' Ze zet een applaus in, de rest valt haar bij. Dan richt ze zich tot Jonathan.

'Ik wil meneer Berghout extra bedanken voor zijn doortastendheid en bravoure. Alles is goed afgelopen. Met de kinderen natuurlijk, maar ook politiek gezien. Wij hebben gezamenlijk een catastrofe kunnen voorkomen. En ik dank de dienst, en met name jou, Jonathan, daar hartelijk voor.'

Het gesprek. De woorden die de dienst getweakt online gezet had, voor háár. Jonathan voelt hoe hij verstart. Het lef om hem hier te bedanken dat het haar de kop niet gekost heeft nu de echte opname niet online was gekomen. Hij kan zijn oren niet geloven.

De minister kijkt hem nog altijd met een glimlach aan. 'Hoewel er nog altijd veel onrust en wantrouwen is naar de overheid als instituut, hebben we met deze operatie een belangrijk signaal afgegeven: dat wij én de dienst vakkundig, voorbereid en te vertrouwen zijn. De drie V's, noem ik het ook wel.' Ze staat op. 'Dus nogmaals: bedankt allemaal.'

Als ze bij de deur is draait ze zich nog eenmaal om. 'Uiteraard zullen we de dienst meenemen in ons volgende partijprogramma. Het lijkt me uiterst belangrijk dat er niet bezuinigd zal worden de komende jaren.'

Met een glimlach sluit ze de deur. Jonathan hoort hoe het getik van haar hakken zich verwijdert in de gang. Met grote ogen kijkt Kevin hem vanaf de andere kant van de tafel aan.

Jonathan stopt zijn squashracket in de tas en loopt naar zijn fiets. Het was fijn geweest zijn zus weer te zien. Babs leek iets meer in goeden doen. Ze had eindelijk de zaak rondom de demonstratie en de molotovcocktail losgelaten. Sinds ze geen contact meer had kunnen leggen met Ida was haar onderzoek doodgelopen. Jonathan had opgelucht ademgehaald. Ze had hem nog wel gevraagd waar dat telefoontje op sloeg, waarom ze per se naar huis had gemoeten toen hij belde. En had hij in een helikopter gezeten? Zo had het geklonken.

Jonathan had het afgewimpeld. Het was vals alarm geweest. '*Better safe than sorry*,' had hij er glimlachend aan toegevoegd.

Babs had hem bij de arm gepakt.

'Wat weet jij trouwens van die tape van de minister?' Ze had haar hoofd schuin gehouden toen ze het hem vroeg. Hij kende die truc van haar. Daar ging hij niet in trappen.

'Niks. Hoezo? En als ik al iets wist, dan zou ik dat jou niet aan je neus hangen.'

'Oké, maar het is toch een vreemd verhaal?' Babs had hem achterdochtig aangekeken. 'Eerst komt er een opname online waarin een minister iets zegt over een ontploffing en over een woonwijk die niet geraakt mag worden en dat er geen slachtoffers mogen vallen, en als je er dan in duikt blijkt er niets te vinden te zijn – over wat voor ontploffing dan ook.'

Babs had een slok water uit haar flesje genomen. 'Dat is toch raar? Ik kon helemaal niets vinden over een ontploffing. Het enige wat in de buurt kwam was een bericht over een mysterieuze ontploffing bij een onderhoudsbedrijf, ergens in het Westland. Maar toen ik ze belde om er meer over te weten te komen zeiden ze dat het om een oud leidingstelsel ging dat allang niet meer gebruikt werd. Dat ik niet te veel van het hele verhaal moest verwachten.'

Jonathan had zijn schouders opgehaald. 'Daar weet ik niks van. Ik ben maar een simpele dienstmedewerker.' Babs had hem hoofdschuddend aangekeken.

'Oké, Sherlock Holmes. Ben je klaar voor een potje?' Hij had zijn racket opgepakt en de bal tegen de muur geslagen. 'Ik moet zo nog naar een borrel.'

Het café op het Plein is rumoerig. Aan de bar hangen mannen en vrouwen in nette pakken, hun handen om een glas bier geslagen. Jonathan baant zich een weg door de menigte. Ambtenaren, Tweede Kamerleden, bewindspersonen: het hele Binnenhof staat hier opeengepakt. In de hoek is de tafel waar iedereen van de dienst altijd zit. Jonathan ziet hoe Victor een kaasstengel in zijn mond steekt, en ook Nina heeft zich verderop op een schaal met bittergarnituur gestort.

Jonathan zet zijn racket in de hoek en ploft neer. Hij laat het koude bier door zijn keel stromen en sluit zijn ogen. Wat een weken waren het geweest. Maar het was goed afgelopen. Althans, het belangrijkste was goed afgelopen. De kinderen waren ongedeerd uit het opslaghok in de gymzaal tevoorschijn gekomen. Het lichaam van Reina verderop was toegedekt door de politie met een wit laken. De kinderen hadden niets gezien.

Jonathan neemt een nieuwe slok. Uit zijn ooghoek ziet hij hoe Nina op hem afkomt. Ze wankelt een beetje op haar hoge hakken. Blijkbaar heeft ze in de afgelopen paar uur flink wat bier naar binnen gewerkt.

'Ik doe het niet meer.' Ze trekt een stoel naar achter en komt naast hem zitten. Jonathan kijkt haar lachend aan, op haar altijd zo nette blouse zit een vlek.

'Wat niet meer? Drinken?' Hij grinnikt.

'Nee. Jou.' Nina neemt een nieuwe slok van haar bier. 'Ze doen het zelf maar.' Ze staart voor zich uit. 'Ik wilde het nooit doen, maar ze vroegen het. En ik dacht...'

'Waar heb je het over?'

'Ze wilden weten hoe je opereert. Ik moest ze alleen maar op de hoogte houden. Zij schreven de rapporten wel, zeiden ze. Maar ik kap ermee, hoor je dat? Van mij horen ze niks meer.'

Jonathan zet zijn glas neer. Ongelovig kijkt hij Nina aan.

'Nien. Wie heeft je wat gevraagd? En wat heb jij ze verteld? Begin bij het begin.'

Nina kijkt hem glazig aan. Ze buigt zich naar hem toe.

'Het is te laat. Je moet morgen langskomen. Sst.' Ze legt haar vinger op haar lippen. 'Voor je verhoor bij de BVA. Je hebt het niet van mij. Ik doe het niet meer.' Ze zakt achterover.

Jonathan loopt naar zijn fiets. Hij wist dat de dienst in het uiterste geval dit middel in kon zetten. Zijn eigen mensen in de gaten liet houden, zonder dat ze het wisten. Maar toch: hij voelt zich bekocht. Na alles wat hij voor de dienst gedaan heeft. Is dit hoe ze met hun eigen mensen omgaan? Met hém omgaan?

'Ze vroegen of ik een extra oogje in het zeil wilde houden, door alles met Liv.' Nina had hem smekend aangekeken. 'Het spijt me, echt.' Met een ruk was hij opgestaan. Victor had verbaasd hun kant op gekeken, maar Jonathan was al bij de deur geweest.

Woest trekt Jonathan zijn fiets uit het rek, het slot om zijn zadel rammelt.

'Jonathan?' Als hij opkijkt ziet hij hoe Liv hem wenkt. Jonathan kijkt om zich heen. Wat doet zij hier? Liv gebaart naar een zijstraat van het Plein. Jonathan schudt ongelovig zijn hoofd. Dit kan er ook nog wel bij. Eerst de dienst die Nina achter hem aanstuurt, nu Liv die hem opwacht. Met zijn fiets aan de hand loopt hij het Plein af.

'Wat doe jij hier?' Jonathan werpt een blik over zijn schouder. Het is rustig op straat, iedereen zit zich binnen te bezatten.

'Ik wil je bedanken voor alles.' Liv is hem voorgegaan, de straat in. Ze kijkt hem aan. 'En nu is het tijd voor de volgende stap.'

Natuurlijk wist Liv dat hij langsmoest bij de BVA, het verbaast hem niets.

'Hoe bedoel je, welke stap?'

'Ik wil terug op mijn post.'

Jonathan schudt zijn hoofd. 'Liv, ik ga naar huis. Ik ben er klaar mee.'

'Jonathan, luister. Ik ben je hulp niet vergeten. Ik heb een voorstel. Ik weet dat je langs moet bij de BVA. Als je je mond houdt over de opnames die je me gegeven hebt, dan hebben ze geen poot om op te staan.'

'Je vergeet Kevin, die is ook opgeroepen.'

Liv schudt haar hoofd. 'Kevin heeft geen hard bewijs. Het is zijn woord tegen dat van ons. Dat lost zich vanzelf op.'

'Zijn woord tegen dat van ons? Waar heb je het over? Ik doe hier niet meer aan mee, Liv. Ik ben je niks verschuldigd.'

Liv kijkt hem aan. 'Jonathan, ik weet hoe Victor opereert. Dat hij alleen maar bezig is met rapporten, met het "voorkomen van erger". Dat is niet waar de dienst voor bedoeld is. De dienst moet naar buiten treden, proactief zijn, problemen voorkomen in plaats van ze achteraf te genezen. Dat weet jij ook.'

Jonathan schudt vermoeid zijn hoofd. 'Liv, ik...'

'Victor is maar een voorbijganger. Als het onderzoek voorbij is zetten ze hem zo weer aan de kant. Ik beloof je dat zodra ik het weer voor het zeggen heb, je promotie krijgt, een schaal omhoog, wat je maar wil. Voor alles wat je gedaan hebt, voor al het risico dat je gelopen hebt.'